Susanne Mischke
Stadtluft

 Band 1858

Zu diesem Buch

Die junge Eva flieht vor der Langeweile der Provinz nach Berlin-Kreuzberg, um den Frust mit ihrem scheidungsunwilligen Lover zu vergessen und sich ins echte, wilde Leben zu stürzen.

Doch obwohl sie ihrem Alex zum Abschied seinen antiken Sportwagen flambiert, ist er nicht so schnell abzuschütteln. Er schätzt die Bequemlichkeit, eine Frau und eine Geliebte zu haben. Und er kennt Evas Schwächen nur zu gut.

Aber Eva gewinnt unter den vielen schrägen Typen aus der Berliner Szene nicht nur eine reiche Auswahl an Verehrern, sie lernt auch ihre Fans für ihre Zwecke richtig einzusetzen. Und bald ist es zur Abwechslung an Alex, weiche Knie zu kriegen...

Susanne Mischke, geboren 1960 in Kempten. Nach Studium und längeren Auslandsaufenthalten freie Journalistin und Schriftstellerin sowie Schauspielerin. Sie lebt in Germaringen und schreibt an einem zweiten Roman.

Susanne Mischke

Stadtluft

Roman

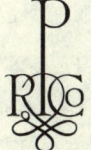

Piper
München Zürich

ISBN 3-492-11858-5
Originalausgabe
April 1994
© R. Piper GmbH & Co. KG, München 1994
Umschlag: Federico Luci
Gesamtherstellung: Clausen & Bosse, Leck
Printed in Germany

Aufbruch

Der Tag fing reichlich beschissen an, nämlich zu früh. Kurz vor sieben ging das Telefon und irgend so ein Röchler wollte wissen, was ich gerade anhätte. Nicht, daß mich solche Anrufe aus der Bahn werfen, aber doch bitte nicht um diese Uhrzeit! Noch dazu samstags. Heute war doch Samstag, oder?

Wie durch eine zähe Masse tauchte ich langsam an die Oberfläche. Knappe vier Stunden lag ich erst im Bett.

»Verdammt nochmal!« krächzte ich, so laut es meine nikotingebeizten Stimmbänder vermochten, »könnt ihr blöden Wichser einen nicht wenigstens ausschlafen lassen?« Ich ließ meinen Ärger an dem Telefonhörer aus, indem ich ihn krachend auf die Gabel warf, und faßte mir wimmernd an die Schläfen. Das Rumgebrülle war meinem maroden Haupt heute noch gar nicht zuträglich.

»Penner«, murmelte ich.

Schuld daran war einzig meine Anzeige in der Berliner Stadtzeitung:

> Studentin, 25, aus Rosenheim sucht
> günstiges Zimmer in kleiner WG, am
> liebsten Kreuzberg, Telefon…, Eva.

Das »Eva« hatte ich dazugesetzt, weil ich erstens so heiße und weil es zweitens gerade noch in die Zeile paßte. Dies eben war der erste Anruf auf die Anzeige gewesen, und das ließ nicht gerade Euphorie bei mir aufkommen.

Das geile Gestöhne klang noch immer in meinem Ohr nach.

Verflucht sei die Technik, die eine hilflose Frau frühmorgens so einem Widerling ausliefert. Dringt einfach mit seiner ekligen Stimme hier in mein Zimmer, direkt in mein Bett ein!

Ich erhob mich seufzend, wobei mich ein leichter Schwindel befiel, und duschte ausgiebig. Danach ging's mir schon um Nuancen besser. Mit dem feuchten Handtuch wischte ich den Telefonhörer ab. Wenn ich um diese abartige Uhrzeit aus meinem Schönheitsschlaf gerissen werde, kann ich durchaus schon mal hypersensibel reagieren.

Es war erst halb acht, also legte ich mich wieder hin. Ich mußte unbedingt noch ein paar Runden abliegen. Immerhin war gestern ein strammer Abend gewesen, alkoholmäßig und überhaupt.

Das Telefon stellte ich sicherheitshalber in den Kühlschrank. Man kann nie wissen, wie zäh diese Sorte ist.

Ich verlebte einen aspirinverdünnten Vormittag, ehe ich mich auf die Vespa schwang und zum Markt knatterte. Dort ging es bereits hoch her. Ich traf jede Menge Volk, die meisten Nachtschwärmer sahen nicht wesentlich frischer aus als ich. Aber für solche Fälle waren schließlich die dunklen Sonnenbrillen erfunden worden.

Ich versuchte es traditionsgemäß mit Weißwürsten. Sie entschlossen sich, bei mir zu bleiben, also goß ich noch 'ne Cola obendrauf. Gestärkt durch dieses Gourmetfrühstück schritt ich zu weiteren Taten. Eigentlich mußte ich nicht viel einkaufen, aber der Marktbesuch am Samstagvormittag gehörte aus ganz bestimmten Gründen zum Wochenendritual.

Zu blöd, daß Heike nicht da war. Was würde ich bloß das ganze Wochenende ohne sie anfangen? Zu lernen gab's auch nichts mehr, es waren Semesterferien. Ich könnte höchstens an meiner jüngsten Kurzgeschichte weiterbasteln, aber dazu gebrach es mir im Moment an der nötigen inneren Ruhe.

Ich schlenderte suchend auf dem Marktplatz herum und erstand wahllos Zutaten für ein einsames Mahl. Die Stände strotzten vor Früchten, ein malerischer Anblick, die reinste Farborgie. Mich aber interessierten diese Herrlichkeiten nur sehr am Rande. Mein Pirschgang galt anderen Objekten.

Da kamen sie schon. Sein roggenfarbener Haarschopf tauchte hinter einer Wagenladung Zucchini auf. Die Samstagmorgenshow konnte beginnen. Es war die Zeit für meine wöchentliche Giftration, die ich mir, von einem seltsamen Zwang getrieben, einverleiben mußte. Wie immer, wenn ich Alex sah, gab es mir einen Stich ins Herz, und mein Magen spielte verrückt. Franziska, die Göttergattin, hing an seinem Arm wie ein Spazierstock und verfolgte jede seiner Bewegungen mit der ergebenen Aufmerksamkeit eines Blindenhundes. Ich fand, sie wirkte wie ein kleiner, zerzauster Vogel neben meinem strahlenden Recken. Ihr Gesichtsausdruck sprach überdeutlich: »Seht her, er gehört mir!«

Mit voller Absicht blieb ich stehen, wo ich war, damit sie an mir vorbeimußten. Ein lasziertes Marlene-Dietrich-Lächeln überzog schlagartig meine Miene. Ich nahm die Sonnenbrille ab. Hoffentlich hatten sich die Augenringe inzwischen etwas verflüchtigt. Ich suchte seinen Blick, aber seine Augen wanderten nervös zwischen ihr und mir hin und her.

Alex war anzusehen, wie unwohl er sich fühlte. Er haßte diese Konfrontationen, aber offenbar bestand seine Gattin genauso wie ich auf diesen »zufälligen« Begegnungen. Nur wegen der Lautstärke auf dem Markt konnte man die Säbel nicht rasseln hören.

Ich versuchte, Mitleid für sie zu empfinden, denn im Grunde hatte ich ein furchtbar schlechtes Gewissen.

Wie mußte ihr wohl zumute sein? Sicher war ihr klar, wo er den größten Teil der letzten Nacht verbracht hatte. Und all die anderen halben Nächte davor.

Manchmal fragte ich mich, wieso sie noch nie versucht hatte, mich meuchlings zu ermorden. Ich an ihrer Stelle hätte mir schon längst 'nen Liter Salzsäure ins Gesicht geschüttet. Mindestens! Aber sie probierte es offenbar auf die sanfte Tour. Und sie hatte gewonnen, sie ahnte nur noch nichts davon.

Ich hatte beschlossen, das Schmierentheater freiwillig zu beenden. Allmählich wurde das Dreiecksverhältnis lächerlich und demütigend für alle Beteiligten. Meine Wohnungsanzeige war der erste konkrete Schritt zu meiner und ihrer Befreiung aus dem Sumpf von Lügen und Heimlichkeiten.

Wenn ich den Mann meines Lebens schon nicht haben durfte, so wollte ich wenigstens eine gute Verliererin sein. Fürs Leben geschlagen, aber hocherhobenen Hauptes würde ich dem ganzen Drama den Rücken kehren, um fern meiner Heimatstadt Rosenheim ein neues Leben zu beginnen, jawohl, einsam, aber mit Würde! Gerührt über meine edle Gesinnung, schritt ich auf den nächsten Stand zu. Die Steinpilze sahen recht ordentlich aus. Mit Bandnudeln und Sahnesoße... ja, das könnte hinhauen.

Die Wochenenden zu überleben kann in meiner Situation eine knallharte Sache sein. Liebespaare und Familien laufen einem allenthalben über den Weg, bis man sich gar nicht mehr allein aus dem Haus wagt. Welcher Ehemann findet an diesen Tagen schon einen plausiblen Vorwand, um das traute Heim verlassen und zu seiner Geliebten eilen zu können?

Für gewöhnlich setzte bei mir der Weltschmerz pünktlich am Samstagnachmittag ein, so etwa zwischen zwei und halb drei. Und diesmal war's besonders herb, ohne Heike. Sie war meine beste Freundin. Wir erledigten seit Jahren sämtliche Studienangelegenheiten gemeinsam und standen uns gegenseitig bei, wenn mit den Männern was schiefging. In letzter Zeit hatten wir da genug zu tun.

Heike widmete sich bereits eifrig der Stellensuche. Bei mir stand noch die Diplomarbeit aus, außerdem hatte ich gegenwärtig mit einem festen Job nichts im Sinn.

Heikes Freund Volker hatte sie vor ein paar Monaten verlassen, weil sie angeblich seiner Selbstverwirklichung im Wege stand. Daß seine Selbstverwirklichung eine kleine italienische Schuhverkäuferin war, hatte ich rein zufällig mitgekriegt. Ich halte mich nämlich viel und gerne in italienischen Schuhgeschäften auf.

Für meine Begriffe litt Heike an einem ausgeprägten Samariter-Komplex. Sämtliche verkrachten Existenzen ihres Umfeldes wurden von ihr magisch angezogen wie die Wespen vom Zuckerwasser. Sie kamen zu jeder Tages- und Nachtzeit, kippten ihren ganzen seelischen Müll über Heikes geduldigem Haupt aus, fraßen ihr nebenbei den Kühlschrank leer und zogen von dannen, wenn es ihnen wieder besserging. Sie war hilfsbereiter als Mutter Theresa selbst. Dabei merkte sie nicht mal, wie gewisse Schmarotzer – das gilt auch für ihren sauberen Herrn Exfreund – sie ausnutzten. Erhob ich den einen oder anderen leisen Einwand, so hieß es, ich wäre zu hartherzig im Umgang mit meinen Mitmenschen. Da mochte ein Körnchen Wahrheit drinstecken.

Die letzten Monate hatten wir viel zusammen rumgehangen. Sie hatte meine leeren Wochenenden mit Leben gefüllt, weshalb mir ihre Abwesenheit nun ernstlich zu schaffen machte. Sonst hatte ich immer für uns beide was gekocht, aber für mich alleine fand ich den Aufwand kaum lohnenswert.

Ich pusselte rastlos in meiner winzigen Bude herum, unfähig, was Vernünftiges zu bewerkstelligen. Als ich die Steinpilze und das andere Grünzeug in den Kühlschrank schaufelte, meldete sich schon wieder das Telefon. Es stand noch immer da drin.

Ich preßte den eiskalten Hörer an mein Ohr. Diesmal war es eine unbekannte weibliche Stimme, die sich als Tanja Bloch vorstellte und mir ein Zimmer anbot. Ein Zimmer!

Die Einzelheiten hörten sich recht brauchbar an, und wir kamen überein, daß ich mich so bald wie möglich bei ihr blikken lassen sollte.

Ich hüpfte vor Freude und Aufregung im Zimmer herum, viel Platz zum Hüpfen war allerdings nicht. Eine Bude in Kreuzberg, o ihr Götter! Jetzt mußte ich sofort Elisabeth anrufen.

Elisabeth lebte seit den frühen siebziger Jahren in Berlin, zusammen mit ihrem Sohn Ingo. Sie war fünfunddreißig, schwarzlockig und mit einer üppigen Figur ausgestattet.

Ich hatte sie vor ein paar Jahren zufällig in einem Linienbus auf Kreta kennengelernt. Das heißt, laut Elisabeth war das selbstverständlich kein Zufall, sondern Schicksal. Jedenfalls kamen wir ins Palavern, wir waren beide alleine unterwegs. Von da an zogen wir zwei Wochen zusammen um die Insel. Elisabeth legte jeden Abend die Tarotkarten für sich und mich, ihr Hang zur Esoterik steuerte damals rasant und unaufhaltsam auf seinen Höhepunkt zu. Dieser Bekanntschaft verdankte ich meinen Draht nach Berlin. Elisabeth und ihr »Lover«, wie sie ihn nannte, hatten in regelmäßigen Abständen Stunk miteinander. Sie erklärte mir zwar immer lang und breit, weshalb, aber ich vergaß es gleich wieder, falls ich überhaupt richtig zuhörte. Das Gute daran war, daß sie mich jedesmal, wenn sich das junge Glück in einer Krise befand, zu sich einlud. Meist folgte ich ihrem Hilferuf prompt, machte mich so gut es ging von meinen Studentenpflichten frei und stürzte mich hemmungslos mit ihr ins Großstadtleben.

Es wurde Abend, ehe ich sie erreichte. Ich teilte ihr freude-strahlend die frohe Botschaft mit und fragte, ob ich noch mal kurz bei ihr wohnen könnte, um die Sache zu regeln. Sie beglückwünschte mich zu dem unwahrscheinlichen Massel, das ich ihrer Ansicht nach hatte. Selbstverständlich könnte ich kommen, wann immer ich wollte.

Total aufgedreht beschloß ich, gleich morgen loszuziehen. Eine innere Stimme raunte mir zu, daß es mit dem Zimmer ganz gewiß klappen würde. Manchmal weiß man so was einfach.

Die Kneipe, in der ich zwei-, dreimal die Woche bediente, war im August geschlossen, wodurch eine lukrative Einnahme-quelle für mich ausfiel. Schon allein deshalb kam eine Bahn-fahrt nicht in Frage. So zog ich denn los und stellte mich an die Bundesstraße, ein riesiges Pappschild »Berlin« in der Hand.

Es war nicht das erste Mal. Ich fuhr recht gerne per Anhalter, es ging schneller als mit der Bahn und war ungleich interessanter. Man lernte dabei seine Zeitgenossen kennen. Hin und wieder erwischte man leider auch mal ein Arschloch. Dann war es ziemlich anstrengend und kostete einen den letzten Nerv.

Diesmal fuhr ich zuerst auf einem LKW mit. Im Führerhaus duftete es köstlich nach Kaffee, der ganze Hänger war voll davon, Nachschub für Tschibo oder Eduscho. Ein Nasenschmaus! Dazu bot der Typ auch was fürs Auge, er war reichlich jung und besaß lange, kastanienbraune Locken. Fürs Ohr gab's Prince, Cure und U2. Was man da ansonsten manchmal zu hören kriegte!

Der schnuckelige Fahrer ließ mich an einer Raststätte raus, denn er verließ meine Route. Um Zeit aufzuholen, suchte ich den Parkplatz nach PS-starken Automobilen ab. Da kam gerade ein älterer, mickriger Typ mit Halbglatze aus einer Telefonzelle und steuerte einen 7er BMW mit Berliner Kennzeichen an. Ich setzte ein zuckersüßes Lächeln auf und fragte ihn, ob er mich mitnehmen könnte. Manchmal fürchten sich die Leute ja vor Anhaltern, da ist es angeraten, einen möglichst harmlosen Eindruck zu machen.

Nach kurzer, intensivster Musterung meiner Erscheinung zeigte er sich zögernd einverstanden, wenn ich im Auto nicht rauchte. Meinetwegen, ist sowieso gesünder. Er wollte vor der Grenze noch was essen, das war mir auch recht. Meine belegten Brote waren schon längst verdaut, auf Reisen bin ich furchtbar verfressen.

Es wurde nicht viel gesprochen, da er sich auf seine flotte Fahrweise konzentrieren mußte. An sich war ich ja gegen diese Raserei, wegen der Umwelt und überhaupt, aber im Moment kam sie mir zugegebenermaßen ganz gelegen. Außerdem, so entschuldigte ich meinen Wankelmut, würde der ohne mich genauso schnell fahren, in diesem ganz speziellen Fall traf mich also so gut wie keine Verantwortung am Waldsterben.

Ich lümmelte bequem im Sitz und tagträumte stillvergnügt vor mich hin, während wir mit annähernd zweihundert Sachen durch die Landschaft flogen.

Wir waren im Nu an diesem Brückenrasthof vor der Zonengrenze angelangt, kein Wunder, bei dem Tempo. Ich nahm an, daß der Typ dort essen gehen wollte, denn den Fraß und die Schikanen in den Transitraststätten, das tut sich ein Mensch freiwillig höchstens einmal und dann nie wieder an.

Tatsächlich hielten wir dort, und ich entschied mich für Spaghetti, was sonst. Ich liebe Nudeln über alles, nur verkocht dürfen sie nicht sein. Diese hier hatten ihr »al dente« seit Stunden hinter sich, was für ein Jammer! Solche hätten wir im Osten auch kriegen können.

Während des Essens befragte mich mein Gegenüber nach meinen Lebensumständen. Aus purem Übermut log ich das Blaue vom Himmel runter. Das machte Spaß und entschädigte mich für die matschigen Spaghetti. Leute wie er geben einem die Gelegenheit, sich mal ein ganz neues Leben überzustülpen. Das ist wie Hüte anprobieren. Er wollte meine Nudeln bezahlen, ich lehnte das kategorisch ab, er bestand darauf, ich gab nach. Wozu sich rumstreiten, der Betrag war ja kaum der Rede wert, für so einen wie den schon gar nicht.

Der Alte schien ganz in Ordnung zu sein, bis jetzt war er es jedenfalls. Vermutlich nahm er sonst nie Fremde mit und war unsicher im Umgang mit Anhaltern.

Er schmiß seinen Geldbeutel auf den Tisch und bat mich, zu bezahlen, falls die Bedienung vorbeikäme. Er wollte indessen zur Toilette.

Sobald er außer Sicht war, schnappte ich mir das Ding und nahm es unter die Lupe. Schon von außen fühlte es sich prallvoll an. Ein Bündel fein säuberlich übereinandergeschichteter Kreditkarten, daneben das Bild einer Frau auf einem Pferd. Hinten steckte das Bare. Flink zählte ich den Haufen durch.

Mir fiel die Kinnlade runter. Dieser Mensch schleppte so an die zwölftausend Märker mit sich herum! Tausender, Fünfhunderter, Hunderter, hübsch der Reihe nach sortiert. Na der hatte vielleicht Nerven!

Allerlei Ideen wirbelten mir durch den Kopf. Wenn ich mir jetzt das Geld greife, rausrenne und mit dem nächstbesten Auto abhaue? Dann wäre ich für einige Zeit saniert.

Aber erwische ich gleich einen, der mich mitnimmt? Ob ich mich damit im Klo verstecken sollte, bis er die Suche aufgibt und denkt, ich sei schon auf und davon? Aber ganz so blöd ist der womöglich auch nicht. Sollte ich mir dann wenigstens ein paar von den Blauen einstecken und so tun, als ob nichts wäre? Aber was, wenn er nachzählt?

Nach ein paar Augenblicken hatte ich mich wieder in der Gewalt.

»Reiß dich gefälligst zusammen«, befahl ich mir streng, »so nötig hast du es auch wieder nicht!«

In Wahrheit fehlte mir zu einer solchen Aktion einfach die Courage.

Der Typ hat ein Riesenglück, an mich geraten zu sein, dachte ich grimmig. Ob der wohl irgendwas bezweckte, indem er mir sein Geld quasi zur Selbstbedienung überließ? Vielleicht lauerte er schon hinter den Zimmerpflanzen und beobachtete mich? Heimlich sah ich mich um. Nichts Verdächtiges war zu sehen. Quatsch, der hat mein kriminelles Unvermögen wahrscheinlich sofort erkannt.

Ich winkte der Bedienung und zahlte. Sie erhielt ein fürstliches Trinkgeld, so hatte wenigstens ein Mensch was davon. Sie war baß erstaunt und lächelte gleich zwei Oktaven freundlicher als zuvor. Falls der Kerl mich unterwegs ermordet, so erinnert sie sich bestimmt an mich und ist in der Lage, meine Leiche auf den Zeitungsfotos zu identifizieren, spekulierte ich.

Er kam zurück, und wir gingen hinaus. »Alles geregelt«, grinste ich ihn an und reichte ihm sein Eigentum zurück. Ich fühlte mich durch und durch rechtschaffen. Mein Heiligenschein paßte kaum durch die Tür. Er würdigte den Inhalt seiner Geldbörse nicht eines klitzekleinen Blickes. Komischer Kauz!

Die Transitstrecke zog sich wie immer ohne Ende hin. Das gleichmäßige »dadum, dadum«, wenn man über die Nähte der Betonplatten fuhr, schläferte mich beinahe ein. Selbst an diesem diamantklaren Spätsommertag wirkte die Gegend grau und traurig. Womöglich war das nur Einbildung, aber in meiner Vorstellung war die DDR ein Synonym für graue Tristesse. Ich hatte kein angenehmes Bild vom Leben im real existierenden Sozialismus. Jedesmal war ich froh, wenn ich da wieder draußen war!

Auf der Transit war man als Anhalterin relativ sicher. Wo sollte jemand schon von der Route abweichen, ohne daß gleich ein Rudel Vopos aus dem Nichts auftauchte? Trotzdem war ich bemüht, nicht einzuschlafen. Man ist so absolut ausgeliefert im Schlaf.

Der Mann plapperte nun, da er gezwungen war, hundert zu fahren, wie ein Wasserfall. Er war Bauunternehmer oder so was in der Richtung. Daher also die viele Kohle. Er lebte von seiner Frau getrennt, eine Scheidung käme aus finanziellen Gründen nicht in Betracht, erklärte er. Ein Haus in Dahlem, zwei erwachsene Kinder, die weiß der Teufel was studierten, und und und..., alles in allem nichts Besonderes. In großzügigen Abständen gab ich träge einen Kommentar von mir, um nicht unhöflich zu wirken. Manchmal guckte er mich forschend von der Seite an, ich gab den Blick jedesmal scharf zurück.

Endlich, so gegen sechs Uhr abends, näherten wir uns dem Berliner Ring. Nun war es nicht mehr weit bis zur Grenze. Das Gelaber nervte allmählich doch. Eben hatte dieser Komiker mir weismachen wollen, er wäre fünfzig. Das war garantiert zehn Jahre untertrieben, und ich bereute es, diesen eitlen

13

Geldsack nicht doch um ein paar Hunderter erleichtert zu haben. Außerdem, was juckt es mich, wie alt er ist? Glaubt der wirklich, das interessiert mich?

Da, auf einmal ließ er die Katze aus dem Sack:

»Ich möchte Ihnen ein Angebot machen.« Er grinste mich auf eine Art an, die mir nicht gefiel.

»Was für ein Angebot denn?« fragte ich irritiert, vor allem von seinem komischen Grinsen.

»Ich möchte Ihnen eine, tja, sagen wir eine Art Stelle anbieten.«

Eine Art Stelle? Braucht der eine neue Tippse oder was? Ich begnügte mich damit, ihm einen fragenden Blick zuzuwerfen. Er räusperte sich verlegen und verkündete dann unverblümt:

»Als meine Freundin.«

So ein alter Scheißkerl, wer hätte das gedacht? Ich merkte, wie Zorn in mir hochstieg. Faß du mich bloß an, und ich kratz dir die Augen aus! Aus engen Augenschlitzen blitzte ich ihn böse an. Er wich dem tödlichen Blick aus, indem er übers Lenkrad stierte. Seine Hände ließ er auch dort, das rettete ihm das Leben.

»Meine Freunde suche ich mir immer noch selbst aus«, zischte ich. Mir wurde unangenehm warm.

»Es würde sich aber finanziell für Sie lohnen, sehr sogar.« Er lächelte gönnerhaft. »Bitte, denken Sie nichts Falsches von mir.«

Nichts Falsches? Geiler alter Bock, das denke ich von dir! Langsam reicht's mir, grollte ich stumm. Wofür hält der mich eigentlich? Sicher wird er mir gleich den Preis nennen. Der traut sich was! Habe ich ihm nicht erzählt, daß ich Sport studiere und bayrische Vizemeisterin im Judo bin? Dieses Männchen muß doch glatt befürchten, daß ich ihm eine aufs Maul haue, wenn er weiter so frech ist.

»Noch mal«, jetzt wurde ich deutlich lauter, »stecken Sie sich Ihr Geld sonstwohin! Ich bin nicht interessiert!« Das war hoffentlich verstanden worden.

»Schon gut, schon gut«, beschwichtigte er. »Nur keine Aufregung. Man wird ja wohl noch fragen dürfen.«

Der hat gut reden. Hält mich für 'ne Nutte, und ich soll mich nicht aufregen!

Am liebsten wäre ich sofort ausgestiegen. Aber ich befürchtete Scherereien an der Grenze, wenn ich unterwegs das Fahrzeug wechselte. Außerdem dürfte es schwierig sein, von der Transitstrecke aus mitgenommen zu werden. Bloß gut, daß wir bald da waren. Ich hielt es kaum mehr aus neben dem Kerl. Im Wagen konnte man die dicke Luft greifen. Trotz des eisigen Schweigens war mir heiß. Ich öffnete das Fenster und sah stur zur Seite hinaus.

So langsam beruhigte sich meine Pumpe wieder. Eigentlich ist er ja ein armes Schwein, überlegte ich, wenn er sich seine Freundinnen kaufen muß. Aber sich an eine ranzuschmeißen, die nicht mal halb so alt ist wie er, was bildet sich der Mann eigentlich ein? Schon der Gedanke, mit so einem zu bumsen, das grenzt ja an Leichenfledderei.

Endlich war die Grenze in Sicht. Wie immer bildeten sich Schlangen, obwohl heute nicht besonders viel Verkehr war. Die Freunde am Schlagbaum brachten es fertig, einen eine halbe Stunde warten zu lassen, egal ob fünf oder fünfhundert Autos da waren. Vielleicht glaubten sie, das wären sie einem schuldig, eine angemessene Zeit Schlangestehen würden wir Wessis einfach erwarten. Diesmal kam mir die Trödelei gerade recht. Das gab mir Gelegenheit, neben dem sich ruckweise vorwärts bewegenden Auto herzugehen und zum Abreagieren ein paar zu qualmen.

Wieder im Auto, zog ich es vor, weiter die beleidigte Mimose zu spielen. Durchhalten, gleich sind wir da.

»Wo möchten Sie aussteigen?« fragte er in freundlich-sachlichem Ton, als wir in halsbrecherischem Tempo die Avus entlangrasten.

»Theodor-Heuss-Platz«, antwortete ich muffig. Das kam gleich nach der Avus und lag nicht weit von Elisabeths Wohnung.

An der U-Bahn-Station hielt er an. Er stieg mit mir aus, öffnete die hintere Wagentür und reichte mir meine Tasche.

»Danke fürs Mitnehmen«, sagte ich zynisch und trat erleichtert auf den Gehsteig.

»Einen Moment bitte«, rief es hinter mir. Unschlüssig blieb ich stehen und drehte mich um. Hatte ich was vergessen? Er kam zwei Schritte auf mich zu, langte blitzschnell, ehe ich zurückweichen konnte, nach meinem Lederbeutel und ließ etwas hineinfallen. Es hörte sich wie Papier an. Während er wieder ins Auto stieg, hörte ich ihn sagen: »...falls Sie es sich anders überlegen sollten.« Tür zu und ab.

Einen Augenblick stand ich belämmert da. Dann kniete ich mich an Ort und Stelle hin und öffnete meinen Beutel. Zuerst sah ich nur zwei nachlässig gefaltete Scheine, dann noch einen und eine Visitenkarte. Dreihundert Mark. Der schien es aber ganz schön nötig zu haben.

Solche Dinge passieren einem nicht alle Tage, das muß man erst mal verarbeiten. Fast ekelte es mich, die Scheine anzufassen. Mir war, als würde er damit meine Seele kaufen oder so ähnlich. Doch dann rief ich mich schleunigst zur Ordnung. Der Anblick von Bargeld kann einen verblüffend rasch zur Vernunft bringen. Immerhin, eine angemessene Entschädigung für den ganzen Streß.

Ich riß die Visitenkarte ungelesen in viele winzige Schnipsel und ließ sie in den nächsten Gulli schneien.

Unterwegs beschloß ich, Elisabeth nichts von diesem Vorfall zu erzählen. Nach alter feministischer Gewohnheit würde sie sicher gleich wieder ein Drama draus machen.

Elisabeths Wohnung lag im ersten Stock, in einem stilvoll renovierten Altbau in Charlottenburg. Schon im Treppenhaus wehten mir exotische Musikfetzen entgegen. Ingo öffnete.

»Aha, die Tussi aus Bayern«, stellte er emotionslos fest.

»Hallo, Kleiner«, sagte ich, »hört sich an, als ob ihr ein Tier quält.« Ich schloß die Tür und stellte unaufgefordert meine Tasche ab. Es roch wie in einer Kirche, Elisabeth mußte wieder irgendwelches Räucherzeugs abgefackelt haben.

»Viel schlimmer. Tanzstunde!« Ingo deutete eine Bauchtanzbewegung an. Ich war wohl gerade in den Unterricht geplatzt.

»Du kannst mit in mein Zimmer kommen, bis die Show gelaufen ist«, bot mir Ingo gnädig an. »Wir können die Tür zumachen, das hält ja keine Sau aus. Frauen im fortgeschrittenen

Alter haben nun mal seltsame Geschmäcker, da ist nichts zu ändern.«

Womit ich die Ehre seiner Gesellschaft verdient hatte, war mir schleierhaft. Wenn ich sonst eintraf, verkrümmelte er sich erst mal demonstrativ, obwohl er mich eigentlich ganz gut leiden mochte. Aber Musik verbindet ja, sagt man.

Er bot mir eine Flasche Bier ohne Glas an, selber brachte er sich auch eine mit. Für fünfzehn soff er schon ganz ordentlich, ab und zu rauchte er auch dazu.

»Elli verdient nicht schlecht an diesen beknackten Kursen, mehr als mit der ABM-Stelle im Kinderladen«, verriet Ingo leutselig. »Aber inzwischen geht das bald jeden Tag so. Du kannst dir nicht vorstellen, was ich aushalten muß! Ich mach in Kürze die Flatter, wenn das nicht aufhört.«

Ich mußte ihm da beipflichten. Meine Begeisterung für Bauchtanz hielt sich in Grenzen. Nicht wegen des Tanzes als solchem, hauptsächlich wegen der Musik. Aber momentan war Bauchtanz der Renner. Die zusätzliche Einnahme konnte Elisabeth gut gebrauchen, denn Ingo stellte ganz exquisite Ansprüche an seine »geilen Klamotten«. Ein weißes Lacoste-Hemd zum schwarzen Anzug sollte es schon sein, wenn er ausging. Und aus ging er täglich. Er fühlte sich einer Gruppe zugehörig, die sich »New Romantics« nannte. Jeden Morgen schmierte er eimerweise pappiges Gel in seine streichholzlangen, dunklen Haare, wechselte ununterbrochen die Anordnung seiner zahlreichen Ohrringe und trug jahraus, jahrein schwarze Halbschuhe. Diverse Kettchen und Armreifen rundeten das androgyne Erscheinungsbild ab.

Ingos Kindheit war haargenau in die Apo-Zeit gefallen, er hatte sie größtenteils in Kreuzberger Kinderläden verbracht, wo ihm eine antiautoritäre Erziehung zuteil geworden war. Während er von linken Politfreaks behütet wurde, arbeitete seine Mutter voller Inbrunst an der Revolution des Proletariats, ohne freilich mit letzterem in engere Berührung zu treten. Nebenbei studierte sie Sozialpädagogik.

Inzwischen hatte Elisabeth Abstand zu diesen gesellschaftspolitischen Experimenten gewonnen. Aber Ingo hatte die Nichtanerkennung jeglicher, insbesondere der mütterlichen,

Autorität bereits verinnerlicht. Das heißt im Klartext, er war verzogen, rotzfrech und meistens eine Plage.

Angenehme Stille breitete sich aus, die Damen wuselten kurz im Flur herum, dann waren alle draußen.

Elisabeth erschien in ihrer Arbeitsmontur, einem nachtblauen Fetzen, bestickt mit allerlei Glitzerkram, natürlich bauchfrei. Mit ihrem offenen Haar sah sie aus wie Scheherazade höchstpersönlich.

»Wie findest du mein Bauchtanzkostüm?« begrüßte sie mich und drehte sich langsam im Kreis, wobei die goldenen Plättchen unterhalb ihres vollen Busens melodisch klimperten. Ingo verdrehte angewidert die Augen.

»Umwerfend«, gestand ich wahrheitsgetreu. Sie hatte die ideale Figur zur Bauchtänzerin, zu dünn durfte man da nicht sein. Womit sollte eine Bauchtänzerin ohne Bauch tanzen?

Elisabeth und ich zogen uns um, dann saßen wir alle in der Küche und studierten den Stadtplan. Ingo bemerkte lapidar, die mir angebotene Wohnung läge am »Arsch der Welt«, im hintersten Kreuzberg, direkt an der Mauer.

»In so 'ner Gegend wohnt man nicht. Nur Punks und Türken wohnen da!« Ingo verachtete tief und ausnahmslos jeden, der kein »New Romantic« war, besonders seine Mutter mit ihren Flower-Power-Ansichten und -Klamotten.

»Quatsch, das ist im SO 36, da geht die Post ab, sag ich dir!« Für Elisabeth erstrahlte Kreuzberg noch immer im verklärten Glanz und Gloria der 68er Jahre.

»Falls es nicht klappt, kannst du bei uns im ›Bauchtanzzimmer‹ wohnen, bis du was gefunden hast. Es ist unheimlich schwer, in Berlin eine Wohnung zu finden, es gibt Tausende, die den ganzen Tag nichts anderes tun. Mir ist sowieso ein Rätsel, daß die Frau *dich* angerufen hat, noch dazu, wo du die Rosenheimer Telefonnummer angegeben hast.«

Ich wußte Elisabeths Angebot zu schätzen, und notfalls würde ich es auch annehmen. Die Aussicht, mit Ingo längere Zeit unter einem Dach leben zu müssen, beflügelte mich allerdings nicht sonderlich. Für kurze Zeit konnten er und seine Pubertätsmarotten ganz amüsant sein, aber auf die Dauer empfand ich ihn als Nervensäge erster Güte.

Von meinem unverhofften neuen Reichtum lud ich die beiden zum Essen ein. Sogleich entbrannte ein Streit zwischen Mutter und Sohn, wohin man gehen sollte. Elisabeth wollte zum Türken, Ingo in ein Schickimickilokal. Ich hielt mich da raus. Schließlich einigten sie sich auf einen neuen Chinesen in der Nähe.

Ah, es war herrlich, wieder hier in Berlin zu sein. Die Luft roch nach Abenteuer, dazu diese rund um die Uhr belebten Straßen, die zahllosen Kneipen, die Leute in ihren abgefahrenen Klamotten, all das genoß ich jedesmal wie am ersten Tag. Wie hatte ich nur so lange in der Provinz leben können? Ich mußte endgültig raus aus der versnobten Kleinstadt, raus aus dem aufgeräumten Bayern mit seiner Geranien- und Jägerzaunromantik.

Hier war mein Platz, hier war das echte Leben. Und bald würde ich nicht mehr der Besuch aus Wessiland sein, sondern wirklich dazugehören, was für ein affengeiles Gefühl, um es mit Ingos Worten auszudrücken.

Ich sollte Tanja um drei Uhr nachmittags treffen und zog schon frühzeitig los. In der U-Bahn fing mein Magen an zu knurren. Also stieg ich am Zoo aus, suchte einen Imbiß und verschlang gierig zwei Crepes. Nebenbei guckte ich, was es in den Kinos gab. Viel lieber als das süße Zeug hätte ich mir einen Döner Kebab gekauft. Aber ich wollte Tanja nicht gleich eine Zwiebel-Knoblauch-Fahne entgegenschwenken, so verzichtete ich schweren Herzens auf diese Delikatesse.

Gesättigt stieg ich in die Linie 1 Richtung Schlesisches Tor. Unterwegs versuchte ich, mir Tanja und die Wohnung vorzustellen. Ich wollte mir meinen geistigen Entwurf gut einprägen, um ihn dann mit der Realität zu vergleichen, das war so ein Tick von mir.

Von Tanja kannte ich nur die Stimme, recht tief für eine Frau. Sie war achtundzwanzig und studierte Medizin, kurz vor dem zweiten Staatsexamen, das hatte sie mir heute morgen erzählt. Sie müsse jetzt so viel lernen, daß sie kaum noch nebenher Geld verdienen könnte, deshalb suchte sie jemanden, der die Zweizimmerwohnung und die Miete mit ihr teilte. In meiner Fantasie sah sie ziemlich brav aus, ich fand Sommer-sprossen und kurze blonde Haare könnten gut zu ihr passen. Weshalb gerade dieses Bild von ihr in meinem Kopf entstand, war mir allerdings unklar.

Von der Wohnung wußte ich nur, daß es ein Altbau in Kreuz-berg war. Genau das, was ich mir gewünscht hatte. Schuld an diesem Wunsch war Elisabeth mit ihren unerschöpflichen Kreuzberger Anekdoten. Sie bedauerte dreimal täglich, von dort weggezogen zu sein, obwohl ich ihre jetzige Wohnung su-per fand. Aber Elisabeths Herz hing hoffnungslos an Kreuz-berg. Für sie war dieser Stadtteil mit seligen Erinnerungen an die Zeiten verbunden, als sie und Rudi Dutschke am 1. Mai... aber lassen wir das jetzt.

Ich wurde aus meinen müßigen Betrachtungen gerissen, als die U-Bahn aus dem Tunnel ins helle Licht schoß und zur Hochbahn wurde. Aufmerksam sah ich durch die Fenster. Gleisdreieck. Ich kannte die Strecke nur bei Nacht. Auf beiden Seiten dieselben alten, hohen Häuser. Sie wirkten herunterge-kommen und stolz zugleich, in Ehren ergraut, so viel hatten sie schon mitgemacht. Zwischen ihre starren Fronten hatte der Krieg klaffende Wunden gerissen. Fensterlose, kahle Seiten-wände waren sichtbar, wo Bomben das Nachbarhaus ausge-löscht hatten. Schutt lag herum. Nur wenige auserwählte wa-ren renoviert worden und sahen elegant und würdevoll auf ihre verwahrlosten Nachbarn herunter.

Hallesches Tor. Mordsbetrieb vor einem Kaufhaus. Prinzen-straße. Riesige Wohnsilos aus den Sechzigern, wie zum Hohn geschmacklos bunt angestrichen. Es kann ja nichts Positives dabei herauskommen, wenn Menschen in Kaninchenställe ge-pfercht werden, überlegte ich. Man sollte die Architekten, die das verbrochen haben, zwingen, in diesen Zellen zu leben.

Kottbusser Tor, Görlitzer Straße. Jetzt wurde es lebhafter auf der Straße, die meisten Geschäfte trugen türkische Be-schriftungen, Stände mit Früchten und Blumen leuchteten grell. Von hier oben konnte man die Schäbigkeit der Gemäuer und der Menschen nicht so deutlich erkennen, weshalb das Straßenbild beinahe etwas Pittoreskes an sich hatte.

Schlesisches Tor, Endstation. Ich lief erwartungsvoll die

zwei Treppen runter. Punkies mit bizarren Frisuren und schwarzen Klamotten lungerten herum und hauten jeden um Groschen an. Ich zog meinen Stadtplan raus, orientierte mich an den Straßenschildern und lief drauflos, in der Hoffnung, die Richtung möge stimmen. Mit dem Kartenlesen hatte ich schon immer so meine Problemchen gehabt. Lauter kleine Läden rechts und links, die meisten wirkten ein wenig altertümlich und heruntergekommen, fast wie die drüben im Osten.

Jetzt kam ich zum Landwehrkanal. Aus dem hatten sie seinerzeit Rosa Luxemburgs Leiche rausgefischt. Eine Brücke führte ins Nichts, direkt am gegenüberliegenden Ufer verlief die Mauer, schreiend bunt bemalt und kaum verdeckt von hohen Bäumen. Da war es wieder, das deutsche Wahnsinnsbauwerk.

Zwischen Kanal und Mauer fristete ein ungepflegter Grünstreifen ein Dasein als Kinderspielplatz ohne Kinder drauf. Zwei Wachtürme führten die Aufsicht darüber, hoch überragten sie die leeren Fassaden auf der anderen Seite. Weiter hinten entdeckte ich eine alte Schleusenanlage, stillgelegt.

Die ganze Ecke hier schien stillgelegt zu sein. Es war extrem ruhig, kaum Autoverkehr, wohin auch? Enten wippten gelangweilt auf dem Wasser. Recht viele Bäume standen hier rum. Ein richtiges Idyll im Schatten der Mauer, dachte ich seltsam berührt.

Durch eine schmale Straße vom Kanal getrennt standen die typischen grauen Mietskasernen. In Berlin hatte ich zum ersten Mal Häuser mit zwei, drei Hinterhöfen und Hinterhäusern gesehen, die das Vorderhaus meist bei weitem an Verwahrlosung übertrafen und die kaum je ein Sonnenstrahl berührte. Diese Häuserzeile da stammte schätzungsweise aus den Vorkriegsjahren oder aus noch früheren Tagen. Damals war dies die optimale Wohnlage gewesen, fast im Zentrum, denn der Bezirk gleich hinter der Mauer hieß »Mitte«. Aber nun schien hier tatsächlich der »Arsch der Welt« zu sein.

Ich fand die Hausnummer und klingelte. Ein elektrischer Summer, welch ein Luxus, schnarrte. Ich warf mich gegen die schwere Holztüre. Im Treppenhaus roch es nach Bohnerwachs, so was gab's also auch noch. Dann folgte der Aufstieg. Acht ewig lange Treppen, bis zum vierten Stock! Auf den Treppenabsätzen waren Türen, früher war dort das Etagenklo zu finden gewesen – oder etwa heute auch noch? So was sollte es in Kreuzberg durchaus noch geben, hatte ich mir sagen lassen.

Trotz meiner Praxis als Freizeitalpinistin brachten mich diese Treppen an den Rand eines Schwächeanfalls. Ich gab den Ausschweifungen der letzten Wochen die Schuld und gelobte Besserung demnächst. Endlich war ich oben.

Die linke Tür stand einen Spalt offen, der blanke Messingknauf blinkte in altmodischer Vornehmheit. Ich gönnte mir ein paar Sekunden zum Verschnaufen, dann klopfte ich, mein Herz klopfte noch lauter.

Meine Spekulationen bezüglich Tanjas Aussehen waren ein totaler Flop. Ihr Haar war drahtig und schwarz wie Espresso. Sie war ein Mischling mit hellbrauner Haut und überragte mich fast um Haupteslänge, obwohl ich mit meinen Einssiebzig nicht unbedingt zu den Kleinsten gehöre. Sie war dürr für drei und sah insgesamt schockierend gut aus.

»Hallo, ich bin Eva Lorenzo«, hauchte ich, noch immer etwas atemlos.

Sie lächelte sanft, ihre Lippen waren für meinen Geschmack zu dünn. Sie hatte mondsichelförmige Augen von der Farbe zartbitterer Schokolade.

»Komm rein. Ich trinke gerade Kaffee, willst du auch einen?« Sie wies mit graziler Geste auf die Küchentür, ich trat ein und guckte mich neugierig um.

Ein kleiner Flur, völlig in dezentes Grau gekleidet, hinter der Tür eine Stange mit massenhaft Klamotten dran, die meisten schwarz, mehr konnte ich auf die Schnelle nicht erkennen.

Die Küche war ein schmaler Schlauch mit Fenster zum Hof. Sie war in Weiß und Blau eingerichtet und recht gemütlich. Eine Tür führte zu einer winzigen Vorratskammer. Es gab einen alten Kohleherd mit Ringen als Kochplatten, er diente wohl hauptsächlich als Heizung, daneben stand ein Elektroherd und vor dem Fenster ein großer, weißer Tisch mit vier Stühlen. Eine futuristisch anmutende Kaffeekanne prangte in der Mitte, man sah ihr sofort an, daß sie eine volle Monatsmiete gekostet hatte, wenn's überhaupt reichte. Sie wurde eskortiert von zwei Tassen, die wie Ufos aussahen und offensichtlich mit der Kanne verwandt waren. Es gab noch mehr derartige Utensilien, überall auf den Regalen stieß man auf irgendwelchen Designerkram.

Dazwischen hingen in krassem Gegensatz Holzbrettchen in allen Formen und Größen. Mit dickem, rotem Filzstift war in kindlicher Handschrift draufgeschrieben, was darauf zerkleinert werden durfte: »Gemüse«, »Zwiebel«, »Käse«, »Obst«. Die rote Schrift wirkte, als bluteten die Brettchen.

Tanja goß mir aus dem Ufo-Mutterschiff eine rabenschwarze Brühe ein. Von Milch und Zucker keine Spur. Ich traute mich nicht, danach zu fragen. Beim Hinsetzen übersah ich die tieffliegende Lampe über dem Küchentisch und knallte voll mit dem Kopf dagegen. Wahrhaftig, eine bravouröse Vorstellung, die ich da lieferte.

»An die muß man sich erst gewöhnen«, lächelte Tanja voll heiterer Nachsicht. Die Lampe war auch so ein italienisches Designerding. Nicht, daß ich solche Sächelchen nicht schätzte, aber Meister Collani und seine Cumpani nehmen es auch lieber von den Lebendigen, das weiß jedes Kind. Kein Wunder, daß Tanja dabei die Mittel knapp wurden.

Eigentlich war ich sehr gespannt, wie der Rest der Wohnung wohl aussah, aber zunächst schien kein Weg dran vorbeizuführen, mir das, was sie Kaffee nannte, einzuverleiben.

»Du hattest sicher eine ganz andere Vorstellung von mir, was?« Sie zwinkerte schelmisch. Leugnen war in dem Fall zwecklos.

»Stimmt«, gab ich zu. »Ich dachte, du wärst kleiner.« Sie schürzte ihre Brauen, was ihr das Aussehen einer Eule gab. Dann lachte sie.

»Ja, ich bin tatsächlich eine große Frau!« Sie wurde sogleich wieder ernsthaft.

»Mein Vater ist Afrikaner. Er hat in Deutschland Medizin studiert und ist wieder zurückgegangen. Jetzt leitet er eine Klinik in Brazzaville. Er hat wieder geheiratet. Ich habe fünf Halbgeschwister. Seine Frau ist übrigens auch Ärztin.« Ein ganzes Medizinernest also, dachte ich.

»Und deine Mutter?« fragte ich, um mein Interesse kundzu-
tun. Widerwillig nahm ich einen Schluck von dem starken Ge-
bräu, wobei ich mir die Finger an dem Tassenufo verbrannte,
aber ich verriet meine Qualen mit keiner Miene.

»Sie wohnt noch immer in Heidelberg. Dort bin ich aufge-
wachsen. Ich lebe seit sechs Jahren in Berlin.« Aus ihrem er-
wartungsvollen Schweigen schlußfolgerte ich, daß ich jetzt mit
den Familiengeschichten dran wäre. Da fragte sie schon:

»Und du, hast du bis jetzt immer in Bayern gewohnt?« Am
Klang, wie sie das Wort »Bayern« aussprach, erkannte ich, daß
sie ehrlich überrascht war, mich nicht im Dirndl vor sich zu
sehen.

»Ja, bis jetzt schon. Deshalb wird es auch höchste Zeit, mal
was anderes zu sehen, finde ich.«

»Da hast du recht. Jeder Deutsche sollte mal eine gewisse
Zeit seines Lebens in Berlin verbringen. Man begreift dann
unsere politische Situation erst so richtig. Es gehen einem die
Augen auf, was hier so alles abläuft. Du wirst schon sehen.
Kann jedem nur guttun.«

Genau so hatte ich mir das vorgestellt: Kaum läßt sich so ein
unbedarfter Trampel aus der Provinz in der großen Metropole
nieder, schon wird daraus, ganz automatisch, eine aufgeschlossene, politisch sensible, kulturell interessierte Großstadt-
mieze mit kosmopolitischem Flair.

»Bist du denn politisch engagiert?« erkundigte ich mich höflich. Besser hätte ich den Fettnapf nicht treffen können.

»Ich? Äh, nein, nicht direkt. Weißt du, dafür fehlt mir einfach die Zeit. Medizin ist ein sehr arbeitsintensives Studium.
Und dann muß ich auch noch Geld verdienen nebenbei.«

»Hast du ein spezielles Fachgebiet?« Das war bestimmt ein
fruchtbareres Terrain.

Es folgte ein Exkurs über das Medizinstudium im allgemeinen und ihr Fachgebiet, die Gynäkologie, im besonderen.

»Was war das noch gleich, was du studierst?« schloß sie ihre
Rede und musterte mich stirnrunzelnd.

»Betriebswirtschaft.«

»Betriebswirtschaft«, wiederholte sie befremdet, ebenso
hätte sie »Krätze« sagen können.

»Ja«, grinste ich fröhlich, »mein Fachgebiet ist EDV.«

»Computer und so?«

»Genau.«

»Hat dieses ... äh ... Rosenheim denn eine Uni?«

»Eine Fachhochschule.«

Sie rümpfte verächtlich die Nase.

»Schön«, wischte sie das Thema vom Tisch, »jedenfalls bin ich im Augenblick sehr beschäftigt. Viel werde ich mich also nicht um dich kümmern können. Aber ich werde sehen, daß du ein paar Leute kennenlernst.« Heiliger Strohsack! Will die mich adoptieren?

»Das wird schon«, beruhigte ich sie, »ein paar Bekannte habe ich schon.« Elisabeth und Ingo, das war doch schon mal was.

»Hast du bis jetzt bei deinen Eltern gewohnt?« wollte sie wissen.

»Nein, seit drei Jahren nicht mehr. Der Lebensrhythmus einer Studentin läßt sich nicht so leicht mit dem vereinbaren, was Eltern unter einem geregelten, harmonischen Zusammenleben verstehen«, erklärte ich gestelzt, »also hab ich mir 'ne eigene Bude genommen.«

»Ah ja, das kenne ich. Bist du das einzige Kind?«

»Ja.«

Das ließ sie aufhorchen. Sie setzte eine schlaue Miene auf und hob zum Vortrag an:

»Um so wichtiger ist es, daß du dich von zu Hause abnabelst. Meistens werden Einzelkinder stark überbehütet und verhätschelt. Andererseits überfordern die Eltern sie mit ihrer Erwartungshaltung. Sie projizieren alle ihre Wunschvorstellungen auf das eine Kind. Dem ist natürlich kein Mensch gewachsen. Einzelkinder haben deshalb häufig Schuldgefühle, was die Loslösung vom Elternhaus zusätzlich stark beeinträchtigen kann. Auch Vater- oder Mutterkomplexe sind bei ihnen nicht selten. Als einziges Kind kann man sehr leicht seelische Schäden davontragen, ohne daß diese jemals offen zutage treten.«

Du lieber Himmel, da wurden mir jetzt endlich mal die Augen geöffnet. Was mußte mein Ego verkorkst sein.

»Ach, eigentlich fand ich das nicht so übel ...«, warf ich ein, aber die Worte verhallten ungehört.

»Ich selber habe da ähnliche Erfahrungen gemacht, ich war ja gewissermaßen auch ein Einzelkind, noch dazu ohne Vater.«

»Ein Doppel-Einzelkind also«, entfuhr es mir.

»Wie? Ach so, nein, so kann man das nicht ausdrücken«, sie schüttelte tadelnd den Kopf über meine unqualifizierte Äußerung. Jetzt kam sie richtig in Fahrt und dozierte munter weiter:

»Jeder Mensch trägt aus seiner Kindheit gewisse Folgen und Komplexe davon. Aber als Erwachsener hat man die Chance, das Erlebte zu verarbeiten. Es muß nur aus dem Unterbewußtsein ins Bewußtsein zurückgerufen werden. Ich sage ›nur‹, dabei ist das ausgesprochen schwierig, aber genau darauf kommt es an, das Unterbewußte muß aufgearbeitet werden. Man muß wirklich hart an sich arbeiten, aber man kann es schaffen, sich selbst zu befreien. Vielleicht kann ich dir dabei helfen, deine Komplexe zu überwinden. Ich habe da schon Erfahrungen gemacht. Es gibt ja heute zum Glück gute Kurse und Seminare dafür. Wenn du willst, kann ich dir ein paar Tips geben...«

Ja geht's denn noch mit der, fragte ich mich halb entsetzt, halb belustigt. Was will die von mir? Meine Komplexe will die mir austreiben? Bis dahin war mir gar nicht geläufig, daß ich welche hatte, jedenfalls nicht mehr als andere Leute auch. Wo sollte ich bloß ihr zuliebe kurzfristig 'ne Meise herkriegen?

Tanja hatte die Arme um die Knie geschlungen und den Kopf draufgelegt. Nach der Sitzhaltung zu urteilen, konnte die Laberei noch drei Semester dauern. Ich ließ den pseudowissenschaftlichen Sermon an mir vorbeiziehen. Während sie sich übers Innenleben verbreitete, musterte ich verstohlen ihre äußere Erscheinung. Sie besaß endlos lange Beine und beneidenswert schmale Fesseln. Aber ihre Füße benötigten mindestens Schuhgröße 41, so was erkenne ich auf Anhieb. Ich bin nämlich sehr stolz auf meine süßen kleinen Füßchen, Größe 37. Sie trug Gymnastikschlappen, eine schwarze, enge Hose und einen weiten, grauen Pulli. Kein Schmuck, kein Make-up, nur eine türkis irisierende Haarspange, die die fülligen Korkenzieherlöckchen mühsam bändigte.

Ich selbst hatte nach qualvollem Entscheidungsprozeß die

alte Jeans und ein weißes T-Shirt gewählt. Das wirkte schlicht und einen Touch sportiv. Damit glaubte ich, am wenigsten falsch machen zu können.

Der Vortrag neigte sich langsam seinem Ende zu. Ich vermutete stark, daß sie in letzter Zeit mehr Freud und die anderen Freaks gelesen hatte, als ihr guttun konnte. Dafür hatte ich vollstes Verständnis. Als ich mir mal etliche Bukowskis hintereinander zu Gemüte geführt hatte, redete ich zwei Monate lang nur noch im übelsten Gossenjargon daher. So was passiert schon mal, das ist die Macht des geschriebenen Wortes.

»Das ist alles sehr nett von dir«, äußerte ich pauschal meine ergebenste Dankbarkeit für die Lektion vom Ich, Es und Über-Ich, »aber hättest du was dagegen, wenn wir mal das Zimmer anschauen, das du vermieten willst?« Sie tauchte abrupt aus der Tiefenpsychologie auf.

»Wie? Aber selbstverständlich. Komm nur mit.« Sie entfaltete sich zur vollen Länge, und ich folgte ihr durch den hellgrauen Flur. An der Wand hing eine Kohlezeichnung. Es würde wohl eines intensiven Studiums dieser Darstellung bedürfen, um sie auch nur annähernd zu identifizieren. Ich tippte auf irgendwas zwischen Seehund und weiblichem Akt.

Sie öffnete eine Tür am Ende des Flurs. Ein knatschgelber Fußboden sprang mir ins Gesicht. Sie hatte, eigenhändig, wie sie stolz verkündete, die Holzdielen mit sonnenblumengelber Lackfarbe angepinselt. Die Wände hatte sie weiß gelassen. Bis auf einen häßlichen, grüngekachelten Ofen war das Zimmer leer. Es war ziemlich hoch und groß, ein Fenster ging zum Hinterhof raus. Den sah ich mir gleich mal von oben an. Er war dreieckig, weil das Haus gegenüber in spitzem Winkel auf unseres traf. Eine kahle Mauer mit bröckelndem Putz trennte unseren Hof vom nächsten daneben. Vor der Mauer verbreitete eine riesige Kastanie einen Hauch von Natur. Mich erinnerte sie an heimische Biergärten. Ich hatte die Orientierung verloren, aber vermutlich ging das Fenster nach Norden raus.

Tanja meinte, im Sommer schiene die Sonne abends durchs Fenster, dann würde das Zimmer golden erstrahlen wegen des gelben Bodens. Diese Verheißung fand ich sehr verlockend, aber es war zu früh am Tage, um selbiges nachzuprüfen.

»Wenn du willst, zeige ich dir den Rest.«

Zwischen das gelbe Zimmer und die Küche war das winzige Bad nachträglich gequetscht worden. Das Ganze wirkte etwas provisorisch, aber immerhin war alles da, was man so braucht.

»Der Boiler muß zehn Minuten an sein, bevor man duschen kann«, erklärte Tanja. »Es ist etwas eng hier, aber in Kreuzberg kann man froh sein, wenn man nicht zur Etagentoilette gehen muß.«

Ich schwieg und war froh.

»Jetzt zeige ich dir noch mein Zimmer«, eröffnete sie feierlich. Na endlich, ich brannte schon lichterloh vor Neugierde.

»Würdest du bitte die Schuhe ausziehen? Der Lackboden ist sehr empfindlich.« Eiligst streifte ich meine italienischen Wunderwerke von den Füßen und folgte ihr. Der Raum war riesengroß und gleißend hell. Alles darin war weiß, Fußboden, Wände, sogar der Ofen, welch eine Fügung. Eine gläserne Platte auf verchromten Beinen diente als Schreibtisch, darauf stand eine schwarze Halogenlampe. Ein weißer Deckenventilator kreiste träge. Einziger Farbfleck war ein ausladendes, knallbuntes Ölbild mit wirren Figuren drauf. Was auch immer es war und von wem, es war ein Original. Pflanzen gab es keine, Bücher wenige, fast nur Fachliteratur. Ich begriff, daß die Klamotten hinter der Eingangstür im Flur in Ermangelung eines Kleiderschrankes dort hingen. So ein spießiges Möbelstück hätte das avantgardistische Ambiente total versaut.

Die weißen Jalousien waren hochgezogen, mildes Spätsommerlicht fiel herein. Sie öffnete die Tür zum Balkon.

»Hier, den Balkon kannst du natürlich mitbenutzen.«

Ich steckte den Kopf durch die Tür. Der Balkon hatte etwa die Größe eines Bierdeckels.

»Gleichzeitig?« fragte ich zweifelnd.

»Doch, doch, es passen genau zwei Stühle und ein kleiner Tisch drauf. Hier, sieh mal!« Sie klappte den zweiten Stuhl auf, um mir dieses Raumwunder zu demonstrieren. Es stimmte tatsächlich. Die Sitzflächen ragten zwar zum Teil unter den Tisch, aber für zwei gertenschlanke Gestalten fand sich spielend Platz. Allerdings paßte dann keine Briefmarke mehr dazwischen.

Von hier aus blickte man direkt auf die Mauer, die Wachtürme standen etwa fünfzig Meter Luftlinie entfernt. Mit dem Fernglas konnten die Jungs locker zu Tanja ins Zimmer gucken. Man erkannte deutlich den Todesstreifen auf der anderen Seite, Stacheldrahtgewirr, dahinter alte Häuser, dieselben wie hier. Aus leeren Fenstern schauten sie still herüber.

»Wohnt da drüben jemand?« fragte ich, auf die vergammelten Fassaden deutend.

»Nein, die stehen leer.« Sie wies auf die bunte Mauer unter uns. »An den Anblick muß man sich erst gewöhnen«, bemerkte sie achselzuckend. »Schon ein eigenartiger Platz zum Leben. Aber eigentlich wohne ich gerne hier. Gerade wegen der Mauer ist es hier recht ruhig.«

Friedhofsruhe, Totenstille, dachte ich schaudernd.

»Man gewöhnt sich schnell dran«, wiederholte sie.

Ich glaubte ihr. Warum sollte sich jemand nicht an die Berliner Mauer direkt vor seiner Nase gewöhnen? Ob sich die Leute auf der anderen Seite auch so problemlos dran gewöhnt hatten?

»Kann schon sein«, sagte ich. »Wenn man sich tagtäglich darüber aufregt, sollte man vielleicht nicht hier wohnen. Aber ehrlich gesagt, für mich ist der Anblick noch immer recht schokkierend.« Ich starrte aus dem Fenster.

»Das verstehe ich gut«, meinte Tanja mit sanfter Stimme. »Deshalb ist es mir auch lieber, es zieht hier eine Frau ein, die noch nicht so lange in Berlin gelebt hat.«

Das kapierte ich nicht so ganz.

»Wieso?«

»Weißt du, die Leute werden hier nach einer Weile so abgestumpft. Richtig berlinverdorben.« Diese Wortschöpfung war mir neu, aber ich verstand in etwa, was sie meinte. Da war ich ja genau die Richtige für sie. Das tumbe Landei, die naive Provinzlerin, die staunend und gaffend durch die große Stadt stolpert und der sie ihren postmodernen Lebensstil vorführen kann.

Ich löste mich von der schönen Aussicht und ließ meine Augen noch einmal durch die perfekt arrangierte Nüchternheit des Raumes wandern. Die Coolness in Reinkultur! Irgendwie hatte ich das Gefühl, zu frösteln.

Wir kehrten zurück in die Küche und setzten uns. Sie unterrichtete mich darüber, wie die Öfen funktionierten, wo der Kohlenkeller war, wie das mit Miete, Strom und Telefon gehandhabt werden sollte, all solchen Krimskrams eben.

»Kohlen hab ich schon bestellt. Im Sommer sind sie billiger. Ich bin froh, daß wir einen Kohlenkeller haben, auch wenn er über dem Hof liegt.«

Auch das noch. Sonst hätten wir die Kohlen wohl in unseren Zimmern gelagert oder wie? Ein Berg Briketts in Tanjas Edelbehausung hätte sicher ganz apart gewirkt. Vielleicht wäre das mit der Zeit sogar Mode geworden. Ich unterdrückte ein Grinsen.

»Dein Name klingt so italienisch, ›Lorenzo‹. Ist deine Familie aus Italien?« Darauf hatte ich schon lange gewartet. Die Leute sind immer leicht verwirrt darüber, denn durch meine hellen Haare und die grünlichen Augen sehe ich nicht gerade italienisch aus, was mich ab und zu ziemlich ärgert.

»Meine Urgroßmutter ist mit einem italienischen Künstler durchgebrannt. Damals mußte man ja immer gleich heiraten.«

»Aha. Wie aufregend! Was für ein Künstler?«

»Ich glaube, ein Dichter war's. Er zog so in der Welt herum.«

»Klingt romantisch.«

»O ja, sehr. Kurz nach der Heirat ist er verunglückt.«

»Wie denn?«

»Die zwei wollten nach Amerika auswandern. Aber weil sie schwanger war, fuhr er alleine voraus. Und der Typ mußte unbedingt auf diesem nagelneuen Schiff mitfahren, auf der Titanic...«

Ich hielt bedeutungsvoll inne. Meine Fantasie ging mal wieder mit mir durch.

»Auf der Titanic...«, wiederholte sie ehrfurchtsvoll.

»Ja, das war Pech. Wer weiß, vielleicht habe ich deswegen so eine Abneigung vor Schiffsreisen.«

»Das ist durchaus möglich«, versicherte sie eifrig.

»Ehrlich?«

»Aber ja. Und deine Urgroßmutter?«

»Die ist wieder heimgekommen, ohne Dichter, aber mit meinem Großvater im Bauch.«

»Die Arme. Das muß ja furchtbar für sie gewesen sein.«

»Ach, so schlimm war's wohl nicht. Sie war hart im Nehmen. Hat noch dreimal geheiratet. Aber mein Großvater hat seinen Namen behalten. Das war einfacher für ihn bei dem ständigen Wechsel.«

Sie sah mich groß an. So ganz glaubte sie mir wohl nicht. Warum hatte ich nur meine Ahnentafel nicht umhängen?

»Wie gefällt dir die Wohnung und das Zimmer?« fragte sie unvermittelt. Daraus schloß ich, daß die Sache aus ihrer Sicht in Ordnung ging. Mein Herz machte einen freudigen Satz.

»Äh, ja, sehr gut finde ich das alles. Wirklich schön. Es ist auch nicht zu teuer. Also, ich würde schon gerne einziehen.« Die Wohnung gefiel mir wirklich, auch das gelbe Zimmer. Was war ich für ein Glückspilz! Tanja mochte leicht übergeschnappt sein mit ihrem Psycho-Tick, aber ich würde mich schon arrangieren. Immer noch besser, als mit Ingo unter einem Dach zu leben.

»Okay«, nickte sie. »Falls noch Fragen sind, ich bin bis zum nächsten Wochenende hier. Dann fahre ich nach Hause, danach habe ich noch einen Job zu erledigen. Ich werde also erst Ende September wieder zurück sein. Wann willst du einziehen?«

»Wär dir Mitte September recht? Das sind noch gute zwei Wochen. Ich muß zu Hause noch einiges regeln.« Alex, unsere Tage sind gezählt! Tanja nickte, es schien, als überlegte sie.

»Ich zahl dir die halbe Septembermiete gleich, wenn du willst.« Bares zieht meistens, dachte ich berechnend.

»Gut, einverstanden. Das mit dem Geld hat Zeit.« Sie stand auf und begann, im Flur herumzuwursteln, Klamotten aufzusammeln und sie in eine riesige, schwarze Ledertasche, die die Ausmaße eines mittleren Kürbisses übertraf, zu stopfen. Ich interpretierte das als Zeichen des allgemeinen Aufbruchs. Sie erklärte mit Blick auf die Uhr:

»Ich muß jetzt leider gehen. Hab gar nicht gemerkt, wie spät es schon ist. Ach, Moment, wenn du das Geld doch gerade da hättest... ich bin im Augenblick etwas knapp bei Kasse. Ich erwarte täglich die Überweisung von meinem letzten Job, aber der Typ läßt sich mal wieder irre viel Zeit.« Sie lächelte süßer als ein ganzes Glas Honig.

»Aber klar«, sagte ich und legte zweihundert Mark auf den Tisch, es waren die letzten beiden Scheine von dem bescheuerten Alten. Sie steckte das Geld ein, und wir verließen die Wohnung zusammen.

»Was arbeitest du denn nebenbei?« erkundigte ich mich neugierig.

»Fotos«, erklärte sie knapp.

»Du fotografierst?« Mein Gott, was war ich heute wieder dämlich!

»Nein, ich bin Model.« Sie sagte »Modl«.

»He, das ist ja saustark«, entschlüpfte es mir.

»Es geht so«, meinte sie lässig. »Es ist anstrengend, aber gut bezahlt.«

Ich hätte gern mehr darüber gewußt. Fotomodell! Ich hatte noch nie ein leibhaftiges Model kennengelernt. Wie dumm von mir, daß ich das nicht sofort erkannt hatte, bei der Figur und dem Aussehen.

Vor der Haustür unterwies sie mich in der Handhabung des Haustürschlüssels. Offensichtlich mußten mir sogar die primitivsten Vorgänge des täglichen Lebens erklärt werden. So ein Trumm von einem Schlüssel war mit allerdings noch nie untergekommen. Er war ellenlang und hatte einen Bart an jeder Seite. Man konnte ihn durch das Schloß durchschieben, eine raffinierte Sache war das.

Wir gingen stumm bis zur Kreuzung. Sie blieb stehen.

»Ich muß mich beeilen, mein Tai-Chi-Seminar fängt gleich an. Ruf an, wenn noch was unklar ist. Und sei vorsichtig mit deinen Möbeln, die Wände sind frisch gestrichen. Mach's gut, bis dann!« Sie hob die Hand mit einer flüchtigen Geste, überquerte die Straße und verschwand in dem kleinen Park am Kanal.

Ich winkte zurück und sah ihrer aufrechten Gestalt noch eine Weile fasziniert nach.

Ich schwebte von dannen, als hätte ich einen Ballon verschluckt, still frohlockend. Um die Ecke lag ein Türkenladen, daneben ein kleines Café mit schmutzigtrüben Scheiben. Es war offen und fast leer. Das kam mir gerade recht. Tanjas Kaffee tat seine Wirkung. Dazu kam die Aufregung, die meinen Darm ergrimmen ließ. Ich bestellte hastig Tee und raste zum Klo.

Ein paar Pfund leichter schlürfte ich wenig später glückselig meinen Tee und scherte mich einen Dreck um den Typ mit der grantigen Visage hinter der Theke.

Was würde Elisabeth zu dem gelungenen Unternehmen sagen? Sie würde es in gewissem Sinne als ihren Erfolg werten, immerhin hatte sie mir vor Wochen die Tarotkarten gelegt, wobei sich zweifelsfrei herausgestellt hatte, daß die Zeit für einen Ortswechsel günstig war oder so ähnlich. Trotzdem hörte ich sie schon sagen: »Andere laufen sich monatelang die Hacken nach 'ner Bude ab, Madame gibt ein einziges Inserat auf, mit einer Telefonnummer von Hinterpfuiteufel, fährt einmal hierher und kriegt sofort, was sie will.«

Ich grinste stillvergnügt vor mich hin. Der arme Alex, dachte ich voller Bosheit. Seine allzeit bereite Mätresse war im Begriff, sich für alle Zeiten aus dem Staub zu machen, und er hatte noch keinen blassen Schimmer davon.

Sicher, so ganz leicht würde auch mir die Trennung nicht fallen, da brauchte ich mich gar keinen Illusionen hinzugeben. Ich würde bestimmt ab und zu vor Sehnsucht sterben. Aber soviel ist sicher, dachte ich schmunzelnd, hier in Kreuzberg stirbt es sich garantiert um einiges leichter.

Im Geiste bereitete ich schon meine Abschiedsworte vor. Eiskalt würde ich ihm mitteilen, daß ich in Kürze mein Lager in sicherer Entfernung von ihm aufschlagen würde. Etwa so:

»Ach übrigens, damit du's weißt, in vierzehn Tagen ziehe ich nach Berlin.«

Das wird ihn glatt umhauen. Daß ich so was fertigbringe! Ich, die ich tagelang das Telefon hypnotisiert und einen Anruf von ihm herbeigefleht hatte. Sogar mit in die Dusche hatte ich das Ding genommen. Dieses peinliche Abhängigkeitsverhalten gehört ab sofort der Vergangenheit an, beschloß ich feierlich.

Jetzt gab es kein Zurück mehr. Süße Rachegedanken stiegen in mir hoch. Für alle verheulten Nächte, alle öden Wochenenden, alle geplatzten Verabredungen, für die vergeudeten zwei Jahre meiner kostbaren Jugend würde ich ihn – zack – einfach sitzenlassen. Ganz cool. In seinem Stadtrandeigenheim mit seinem Frauchen, ha!

Ich aber, ich würde ihn hier vergessen, ganz und gar, bis mir nicht mal mehr sein Geburtstag und sein Nachname einfiele. Endlich würde ich wieder leben, leben wie ein freier Mensch!

Total euphorisch und aufgekratzt begab ich mich auf den Heimweg. Heute abend würde ich mit Elisabeth tanzen gehen, tanzen bis zum Umfallen.

Wieder zu Hause in Rosenheim, hatte ich einen Haufen lästiger Rennereien zu erledigen. Es war ein Aufwand, als würde ich auswandern. Zuerst mußte ich mein sogenanntes Apartment kündigen, eins von zwanzig Wohnklos in einem älteren Haus am Stadtrand, das mit der Zeit zum inoffiziellen Studentenwohnheim avanciert war. Nach Westen hin dehnte sich ein weitläufiger Garten mit hohen Bäumen, der sich hervorragend zum Sonnen und für Feten aller Art eignete.

Das Anwesen hatte einer reizenden älteren Damen gehört, die leider vor einem halben Jahr verstorben war. Der Erbe war ihr Neffe, ein geldgieriger Fiesling. Die Tante war noch nicht richtig kalt, da hatte er die vormals anständigen Mietpreise saftig erhöht. Die Gartenfeste hatte er auch verboten, aber da pfiffen wir ihm was.

Mit diesem angenehmen Zeitgenossen mußte ich mich jetzt rumstreiten wegen Kündigungsfrist, Nachmieter, Renovierung und all solcher Kinkerlitzchen.

»Wenn die Wohnung ausgeräumt ist, sehe ich mir das an, bevor Sie Ihre Kaution zurückbekommen«, drohte er. Ich dachte: Arsch.

Dann mußte ich meinen knallroten R4 verkaufen. »Zum Ausschlachten«, wie man das im Anzeigenjargon nannte. Ausschlachten! Mein Herz blutete. Er war mein erstes Auto gewesen, abgesehen von dem Käfer, den ich bereits nach zwei Wochen zu Schrott gefahren hatte, na ja, Anfängerpech. Vier Jahre lang hatte die Freundschaft gehalten, aber jetzt fuhr ich schon über drei Monate mit abgelaufener TÜV-Plakette herum. Bei schönem Wetter benutzte ich die Vespa meiner

Mutter. Man muß das Schicksal ja nicht unnötig herausfordern. Acht Jahre war er alt, und man konnte täglich beobachten, wie er dahinrostete. Der Anlasser hatte auch so seine Launen, aber das war kein Riesenproblem, denn das Haus lag am Hang. Ich konnte ihn von da prima anrollen lassen. Lästiger war es schon, in der Stadt jedesmal einen abschüssig gelegenen Parkplatz oder einen Dummen zum Anschieben zu finden.

Als neulich auch noch die Zylinderkopfdichtung leckte, war damit das unwiderrufliche Ende eingeläutet.

Ein junger Bastler nahm ihn für dreihundert Mark mit, da konnte ich eigentlich noch zufrieden sein, aber als mein Freund zum letzten Mal hustend und qualmend den Berg hinunterrollte, wischte ich mir klammheimlich ein paar Tränen von den Wangen.

Ich mußte Kartons auftreiben und mich um ein geeignetes Umzugsfahrzeug kümmern. Viele Möbel besaß ich ja nicht, nur meine große Matratze war ziemlich sperrig.

Zum Glück gab es da meinen alten Freund und WG-Genossen Max samt seinem VW-Bus, die bereit waren, mit mir umzuziehen. Max war sogar ganz begeistert von der Idee, denn er kannte Berlin bis dahin nicht näher. So kriegte ich auch das geregelt.

Wir setzten das Umzugsdatum auf Freitag, den 13. September fest. Allmählich wurde mir schon ein wenig mulmig zumute. Nicht etwa wegen des Datums, jeglichem Aberglauben bin ich abhold, nein, das war's nicht. Aber die Zeit verrann, und ich hatte Alex noch immer nichts gesagt. Andererseits wollte ich nicht riskieren, daß er es vorher von anderen Leuten erfuhr, in einer Kleinstadt breiten sich Gerüchte mit Lichtgeschwindigkeit aus. Deshalb blieb mir nicht mehr viel Galgenfrist. Zu meiner Entschuldigung ließe sich vorbringen, daß es bisher am würdigen Rahmen für ein Gespräch von einschneidender Wichtigkeit gefehlt hatte. Ein flüchtiges Stündchen auf meiner Matratze zwischen zwei Business-Dates schien mir kein günstiger Augenblick zu sein. Endlich gelang es mir, mich mit ihm definitiv für Freitag abend zu verabreden.

Drei Tage waren es noch bis dahin. Ich war jetzt schon total nervös. Unmöglich, mir vorzustellen, was danach sein würde.

Der Sommer hielt sich recht ausdauernd. So gönnte ich mir einen Nachmittag des Müßiggangs auf meinem Balkon. Mit einem Strohhut auf dem Kopf pflanzte ich mich unter den Sonnenschirm, zwischen meine zwei Tomatenstauden, an denen die vollreifen Früchte bleischwer hingen, und zog eine kleine Zwischenbilanz über den derzeitigen Stand der Dinge in meinem Leben.

Alles in allem betrachtet, lag ich gar nicht mal so übel im Rennen. Ich hatte ein Diplom so gut wie in der Tasche, noch dazu eins mit recht ordentlichen Noten, was mir nicht besonders schwergefallen war. Andere hatten sich vergleichsweise ganz schön den Arsch dafür aufgerissen.

Ich stand in den Startlöchern zum Aufbruch in ein brandneues Leben, um hemmungslos meinen Lastern, dem Schreiben und dem Kneipenhocken, frönen zu können. Das Unternehmen Wohnungssuche war geradezu lächerlich erfolgreich verlaufen, ebenfalls ein Pluspunkt. Die Götter, oder wer auch immer, meinten es eigentlich gar nicht so schlecht mit mir.

Der einzige dicke Posten auf der Sollseite war Alex, den zu bekommen ich mir mehr wünschte als alles andere. Ausgerechnet das war bis jetzt gründlich mißlungen. Zugegeben, das war kein böses Schicksal, sondern ganz allein meine Schuld. Man verknallt sich einfach nicht in einen verheirateten Mann, und sei er noch so attraktiv. Fängt man solche Geschichten an, ist die Katastrophe vorprogrammiert, das hätte mir vorher klar sein müssen, ich war doch sonst nicht aufs Hirn gefallen.

Mitten in meine Überlegungen hinein hämmerte jemand gegen die Tür. Wenn das bloß nicht dieser Fettsack von Vermieter ist oder wieder der Typ, der sich alle drei Tage meinen Staubsauger leiht. Muß 'nen Reinlichkeitsfimmel haben, der Kerl. Seufzend erhob ich mich.

Draußen stand Heike. Ich hätte sie fast nicht erkannt. Erwartet hatte ich sie schon gar nicht. Eine völlig verwandelte Person stakste da auf hochhackigen Sandaletten herein. Wo vorher dünne, blonde Strähnen wie Spaghetti am Kopf geklebt hatten, rankten sich weiche Dauerwellen um ein total neu gestyltes Gesicht. Heike mit Lidschatten und Rouge, und das mitten am hellichten Nachmittag! Und dann die Klamotten!

Was war das für ein affenscharfer Minirock, kaum breiter als ein Stirnband? Den kannte ich ja gar nicht! Doch, ihre Beine konnten sich sehen lassen, waren aber bislang nur in Röhrenjeans und Flattergewändern vor die Tür gekommen. Mir fielen fast die Augen aus dem Kopf. Vor lauter Überraschung konnte ich nicht mal meinen Kommentar zu diesem sensationellen Outfit loswerden. Ich war schlicht sprachlos. Wahrscheinlich wäre ich sowieso nicht zu Wort gekommen, denn Neuigkeiten konnte Heike nie schnell genug loswerden, und daß es dergleichen gab, sah ich ihr sofort an.

»Schön, daß du da bist, ich muß dir was erzählen, du wirst es nicht glauben...«

»Wieso bist du nicht mehr zu Hause bei Muttern?« unterbrach ich sie grausam. Sie stöhnte und ließ sich in meinen Liegestuhl plumpsen.

»Ach, du kennst das doch. Eine Woche ist genug, länger vertragen wir uns einfach nicht.«

»Der übliche Generationskonflikt, geht mir auch nicht anders.«

Ich mixte uns zwei Campari-Orange und stellte einen Klappstuhl für mich auf. Es war offensichtlich, daß sie vor Mitteilungsbedürfnis schier platzte, man brauchte sie nur anzupieksen. Deshalb tat ich ihr den Gefallen und erkundigte mich, was es denn so Aufregendes gäbe.

»Stell dir vor, ich hab 'nen Job!« Sie strahlte.

»Das wundert mich nicht. Wo denn? Was denn?« Immerhin war sie mir die letzten Wochen fast nur mit ihren Bewerbungen in den Ohren gelegen.

»In Düsseldorf, bei einer großen Werbeagentur. Super, was?« Ich fiel aus allen Wolken.

»Ich dachte, du wolltest unbedingt zu der in Berlin!« Ihre Mitteilung beraubte mich all meiner Hoffnungen, nicht völlig alleine in die Fremde ziehen zu müssen. »Hast du schon zugesagt?« »Mündlich ja, den Vertrag kriege ich noch zugeschickt.« Was war nur in sie gefahren? Ich sah sie vorwurfsvoll an. Diese Sprunghaftigkeit, das war doch gar nicht ihre Art.

»Und was ist mit Berlin?« fragte ich anklagend. Sie zuckte verlegen die Schultern und nippte an ihrem Glas.

»Noch keine Antwort. Aber ich werde in Düsseldorf unterschreiben, auf jeden Fall.«

»Wieso denn auf einmal? Willst du nicht wenigstens abwarten, was noch kommt?« Ich war völlig perplex. Hier stimmte doch was nicht! Sie wollte doch bis vor zwei Wochen viel lieber mit mir nach Berlin kommen. Da rückte sie auch schon raus:

»Ich hab einen Mann kennengelernt!«

»Das soll vorkommen. Was ist diesmal mit ihm? Arbeitslos? Pleite? Alkoholiker? In psychiatrischer Behandlung?«

»Du bist gemein.« Sie besah sich eingeschnappt die Aussicht.

»Alles schon mal da gewesen, oder nicht?« bemerkte ich boshaft.

»Diesmal ist es was anderes. Er ist Manager in einem großen Konzern.« Sie nannte einen respektablen Firmennamen.

»Soso. Hat was mit Rüstung zu tun, oder irre ich mich da?«

»Und wennschon. Wenn's nach dir ginge, müßte ich mir einen schnitzen, damit er dir paßt.«

»Pff«, machte ich gekränkt.

Binnen kürzester Zeit war ich im Bilde. Sie hatte den Typen über den Freund eines Freundes kennengelernt, bei dem er zu Besuch weilte. Das Juwel war geschieden, kinderlos und scheinbar weder seelisch noch finanzell bankrott wie seine Vorgänger.

»Wie alt?«

»Sechsunddreißig.«

»Das geht ja gerade noch«, mäkelte ich. »Wie sieht er aus?«

»Och, dunkelhaarig, groß, recht symphatisch.« Sie lächelte verklärt.

Die Sache ließ sich aus meiner Sicht gar nicht gut an.

»Und in den hast du dich verknallt.«

»Na ja, also, ich finde ihn sehr nett«, wich sie schamhaft aus.

»Und der arbeitet in Düsseldorf.« So langsam kapierte ich.

»Nein, in Essen. Aber das ist ja keine Entfernung.«

»Bist du dir sicher, daß sich der Aufwand lohnt? Ich meine, am Ende nimmst du jetzt wegen dem Typen diese Stelle an, und der will dann gar nichts mehr von dir wissen.« Oh, diese Verblendung!

»Ich weiß nicht mal, ob er überhaupt was von mir wissen will«, bemerkte sie lapidar.

»Wie bitte!?«

»Aber er hat mich zu sich eingeladen. Es klang sehr... vielversprechend. Ich habe einfach das Gefühl, da wird was draus. Außerdem ist die Stelle in Düsseldorf durchaus nicht von Pappe.«

Was sollte ich da noch erwidern? Daß Männer solchen Kalibers überhaupt noch frei herumliefen! So was gab's doch nur in den Fernsehserien. Der Junge schien aus ihrer Sicht ein waschechter Volltreffer zu sein, es sei denn, da gäbe es irgendwo doch einen versteckten Haken. Na, wenn das bloß nicht wieder ein Schuß in den Ofen wird, dachte ich skeptisch.

»Bitte, tu mir einen Gefallen«, bat ich sie mit wichtiger Miene.

»Was denn?«

»Fahr erst dorthin und sondiere die Lage, bevor du den Vertrag unterschreibst!«

»Das habe ich vor.«

»Na, wenigstens etwas.« Ich seufzte tief. Mußte ich denn alles, was mir lieb und teuer war, auf einmal verlieren? Meinen Geliebten, mein Auto und jetzt noch meine beste Freundin? Das Leben springt manchmal ganz schön übel mit einem um.

Mein Campari war leer, Heikes auch. Ich mixte uns noch welche, und wir schwiegen eine Weile. Ich legte die neue Dire Straits auf. Bei diesem »Money for nothing« könnte ich sterben, so super ist das! Am Horizont flimmerte die Bergkette in der Nachmittagshitze. Ganz oben, in den Gletschern, lag Schnee. Von der Weite sah ich die Berge am liebsten. Da wirkten sie majestätisch, geheimnisvoll und unnahbar. Man sah nicht die Touristen in karierten Hemden und Nagelstöcken, die sie entweihten.

»Und du, bist du immer noch entschlossen, nach Berlin zu gehen?« unterbrach Heike die nachdenkliche Stille.

Du lieber Himmel, die wußte ja noch gar nichts von der Wohnung. Aber was hatte sie denn erwartet? Bloß weil ihr Leben durch das Auftauchen dieses Supertyps durcheinandergeraten war, dachte sie jetzt wohl, die ganze Welt drehe sich andersrum. Ich erzählte ihr die Story kurz und bündig. Am Ende nickte sie beifällig.

»Und du willst keinen Job suchen? Ich meine, keinen richtigen, du weißt schon.«

»Nein, zunächst sicher nicht.« Ich nahm einen großen Schluck. »Ich bin noch nicht reif fürs Establishment«, ließ ich in lässigem Ton verlauten. Den Ausdruck hatte ich von Elisabeth. Heike sagte klugerweise nichts dazu.

»Ich muß erst noch ein paar andere Lebensweisen ausprobieren, ehe ich mich ans schnöde Geldverdienen mache«, verkündete ich, »und ich werde mich in Berlin an der Uni einschreiben, vielleicht für Theaterwissenschaften oder Kunstgeschichte. Irgendwas Interessantes, was mir Spaß macht.«

»Hm.«

»Außerdem, wer sagt, daß ich nicht eines Tages mit dem Schreiben einen Riesenhaufen Kohle verdienen werde?«

»Sicher. Vielleicht kannst du tatsächlich mal was veröffentlichen.«

Das »tatsächlich mal« stieß mir unangenehm auf. Schließlich hatte ich schon ein paar Kurzgeschichten und Reiseberichte an unser Lokalblatt verhökern können. Nicht eben ein furioser Auftakt, aber immerhin.

»Aber«, fuhr sie fort, »ich frage mich immer wieder, warum du dann Wirtschaft studiert hast, wenn du lieber Schriftstellerin werden willst?« Diese Fragerei nervte mich langsam, sie benahm sich mal wieder exakt wie meine Mutter!

»Aus reinem konservativen Sicherheitsdenken und zur Erweiterung des Horizonts. Es hat außerdem Spaß gemacht.« Ich schnaufte trotzig.

»Stimmt. Überanstrengt hast du dich ja nicht.«

»Wozu auch, wenn's so geht.«

Ich drehte die Platte um.

»Ich versteh dich schon, glaub ich.« Sie sah mich rührend fürsorglich an. »Und deine Geschichten finde ich auch nicht schlecht. Aber ich könnte das nicht, so einfach ins Blaue hinein...« Sie machte eine hilflose Handbewegung, ein Satz brandneuer Armreife klirrte leise.

»Aber du nimmst eine Stelle an wegen eines Kerls, von dem

du noch nicht mal weißt, ob er angebissen hat. Na, wenn das nicht ins Blaue hinein gehandelt ist!« gab ich angriffslustig zurück.

»Da hast du auch wieder recht.« Sie lächelte siegessicher.

»Wann fährst du zu ihm?«

»Vielleicht schon nächste Woche.«

»Das würde ich dir auch raten. Bleib am Ball, solange er heiß ist! Aber sei ja zu meiner Abschiedsfete zurück, sonst rede ich für den Rest meines Lebens kein Wort mehr mit dir!«

»Aber klar doch. Ich will ihm ja nicht gleich wochenlang auf die Pelle rücken. Wann ist sie denn?«

»Nächsten Donnerstag. Freitag in einer Woche bin ich weg.«

»Mein Gott, wie schnell das jetzt alles geht.« Sie zog ein bekümmertes Gesicht.

»Jetzt heul nur gleich los!« brummte ich unwirsch, aber mir war eher selber danach zumute.

»Weiß dein Ehedrama schon, daß du dich in Bälde aus dem Staub machst?« fiel ihr plötzlich ein. Ich grinste. »Ehedrama«. Welch passender Ausdruck für die Tragödie meines Liebeslebens.

»Nein. Ich treffe ihn am Freitag.«

»Na dann, viel Vergnügen!«

»Mir zittern jetzt schon die Knie.«

»Glaub ich dir. Aber du hast völlig recht, daß du verschwindest. Der nutzt dich doch bloß aus, um bei seinen Freunden mit dir anzugeben.«

Ausgerechnet sie sprach von Ausnutzen! Sie, die ständig irgendwelche Parasiten bei sich beherbergte. Aber ganz unrecht hatte sie nicht, auch wenn mir das nicht sonderlich behagte.

»Schon möglich«, gab ich zu, »aber er hat mich wirklich sehr gern. Er leidet genauso wie ich unter der Situation.«

Sonst hätte er mich doch schon längst fallen gelassen, jetzt, da seine Frau ihm bestimmt Tag für Tag die Hölle heiß machte. Im Gegenteil, er mußte geradezu verrückt nach mir sein. Er mußte! Meine Gedanken schossen mit mir davon.

»...leidet jedenfalls nicht genug, um sich scheiden zu lassen«, hörte ich Heikes respektlose Bemerkung. Das war nun nicht gerade mein Lieblingsthema.

»Ich weiß, ich weiß«, stöhnte ich abwehrend. Diese Sache hatten wir schon tausendmal durchgekaut.

»Deshalb verschwinde ich ja so schnell wie möglich. Außerdem...«, lenkte ich vom peinlichen Thema ab, »ist in Berlin, verglichen mit hier, der Teufel los. Ich hab einfach das Gefühl, ich muß dahin. Worüber soll ich denn schreiben, wenn ich nichts erlebe?«

»Na ja, also ich finde, wir haben es die letzten Jahre doch recht anständig krachen lassen«, erwiderte sie.

»Mag sein«, sagte ich, »aber jetzt ist alles am Abhauen. Jeder denkt nur noch an Job und Karriere. Du wirst sehen, diese Stadt ist tot, wenn wir erst mal weg sind.«

»Hallo, die Damen!« Eine kräftige Stimme vom Nachbarbalkon ließ uns herumfahren.

»Hallo, Daniel, wie geht's?« grüßte Heike.

»Servus, Durchlaucht«, winkte ich träge.

Daniel war ein Baron oder ein Freiherr, irgendwas Adeliges jedenfalls, aber er ging damit nicht hausieren. Er studierte im selben Semester wie Heike und ich. Finanziell wurde er recht kurz gehalten, das hatte wohl erzieherische Gründe. Deshalb wohnte er auch in dieser billigen Bruchbude neben mir und fuhr ein Auto, das fast so hinfällig war wie mein R4, er ruhe in Frieden. Lediglich ein Satz Golfschläger in der Dusche deutete auf den gehobenen Lebensstil seiner Sippschaft hin. Heike kannte ihn besser als ich, sie hatte mir mal erklärt, wo der Clan überall die Finger drin hat, da konnte einem ganz schwummrig werden.

Er selbst war ein prima Kerl, aber in seinem Freundeskreis tummelten sich für meinen Geschmack zu viele Rindviecher. Deshalb pflegten wir lediglich oberflächliche nachbarliche Kontakte wie gegenseitiges Blumengießen, Skripte und Bücher ausleihen und selten mal ein gemeinsames Täßchen Tee. Es wurde gemunkelt, er habe eine Verlobte aus seinen Kreisen, aber gesehen hatte die hier noch kein Mensch.

»Wann gehst du denn jetzt nach Brasilien?« fragte Heike neugierig.

»Brasilien?« staunte ich. »Was machst du denn da?« Mir hatte wieder mal kein Mensch was erzählt.

»Praktikum, ein Semester lang«, antwortete Daniel. »Nächste Woche ist Abflug. Ich wollte euch sowieso noch zu meiner Abschiedsfete einladen, am Freitag, dem 13. Ein tolles Datum, nicht?«

»Super«, strahlte Heike, »ein Fest jagt das andere.«

Eine Idee drängte sich mir auf. Notfalls könnte ich ja auch erst am Samstag umziehen. Wäre eh besser, als ausgerechnet am Freitag, dem 13.

»Wo machst du die Fete?« erkundigte ich mich.

»Hier im Garten. Auch wenn sich der alte Trottel auf den Kopf stellt.« Er sprach offensichtlich von unserem geschätzten Vermieter.

»Hör mal, könnten wir unsere Abschiedsfeten nicht zusammenlegen?«

»Ja«, unterbrach Heike, »und meine gleich dazu.«

»Von mir aus«, grinste Daniel. »Verschwindet ihr auch? Das wird ja total öde in Rosenheim, ohne euch zwei.«

»Meine Rede...«, murmelte ich.

»Ja«, stimmte Heike eifrig zu, »ich hab eine Stelle in Düsseldorf...«

»Vielleicht«, unterbrach ich giftig.

»...und Eva geht nach Berlin.«

»Nach Berlin, soso. Davon wußte ich ja gar nichts.«

»Weiß ich selbst erst seit ein paar Tagen.«

»Was machst du da?« wollte er wissen.

»Das Leben studieren.«

»Ach so«, er guckte ein bißchen irritiert drein. »Na, dann laßt uns mal durchsprechen, was wir auf die Beine stellen wollen, am besten, ich hüpf kurz rüber zu euch.«

»Tu das«, antwortete ich und bereitete noch einen Campari vor.

Schon war er unwiederbringlich dahin, mein fauler Nachmittag.

Wir saßen uns Auge in Auge gegenüber. Kerzenlicht spiegelte sich in der Flasche Bordeaux, vom Feinsten, versteht sich. Die Szenerie hätte kaum romantischer sein können.

Ich hatte mich mit dem Wein schwer zurückgehalten, ich

brauchte heute abend noch meinen klaren Kopf für meinen großen Auftritt. Wir warteten auf das Dessert, eine weiß-braun-schwarze Mousse, nicht eben das Originellste, aber ich steh nun mal hoffnungslos auf Mousse au Chocolat. Die wollte ich mir noch in aller Ruhe munden lassen, ehe ich meiner großen Liebe den Todesstoß versetzen würde.

Im übrigen war ich noch längst nicht satt. Wieder mal machte ich die Erfahrung, je schummriger das Lokal und je zahlreicher die Ober, desto mehr Gänge braucht es, um zu einem annähernd befriedigenden Sättigungsgrad zu gelangen. Dafür verhalten sich die Preise umgekehrt proportional zu den Ausmaßen der Portionen, eine scheinbar unumstößliche Gesetzmäßigkeit.

Bewundernswert, wie die Befrackten ihren Weg zu den spärlich erhellten Tischchen fanden. Die mußten Eulenaugen haben. Behende huschten sie von Nische zu Nische und schleppten fußballplatzgroße Teller heran, auf denen ein Nichts mit einem französischen Namen kunstvoll arrangiert war.

Voller düsterer Vorahnungen fragte ich mich, wie lange es wohl dauern würde, bis wieder einmal jemand ein halbes Vermögen für mein Abendessen hinblättern würde.

Endlich, der Nachtisch. Aber jede Mousse hat einmal ein Ende. Mein Lampenfieber stieg rapide an. Ich fühlte mich wie kurz vor einem Sprung vom Hochhaus. Wo war meine grimmige Vorfreude auf diesen Moment, wo meine Rachegelüste? Warum zitterte ich bloß so? Auf einmal zählte nur noch die bittere Erkenntnis, daß ich diesen wunderbaren Mann heute wohl zum letzten Mal so ansehen und ihm nahe sein konnte, daß in Kürze für mich die Welt zusammenbrechen würde und ich zu allem Überfluß auch noch selber auf den Knopf drücken mußte, der den Untergang herbeiführen würde.

Ich rauchte eine nach der anderen. Ein paarmal öffnete ich stumm den Mund, wie ein Karpfen, brachte aber keinen Laut über die in dramatischem Tizianrot geschminkten Lippen.

Alex ließ gutgelaunt und ahnungslos eine Anekdote aus dem letzten Skiurlaub vom Stapel. Zum ersten Mal lauschte ich seinen Worten nicht andächtig. Höflich belächelte ich am Ende die Pointe.

Er schenkte nach, ich registrierte die purpurrote Farbe des Weines, fixierte das Glas wie einen Kultgegenstand und platzte heraus:

»Ich werde dich nicht wiedersehen, Alex.« Meine Stimme klang fremd und porös, eine heiße Welle schlug über mir zusammen. Durch seine Saphiraugen ging ein Flackern, sein Adamsapfel ging einmal rauf und runter.

»Eva«, stöhnte er gequält, »mußt du uns jetzt diesen schönen Abend mit einer Beziehungsdiskussion verderben? Ich bitte dich! Ich hatte heute einen so anstrengenden Tag.« Sein Ton war ganz geduldige Nachsicht. Er befand sich offenbar auf dem Holzweg.

»Ich ziehe weg von hier, Alex. In einer Woche ziehe ich nach Berlin.« Mein Herz schlug wie ein Hammer, mit Ach und Krach kriegte ich noch Luft. Ich befand mich mitten im freien Fall.

»Ist das dein Ernst?« Er lächelte unsicher, zwei Falten erschienen über seiner Nase. »Das ist doch wieder eine von deinen berüchtigten Faxen, oder?«

Ich wurde knallrot bis über die Ohren. Er hatte nicht ganz unrecht, ich hatte schon so manches unternommen, um ihn gewaltsam zu erobern. Verzweifelte, verrückte Aktionen, um ihn endgültig von seinem trauten Heim wegzulocken in die Arme der Frau, die für ihn bestimmt war, und das war ohne Zweifel ich. Öfter schon hatte ich »Schluß gemacht«, um ihm die Leere eines Lebens ohne mich schmerzlich vor Augen zu führen. Aber meistens hatte er den längeren Atem bewiesen, und nach einigen verheulten, kettenverrauchten Tagen und Nächten war ich diejenige gewesen, die als erste zum Telefon gegriffen oder ein »zufälliges« Treffen in einer Kneipe inszeniert hatte. Jedesmal war danach alles beim alten geblieben, nur mein Stolz hatte wieder einen neuen Knacks abgekriegt.

Langsam gewann ich meine Fassung zurück.

»Es ist wahr, Alex. Du hast selber gesagt, ich hätte was Besseres verdient. Ich tauge nicht zur Zweitfrau. Wenn ich hierbleibe, komme ich niemals von dir weg, das weißt du. Und ich finde, das Leben ist mir noch etwas mehr schuldig.«

Er blieb stumm, schluckte, bemühte sich um ein Lächeln.

Ich kämpfte mit dem Kloß in meiner Kehle. Ich war dabei, den schönsten Mann, den ich je kannte, zum Teufel zu schicken. Bloß jetzt nicht losheulen!

»Tja«, meinte er nach einer Ewigkeit mit belegter Stimme, »vielleicht ist es wirklich besser so. Ehrlich gesagt, ich hätte von dir nicht erwartet, daß du plötzlich auch Besitzansprüche stellst. Das hast du doch immer so verurteilt. Du warst doch anfangs so locker und gut drauf. Was du da von mir verlangst, ist unmöglich. Du setzt mir das Messer an die Brust. Ich kann einfach nicht von heute auf morgen alle Zelte abbrechen.«

»Zelte abbrechen!« Was für ein Ausdruck. Ich stellte mir Alex auf einem Campingplatz vor, wie er auf Knien rutschend die Heringe aus dem Sand zog.

»Du wirst sie weder heute noch morgen abbrechen«, ging ich zum Gegenangriff über, »das habe ich inzwischen endlich kapiert. Aber ich kann so nicht leben, verstehst du. Ich hab's lange versucht, aber es geht nicht. Ich verhungere dabei. Gefühlsmäßig«, fügte ich hinzu, denn nach einem fünfgängigen Menü von »Verhungern« zu sprechen, schien mir denn doch reichlich dekadent.

»Weißt du«, bekannte er mit verlegenem Gesichtsausdruck, »ich liebe dich wirklich, glaube ich.«

»Ach ja?« Daß ihnen das immer einfällt, wenn alles den Bach runter ist.

»Aber«, seufzte er, »irgendwie hänge ich eben doch zu sehr an meinem Haus, meinem Kind und wahrscheinlich auch an meiner Frau.«

So was will erst mal verdaut werden. Das war ein dicker Hund. Nicht so sehr der Inhalt dieses Statements brachte mich auf die Palme, nein, die Reihenfolge seiner Werte war es, die mich wie eine Faust in den Magen traf.

»Dein Auto hast du vergessen«, zischte ich giftig, dann mußte ich schleunigst verschwinden. Ich stolperte durch das Halbdunkel zur Toilette und ließ mir kaltes Wasser über die Handgelenke laufen. Eigentlich war nichts Neues an dieser Botschaft, aber es war doch einigermaßen herb, in aller Deutlichkeit gesagt zu bekommen, welchen Stellenwert man einnahm.

Sein Haus! Dieser elende Materialist. Sein Kind! Das mußte immer herhalten, wenn's brenzlig wurde, um mein schlechtes Gewissen zu aktivieren. Dabei hat er sich schon seit Jahren so gut wie nie um den Jungen gekümmert, wann denn auch? Aber am meisten ärgerte mich dieser Ausdruck »meine Frau«, der kam mir gallenbitter hoch. So hatte er sie bisher vor mir noch nie genannt. Wenn überhaupt, dann sprachen wir von »Franziska« oder »sie«. »Meine Frau«, das traf wie ein Messer ins Herz.

Ich brauchte eine ganze Weile, um meine Wut und den Schmerz wieder in den Griff zu kriegen. Irgendwie hatte ich mir seine Reaktion völlig anders vorgestellt. Dieser kampflose Rückzug, fast als käme ihm mein Abgang ganz gelegen. Warum tat er nichts, um mich umzustimmen? Er mußte doch sehen, daß es diesmal kein fauler Trick war.

Ich betrachtete mich im Spiegel. Ich fand, ich sah trotz allem Elend blendend aus. Diese Hochsteckfrisur stand mir ausgezeichnet, dazu der ausgeflippte Ohrring, farblich zu meinen grünlichen Augen passend, die Haut dezent sonnengebräunt, alles perfekt. Wer mich nicht haben will, ist selber schuld, sprach ich mir Mut zu, ehe ich mich wieder durchs Lokal tastete.

Er hatte die Rechnung soeben mit einem Plastikkärtchen bezahlt, und wir gingen sofort. Die Fahrt nach Hause dauerte lange. Anständige Lokale findet man hier nicht an jeder Ecke.

Ausgelaugt und todmüde kuschelte ich mich in den Sitz. Er schlug einen zwanglosen Ton an, fragte mich dieses und jenes über meine Pläne in Berlin, die Wohnung, den Umzug. Es klang schon so, als plauderte er mit einer alten Verflossenen, fand ich. Wo war sein Schmerz?

Ich gab mich maulfaul, dieser verkrampfte Small talk kotzte mich an. Bald verstummte das Gespräch, und ich erschrak, als wir plötzlich vor meiner Haustür standen. Er hielt direkt vor der Tür und stellte den Motor ab. Damit war klar, daß er gleich weiterfahren würde, das war schon in Ordnung so, fand ich. Was sein mußte, war geschehen, jetzt sollte man den Abschied nicht unnötig dramatisieren.

»Darf ich deinen Pullover haben, den da?« Ich tippte seinen Arm vorsichtig an, als fürchtete ich einen Stromschlag.

»Ist dir kalt? Wir sind doch schon da.«

Wann verstand mich dieser Mensch eigentlich mal auf Anhieb?

»Geschenkt, meine ich. Ich mochte den immer so an dir. Paßt zu deinen Augen«, erklärte ich mit rauher Stimme und mißlungenem Lächeln.

»Wenn das dein sehnlichster Wunsch ist...«

»Ja, ist es.«

»Muß ich mir zu Hause halt was einfallen lassen, wo der hingekommen ist. Aber zieh ihn bitte nicht an und lauf damit durch die Stadt.«

Das waren also seine größten Sorgen in so einem Augenblick!

»Auf eine Lüge mehr oder weniger kommt es doch jetzt nicht mehr an, oder? Aber keine Sorge, ich werde ihn nicht anziehen, nur behalten«, beruhigte ich ihn, während er den Pullover auszog. Er war so tiefblau wie seine Augen, und ich preßte mein Gesicht hinein und atmete seinen Duft ein.

»Sammelst du die?« fragte er scherzhaft.

»Ja, ab sofort.« Jetzt mußte ich schnellstens aus diesem Auto raus. Wenn er mich in den Arm nimmt oder so was in der Art, muß ich losplärren, dachte ich in Panik. Ich hauchte ihm blitzschnell einen Kuß auf die Wange, roch dabei sein Eau de Toilette, Drakkar noir, dann floh ich aus dem Wagen.

»Ruf mich noch mal an, bevor du fährst!« rief er mir aus dem offenen Fenster nach. Es klang sehr dringlich, fast schon flehend, oder bildete ich mir das nur ein?

»Ja, mach ich«, log ich dankbar. Ein Strohhalm, an den wir uns noch eine Woche klammern konnten, der uns über diesen grausamen Abschied weghalf.

Die Tür fiel hinter mir zu, ich rannte die Treppe rauf. Noch immer würgte ich an dem Kloß in meiner Kehle.

Jetzt gab es zwei Möglichkeiten: Erstens, ich würde mich aufs Bett werfen und heulen. Zweitens, ich würde mir erst eine Flasche Chianti genehmigen und mich dann aufs Bett werfen und heulen. Ich kühlte mir das Gesicht mit kaltem Wasser ab, dann entschied ich mich für die Variante mit der Sauferei. Mit Glas und Flasche trat ich auf den Balkon hinaus. Es war erst kurz vor Mitternacht, die Luft war angenehm lau, dazu schien der Vollmond. Eine Traumsommernacht. Das hatte mir gerade noch gefehlt.

»Guten Abend, du Schöne der Nacht!« sagte eine Stimme neben mir. Man muß wohl einen Adelstitel haben, um solchen Schmus todernst von sich geben zu können.

Er stand rauchend draußen, ein Handtuch um die Hüften, das Mondlicht floß auf ihn herab und fing sich silbern in den feuchten, schwarzen Locken. Auf einen frisch geduschten Männerkörper, noch dazu im Mondschein, reagiere ich wie der Pawlowsche Hund.

Ich nahm einen Kampfschluck, sah ihn mit seltsamem Blick lange an und sagte:

»Hallo, Durchlaucht. Hättest du was dagegen, wenn ich noch zu dir rüberkomme? Auf 'nen Kaffee und den ganzen Scheiß...«

Am nächsten Morgen erwachte ich früh, ich spürte den ungewohnten Körper neben mir. Ich genoß das Gefühl, nicht allein zu sein und seit langem wieder mal neben einem Mann aufzuwachen. Es ging mir gut. Es war nicht so ein Morgen, an dem man sich mit schalem Geschmack im Mund, weil man sich ekelt, die Zahnbürste des anderen zu benutzen, in die zerknüllten Klamotten wirft und schleunigst das Weite sucht, solange der Typ noch schläft, weil seine Gegenwart in der nüchternen Helle des Tages nicht auszuhalten wäre.

Wir hatten wirklich keine üble Nacht verbracht, ganz im Gegenteil. Sex pur, ohne diesen beschissenen Gefühlsballast, das kann recht genußvoll sein, und mich hatte es obendrein vor einer grausamen Nacht bewahrt.

Ich schlich mich trotzdem davon und besorgte was zum Frühstück. Als ich zurückkam, war er schon aufgestanden und kochte Kaffee. »Ich dachte schon, du wärst sang- und klanglos entschwunden«, begrüßte er mich erleichtert.

»Warum sollte ich? So schlecht war es nun auch wieder nicht...«

Er fand eine Flasche Sekt im Kühlschrank, und schon waren wir wieder am Rumkichern. Ich wollte freundlich sein und sagte zu ihm, er hätte einen biegsamen, leichten Körper wie ein Rennpferd, und er antwortete, ich hätte eine Haut wie chinesische Seide. Dann lachten wir uns kringelig und es klopfte an der Tür.

Gleich drauf stand Heike mit unverhohlenem Grinsen im Zimmer. Sie erfaßte die Situation mit einem Blick. Sie war vom jahrelangen Umgang mit mir schon einiges gewohnt, also goß sie sich kommentarlos ein Glas Sekt ein.

»Ich wollte dich zum Markt abholen«, erklärte sie, ein Marmeladebrötchen mampfend. Sie sah wieder blendend aus und strahlte dazu wie ein Honigkuchenpferd.

»Der Typ von gegenüber hat mir einen dezenten Hinweis gegeben, wo ich dich finden könnte.« Sie feixte schadenfroh.

In diesem Haus gab es noch nie so was wie ein Privatleben, zum Kotzen war das! Der Kerl gegenüber hörte das Gras wachsen. Immer war das ganze Haus informiert, wer was mit wem trieb. Na, jetzt konnte uns das auch egal sein. Vielleicht hätten wir ja auch was leiser sein sollen...

»Scheiß drauf!« sagte Seine Durchlaucht und grinste. Möglich, daß wir soeben denselben Gedanken hatten.

»Morgen fahre ich nach Essen!« verkündete Heike mit großer Geste.

»Aha. Aber sei bis zur Fete wieder da«, ermahnte ich sie.

»Was machst du in Essen?« wollte Daniel wissen.

»Frauensache«, gab ich zurück.

»Na, dann ist es wohl eher 'ne Männergeschichte«, spekulierte Daniel. »Ich dachte mir schon neulich, unsere Heike ist irgendwie verändert...«

»Jaja, die Liebe«, seufzte ich. »Wir werden dich jetzt verlassen und zum Markt gehen. Oder sollen wir dir noch beim Abwasch helfen?« fragte ich scheinheilig.

»Nein, geht nur. Selbst ist der Mann.«

Wir verdrückten uns rasch, ehe er seine Meinung über die Männer ändern konnte.

»...und danke für die wunderbare Nacht!« brüllte er mir durch den Gang nach, so daß es garantiert auch noch der letzte Dauerpenner mitkriegen mußte.

»Gleichfalls, du Blödmann«, rief ich, und Heike quietschte vor Vergnügen.

»Ich bin froh, daß du gekommen bist«, sagte ich zu ihr, als wir drüben bei mir waren.

»Gestern hab ich es ihm schonend beigebracht.«

»Und, wie war's? Was hat er gesagt?« Sie blickte mich groß und blauäugig an.

»Nicht viel, eigentlich gar nichts.« Ich ließ einen Moment effektvollen Schweigens folgen, ehe ich fortfuhr: »Daß er an seinem Haus, seinem Kind und seiner Frau hängt. In genau der Reihenfolge.«

»Typisch. Und danach hast du dich von Daniel trösten lassen.«

»So ungefähr.«

Ich mußte mich ein bißchen herrichten und vor allem was anderes anziehen, dieser schwarze Fummel hatte heute morgen beim Bäcker schon genug Unruhe in die Warteschlange gebracht. Samstags holen meistens die Männer die Brötchen.

Heikes Gegenwart bedeutete einen Aufschub von ein paar Stunden. Sie lauerten schon in den Zimmerecken, ich konnte sie genau spüren, die Dämonen des Selbstmitleids und der Verzweiflung.

»Komm du nur allein nach Hause«, schienen sie zu flüstern. Sie würden früher oder später erbarmungslos über mich herfallen, das war klar.

Aber immerhin, die erste Nacht war überstanden und nicht mal schlecht. Dank Daniel mußte ich mich jetzt nicht mit verquollenen Augen unter der Sonnenbrille um die Häuser drücken, sondern konnte der Welt mein jugendlich strahlendes Antlitz darbieten. Der Katzenjammer würde schon noch kommen, da brauchte ich mir gar nichts vorzumachen.

Das Wetter war auf unserer Seite, das Satellitenbild der Tagesschau wies schon seit Tagen kein Wölkchen auf, beste Vorzeichen also für unsere Fete.

Den ganzen Nachmittag schufteten wir wie die Bekloppten. Ein Grill wurde aufgebaut, Gartenfackeln wurden in den Boden gerammt, alle möglichen Sitzgelegenheiten herbeigeschafft, die Frau unter mir stellte ihre Boxen ins Fenster, so daß wir genug Sound im Garten hatten, das ganze Haus war im

Aufruhr. Jeder gab nützliche Ratschläge und Anweisungen, wo das Bierfaß zu stehen hätte, wo der Grill und wie lange das Spanferkel wohl brauchen würde.

Ich opferte meine selbstgezüchteten Tomaten dem gemeinnützigen Zweck und rupfte sie schweren Herzens von den Stauden, Heike verarbeitete sie unter meiner fachkundigen Anleitung zu einem Salat. Wie ich gehofft und gleichzeitig befürchtet hatte, war der Besuch bei ihrem Traumprinzen ganz gut verlaufen. Jetzt schwebte sie auf Wolke Sieben.

Max war auch schon da, zum Helfen. Wir hatten den Umzug auf Sonntag verlegt, denn einen Tag nach der Fete würden wir nach alter Erfahrung kaum in der Lage sein, die damit verbundenen Anstrengungen zu bewältigen. Max wollte anschließend noch ein paar Tage in Berlin verbringen, und mir war das recht.

Es wurde unaufhaltsam Abend und somit Zeit, mir Gedanken um mein Outfit für diesen denkwürdigen Anlaß zu machen. Ein hautenger Minirock, eine Seidenbluse und langer Pullover für später fanden Gnade vor meinen Augen. Ich erwog kurzzeitig, mir die Nägel schwarz oder neonpink zu lackieren, verwarf diesen Gedanken aber wieder.

Daniel war der große Koordinator, darin war er echt fit. Gerade hatte er seinen letzten Kontrollgang absolviert, da trudelten auch schon die ersten Leutchen ein. Ich machte mich in aller Ruhe fertig, dann stürzte ich mich ins Geschehen. Eigenartig, wo die vielen Leute trotz der bereits begonnenen Semesterferien herkamen. Einige kannte ich nicht mal. Ein paar Schnepfen, die zu Alex' weiterem Bekanntenkreis zählten, standen auch herum, wer zum Teufel hatte die eingeladen? Wahrscheinlich kein Mensch. Eine Fete spricht sich schnell rum, jeder schleppt irgend jemanden mit, und im Nu sind genau die Leute da, die man am wenigsten ausstehen kann.

Ein riesiges Bierfaß wurde unter großem Trara angestochen, es war sofort von Durstigen umringt. Im Gewusel begegnete ich auch ein paar Exverhältnissen von mir. Nicht, daß mir das peinlich gewesen wäre. Wenn man jahrelang an einem Ort wohnt, sammelt sich so einiges an, was will man dagegen schon machen? Aber ihr Anblick bestätigte mir meinen Entschluß, diese Stadt zu verlassen. Wenn man seine Verflossenen rudelweise auf Parties antrifft, sollte man alsbald die Konsequenzen ziehen und sich neue Jagdgründe suchen.

Ich begrüßte Micha, der eine Zeitlang mit Max und mir die Wohnung geteilt hatte. Er zog mich zur Seite und fragte, ob ich was zu rauchen bei mir oben hätte. Das war ein ausgezeichneter Vorschlag.

»Was denkst du? *Ich* führe einen geordneten Haushalt. Da geht nichts aus«, murmelte ich in Anspielung auf die liederlichen Verhältnisse in ihrer jetzigen Wohngemeinschaft. »Aber häng's nicht an die große Glocke. Zuviel Ärsche hier, du weißt schon.«

Ich hatte keine Lust, von ein paar Möchtegernyuppies wegen eines lausigen Joints dumm angemacht zu werden.

»Ist gut. Ich sag nur Max Bescheid.«

Eiligst schritt ich zur Tat und drehte das Ding auf meinem Balkon. Nebenbei betrachtete ich den ganzen Haufen da unten. Von hier oben wirkte es wie eine Filmszene. Aus den Boxen drangen die schrillen Töne von Mezzoforte.

Die meisten Leute waren Studenten von unserer Fachhochschule. Da standen sie also, die kommenden Wirtschaftsbosse der postindustriellen Gesellschaft und soffen friedlich Bier. Ob sie wohl ihre Sache genauso schlecht machen würden wie die alten? Wann werden sie sich zum ersten Mal die Hände schmutzig machen, bei all den dreckigen Geschäften, die das dickste Geld einbringen? Ich geriet über meiner Beschäftigung ins Grübeln. Würden sie mit wachsendem Einkommen korrupt und gleichgültig werden, nur noch an Macht und Geld interessiert? Eigentlich sahen sie ja recht harmlos aus, wie sie da unten rumalberten. Ich spekulierte ein paar Jährchen voraus:

Der Blonde da, Herbert hieß er, glaube ich, der würde sich gut als Waffenschieber für die Dritte Welt machen, und die zwei Kumpels von Daniel hatten jetzt schon Visagen wie... Immobilienhaie. Klaus mit seiner schmierigen Art könnte ein Politiker werden, bestechlich bis ins Mark. Ute mit ihrer Klappe könnte ins Versicherungsgeschäft einsteigen. Der hier, »Frosch« genannt, für den käme eine Karriere im Rüstungskonzern in Frage, vielleicht noch ein bißchen illegaler Export dabei. Mario handelte jetzt so ab und zu mit Stoff, der könnte völlig ins Rauschgiftgeschäft einsteigen, und Karin, ein paar originelle Tierversuche wären bei ihr durchaus vorstellbar. Ah, da war Bernd mit seinen Asienreisen und den Weibergeschichten, der könnte deutsche Puffs mit Thailänderinnen beliefern oder eine Heiratsvermittlung für Exotinnen betreiben. Der im karierten Hemd studierte Chemie in München, vielleicht schickt er mal ein paar Kisten Plutonium in den Nahen Osten oder ist an einem kleinen Giftmüllskandal beteiligt... Ich kicherte albern vor mich hin. Das heitere Beruferaten wollte ich gleich Micha erklären, dem fiele garantiert noch was ein.

Die Tüte war gerade fertig, da düdelte das Telefon.

Alex war dran, mein Herz setzte aus alter Gewohnheit einen Schlag aus. Die ganze Woche hatten wir nichts voneinander gehört, ich hatte die Plätze gemieden, an denen ich ihn treffen konnte.

»Hast du heute abend noch etwas Zeit für mich?« Ach, diese Stimme! Was hätte es Süßeres geben können, als seine Stimme so nah an meinem Ohr, die diese Worte sprach? An sich hatte diese Frage rein rhetorischen Charakter. Wenn mein Geliebter nach mir verlangte, hatte ich immer Zeit, das war so selbstverständlich wie ein Naturgesetz.

»Weißt du nicht, daß heute meine Abschiedsfete ist? Wie stellst du dir das vor?« hörte ich mich sagen, noch dazu in gereiztem Ton. Das war neu für ihn, für mich auch. Meine Metamorphose hatte wohl schon begonnen.

»Ich wollte dich nur noch einmal sehen.«

»Dann komm her.«

»Du weißt, das gibt nur Ärger.« Das war leicht möglich, ein paar Gestalten schlichen hier herum, die wahrscheinlich sofort ans nächste Telefon gestürzt wären, um seiner Frau zu berichten, wo er sich befand.

»Ich weiß. Aber wenn ich dir den Ärger nicht wert bin, dann hast du eben Pech gehabt.« Was war bloß in mich gefahren, so mit ihm zu reden?

»He, he. Sei nicht gleich so bockig. Können wir uns morgen treffen, oder ziehst du da schon um?«

Mußten wir diesen Giftkelch wirklich bis zum letzten Schluck leeren? Warum ließ er es nicht so, wie es war? In Wahrheit sehnte ich mich schon die ganze Woche mit jeder Faser nach ihm, aber ein nochmaliges Treffen würde die Sache bestimmt nicht leichter machen.

»Morgen bin ich noch da.«

»Ich ruf dich an.«

»Wie du meinst.«

»Soll ich nicht?«

»Doch.«

»Also dann, viel Spaß noch.«

»Danke.« Ich legte auf. Mir war flau im Magen. Also morgen, na denn. In zwei Tagen ist alles überstanden, sagte ich mir. Ich werde mich im schrillen Großstadtdschungel tummeln, dort wo das echte, wilde Leben tost. Oder war es am Ende längst schon woanders? Vielleicht bestand Kreuzberg inzwischen nur noch aus verbeamteten Pädagogen und frustrierten Altlinken?

Ich beschloß, runterzugehen und mir einen Gehörigen anzusaufen, ehe ich melancholisch wurde. Micha nahm grinsend den Joint in Empfang, ich bat ihn noch zu warten, bis ich mir was zu trinken besorgt hätte.

Auf dem Weg zum Bierfaß erspähte ich eine Tussi aus Daniels Gefolgschaft, die ich sehr wohl kannte. Sie war als Volontärin beim Lokalblättchen angestellt. Sie hatte mich nicht kommen sehen, und ich hätte die blöde Kuh gar nicht beachtet, wenn mir nicht plötzlich so gewesen wäre, als hätte ich meinen Namen vernommen. Ich blieb stehen und stellte meine Lauscher auf. Soeben ließ sie vor versammelter Mannschaft verlauten, meine Geschichten wären nur gedruckt worden, weil ich mit dem Redakteur gebumst hätte – was, nebenbei bemerkt, eine unwahre, freche Unterstellung war – und sie würde sich mit meinen Werken höchstens mal den Arsch abwischen.

Gut, jeder lästert mal über andere. Das Ganze war nicht weiter schlimm. Bis auf die Tatsache, daß ich es gehört hatte!

Selbstverständlich blieb ich ihr keine Antwort schuldig, so was ist nicht meine Art. Ich gab also laut und deutlich zu bedenken, daß ich meiner Lebtage noch nicht so viel geschrieben hätte, als daß es für ihren Arsch ausreichen würde. Das war durchaus nicht aus der Luft gegriffen, die Dame war um die Hüften herum gut gebaut. Und es saß. Ein paar kicherten beifällig, ich sonnte mich einen Moment in meinem Erfolg. Von mir aus hätte die Sache damit zu den Akten gelegt werden können, ich bin nicht besonders nachtragend und dachte, wir wären quitt. Nicht aber sie. Ihr Gesicht verzerrte sich vor Zorn, und – klatsch! – hatte ich auch schon eine ordentliche Ladung Bier im Gesicht. Und so was auf meiner eigenen Fete! Mir blieb keine andere Wahl, als Haltung zu bewahren, und mit einem »Tss, wie kann man sich nur so gehenlassen« schritt ich so würdevoll wie möglich von dannen, um mir die Schweinerei abzuwaschen. Zum Glück wohnte ich hier. Die Seidenbluse konnte ich für heute vergessen.

Während ich mir die Haare wusch, machte ich mir Sorgen, ob die Kerle den Joint womöglich ohne mich geraucht hatten. Zuzutrauen war's ihnen ja. Aber sie hatten brav gewartet, und ich vergaß bald meinen Ärger über die Tussi. Die Musik wurde immer besser, eben lief ein altes Stück von Barclay James Harvest.

»Ach, wie werde ich das alles vermissen«, seufzte ich wehmütig vor mich hin. Als aufgeraucht war, wanderte ich ein bißchen im Garten herum. Das Licht der Fackeln wurde von den Sträuchern verschluckt. Der Spaziergang erwies sich als keine sehr gute Idee, denn aus den Büschen drangen Laute, die ich eindeutig als Bumsgeräusche identifizierte. Daß sich die Leute aber auch kein bißchen beherrschen können!

Um nicht einen Ruf als Spannerin zu riskieren, kehrte ich lieber wieder zurück in die Nähe des Fasses. Ich quatschte eine Runde mit Heike und noch mit ein paar anderen, das Bier und der Shit wirkten allmählich. Ich begann mich saugut zu fühlen.

Aber irgendwie hatte ich heute Pech mit meinen Ohren. Sie hörten immer genau das, was sie nichts anging. Diesmal waren es die Tennispartnerinnen von Alex' Frau, deren Anwesenheit mir schon vor Stunden unangenehm aufgefallen war. Und es war *ihr* Name, der mich aufhorchen ließ. Unauffällig blieb ich in der Nähe und sprach mit Heikes Exfreund Volker, obwohl ich den nicht leiden konnte, aber er stand strategisch günstig. Er erzählte mir von seiner Stelle, die er nach der dreißigsten Bewerbung gekriegt hatte. Er war noch nie ein Überflieger gewesen, was hatte Heike bloß an dem gefunden? Ich gab zusammenhanglose Antworten und horchte auf die Gespräche der Tratschweiber.

»...kommt natürlich nicht mit in den Tennisurlaub, viel zu anstrengend.«

»...ist auch besser... beim letzten Mal schon solche Probleme, besonders die ersten Monate.«

»Wie weit ist sie jetzt?«

»Zehnte Woche oder so.«

»...oder hätte ich das in meinen Lebenslauf schreiben sollen? He, Eva! Hörst du mir überhaupt zu?« Volker stupste mich an.

»Ja, nein, sicher«, stammelte ich gedankenlos.

»...ein ziemlich großer Abstand zum ersten. Mein Gott, jetzt nochmals mit dem ganzen Babykram anfangen...«

So ähnlich mußte es sein, wenn man erschossen wird. Einen solchen Schock hatte ich noch nie erlebt. Ich merkte, wie meine Knie anfingen zu zittern. Eine Faust krallte sich um meinen Magen, mir wurde speiübel.

»...sagt denn Alex dazu?«

»...weiß ich nicht. Frag lieber, was andere Leute dazu sagen.«

Kichern. Hatten die mich wirklich noch nicht bemerkt, oder war das Absicht?

»Ach, eigentlich beneide ich sie. So klein sind sie doch sooo süß.«

»Entschuldige«, hauchte ich und ergriff Volkers Arm, »bring mich hier weg, mir ist schlecht.«

»Oh, du solltest weniger trinken. Habt ihr nicht vorhin auch noch Shit geraucht? Das verträgt sich nicht.«

Er führte mich ein wenig ins Abseits.

»Geht's wieder?«

»Ja, danke. Ich muß in mein Zimmer, ich...« Irgendwie schaffte ich es, ihn abzuschütteln. Jetzt nichts wie rauf, nur weg von all den Leuten.

Max und Micha verstellten mir den Weg.

»Da bist du ja endlich. Es wird Zeit, dir unser Abschiedsgeschenk zu überreichen«, verkündete Max mit feierlicher Miene.

Auch das noch. Ich brachte es nicht übers Herz, die beiden stehenzulassen. Immerhin hatten wir mal ein Jahr zusammengewohnt. Das war, als ihr dritter Mann in den USA weilte und ich ersatzweise für ihn eingesprungen war, froh, dem elterlichen Haushalt eine Weile den Rücken kehren zu können. Erst danach war ich hier eingezogen. Es war meine erste und beste WG-Erfahrung gewesen. Ich brauchte mir niemals selber mein Frühstück zu machen, jede Menge Leute verkehrten bei uns, und auf dem Klo stapelten sich die Playboy-Hefte. Das einzige, was mich ein wenig gestört hatte, war, daß ich täglich ihre Barthaare in meiner Zahnbürste wiederfand. Bartträger schnippeln fast stündlich an ihren Stoppeln herum.

Jetzt sah ich leicht genervt auf ihre leeren Hände.

»Wo ist es denn?«

»Du mußt mit zum Wagen kommen.«

Welch ein Talent, den unpassendsten Moment für ein Geschenk zu wählen. Ich riß mich mit übermenschlicher Anstrengung zusammen. Sie meinten es ja nur gut mit mir.

»So groß? Ich will kein Pferd, ich sag's euch lieber gleich, ich fürchte mich vor Pferden, und wie soll ich das Vieh in den vierten Stock schaffen...« Ich faselte irgendwelchen Scheiß, um mir nicht anmerken zu lassen, wie elend ich mich fühlte.

Schenkt mir lieber einen Revolver, mit dem könnte ich jetzt eher was anfangen, dachte ich und zottelte hinter den beiden her.

»Heike ist auch an dem Geschenk beteiligt, aber ich kann sie nirgends finden«, erklärte Micha, und Max öffnete seinen Bus. Mit einer Taschenlampe beleuchtete er den Innenraum.

Drin stand ein wunderschöner Schreibtisch mit vielen kleinen Schublädchen und gedrechselten Beinen.

»Menschenskinder«, brachte ich nur heraus.

»Max hat ihn gemacht, Heike und ich haben das Material spendiert.«

Mir fiel nichts dazu ein. So ein Möbel hatte ich mir schon immer gewünscht.

»Was ist denn, jetzt heul doch nicht gleich.« Max legte den Arm um mich. Ich hatte gar nicht bemerkt, wie mir die Tränen gekommen waren. Das alles wurde mir echt zuviel.

Warum hatte ich mich nicht in Max oder Micha verlieben können? Sie hätten mich niemals so hintergangen, wie Alex das getan hatte.

Ich betastete das glatte Holz, zog die Schubladen raus, strich zärtlich über die Tischplatte. Max war Kunstschreiner, er besaß eine eigene Werkstatt. Seine Stücke waren mir immer zu teuer gewesen. Er hatte bestimmt einige Tage dran gearbeitet.

»Ihr seid so lieb«, schluchzte ich kläglich.

»Auweh, sie kriegt 'nen Moralischen«, stellte Micha sachlich fest. »Ich wußte gar nicht, daß du so ein Sensibelchen bist.«

»Los, wir gehen einen saufen«, schlug Max vor, »das hat ihr noch immer auf die Beine geholfen.«

Sie hakten mich unter, ich ließ mich willenlos abführen. Dieser Abend hatte es wirklich in sich. Wenn ich mich umbringe, wer erbt dann den Schreibtisch?

Allmählich wurde es draußen etwas kühler, die Empfindlicheren verzogen sich grüppchen- oder paarweise in diverse Zimmer, nur die ganz Hartgesottenen verharrten draußen neben dem Bierfaß.

Ich zog es vor, in meine Bude zu gehen, und eine ganze Meute folgte mir: Max, Micha, Heike, Daniel und die kleine Italienerin, die mal mit Heikes Exfreund liiert gewesen war. Ihr Prachtarsch steckte in hautengen Ledershorts, sehr zum Mißfallen der zwei Emanzen aus unserem Semester. Aber jetzt hatten sie gerade Micha in der Mangel, das arme Schwein.

Auch ein paar Leute vom Haus fanden es offenbar gemütlich, auf halb gepackten Umzugskartons zu lagern. In weiser Voraussicht hatte ich einen Topf Sauce Bolognese gekocht, und Heike übernahm jetzt die Zubereitung der Nudeln, womit ihre Fähigkeiten als Köchin restlos ausgeschöpft waren. Ich hing reichlich besäuselt in einer Ecke rum und ließ die Gesprächsfetzen an mir vorbeiziehen. Dazu hörten wir BAP, Heikes absolute Lieblingsplatte zur Zeit.

»...sind nur fünf Prozent der Frauen auf Führungsposten, aber über sechzig Prozent der Sozialhilfeempfänger sind Frauen, so sieht's mit der Emanzipation in Deutschland aus, lieber Micha!«

Ich grinste. Solche Diskussionen hatte ich mit ihm schon nächtelang geführt, alles zwecklos. Der Bedauernswerte konnte sich einfach nicht von den Fesseln seiner erzkonservativen Erziehung befreien. Doch im Grunde war er ein lieber Kerl, und als Frau hatte man leichtes Spiel mit ihm, wenn man es richtig anfing. Jedenfalls hatte er zu meiner WG-Zeit immer brav den Putzdienst übernommen, wenn er dran war, und an meinem Vierminutenfrühstücksei war selten was auszusetzen gewesen.

Über der Kiste mit der Aufschrift »Bücher/Unterwäsche« lungerten drei Typen und ein dickes Mädchen, die sich über Motorräder unterhielten. Das war stinklangweilig. Da hörte ich schon lieber Heike zu, die den eleganten Mirko aus dem Parterre über sein Liebesleben befragte. Vier Jahre lang hatte Heike unter Qualen ihre Neugier gezügelt, aber jetzt mußte es wohl raus:

»Sag mal ehrlich, Mirko, bist du nun schwul oder nicht?«
Mirko lächelte sie charmant an und meinte:

»Weißt du, liebe Heike, ich lebe nach dem Grundsatz: Wer nicht bi ist, geht an der halben Menschheit vorbei.« Heike machte ein belämmertes Gesicht, und ich machte mir fast in die Hose.

Der mitgebrachte Rotwein war ein elendes Gesöff, aber ich langte trotzdem ordentlich zu.

Ach, es tat so gut, Freunde um sich zu haben. Ich fühlte mich wohlig und geborgen, wenn ich nicht gerade an diesen Schweinehund von Alex denken mußte.

Die zwei Feministinnen hatten jetzt ein anderes Opfer gefunden. Wo steckte eigentlich Micha?

Gelächter ließ mich aufhorchen. Jetzt wühlten die Motorradkerle doch glatt in der Schachtel mit der Unterwäsche herum und veranstalteten unter großem Gejohle eine Modenschau damit, akustisch untermalt von Frank Sinatras »New York, New York«. Daniel hatte sich einen duftigen Slip wie eine Bademütze aufgesetzt und stolzierte in meinen Strapsen auf und ab. Die hatte ich mir rein für Faschingszwecke angeschafft, aber das glaubte mir jetzt natürlich wieder keiner.

Das dicke Mädchen rauchte einen noch dickeren Joint mit, was ihr auf den Rotwein hin gar nicht bekam. Sie kotzte kurz darauf vom Balkon. Das wiederum fanden die eisernen Frischluftfanatiker da unten weniger lustig, und es erhob sich ein Tumult.

Von da an gab es meinerseits einige Gedächtnislücken zu verzeichnen. Ich erinnerte mich nur noch schwach daran, daß ich aufs Klo mußte, dabei Micha und die Italienerin beim Vögeln unter laufender Dusche bemerkte und sie bat, den Warmwasserhahn wieder fest zuzudrehen, der würde sonst die ganze Nacht tropfen.

Danach verschwamm für mich der Film zusehends, aber es sollen keine besonderen Vorkommnisse mehr stattgefunden haben. Ich kriegte auch nicht mehr mit, wer wann ging. Im großen und ganzen konnte man die Fete als gelungen abhaken.

Halbbekleidet, aber immerhin alleine fand ich mich am nächsten Morgen auf meiner Matratze wieder. Nur Max lag, zusammengerollt wie ein Igel, in seinem Schlafsack zwischen den Kartons und Massen von verstreuter Unterwäsche. Ich überlegte gerade, was es wohl damit auf sich hatte, als das Telefon losklingelte. Blitzschnell fuhr ich in die Höhe. Das hätte ich besser sein lassen, ein scharfer Stich traf mich unterhalb der Schädeldecke, ich sank stöhnend zurück. Es war Alex.

»Guten Morgen, hab ich dich geweckt?«

»Allerdings.«

»Das tut mir leid. Aber es ist schon fast Mittag. Wie war deine Fete?«

»Ganz nett.« Urplötzlich fiel mir die Sache von gestern abend wieder ein. Dieses Miststück wagte es...

»Sag, können wir uns noch mal treffen, heute?«

»Wozu?« fragte ich scharf.

»Na, ich wollte dich einfach noch mal sehen. So leicht, wie du vielleicht denkst, ist das auch nicht für mich.«

So ein scheinheiliges Aas, na warte. Der soll sein Treffen

haben, dem werde ich den Kopf waschen, daß ihm Hören und Sehen vergeht!

»Hallo, bist du noch dran?« fragte er beunruhigt.

»Jaja. Ich bin noch nicht ganz wach. Gut, von mir aus, sehen wir uns noch mal. Willst du herkommen?«

»Nein, lieber nicht. Wie wär's am See? Heute nachmittag?« Ausgerechnet am See.

»Seit wann kann sich der Familienvater denn am Samstagnachmittag freimachen? Das ist ja ganz was Neues!« gab ich schnippisch zur Antwort.

»Werd nicht schon wieder zynisch. Wie wär's so gegen vier?«

»Von mir aus. Ich werd da sein. Tschüs!« Ich legte auf und ließ mich zurück in die Kissen sinken.

»In meinem Kopf sieht's aus wie in diesem Zimmer«, jammerte Max. Wenn das stimmte, mußte es ihm echt dreckig gehen.

»Was tust du eigentlich hier?« erkundigte ich mich der Ordnung halber.

»Micha war plötzlich weg. Konnte nicht mehr selbst fahren.«

»Ach so.«

Er verschwand unter Wehklagen im Bad. Ich begab mich daran, einen starken Kaffee zu brauen. Mindestens eine Aspirin war jetzt fällig.

»Soll ich dir helfen, die Bude sauberzumachen?« Max blickte mit angewiderter Grimasse um sich. Der Rotwein und die Spaghetti hatten deutliche Spuren hinterlassen. Max mußte ein gefallener Erzengel oder so was sein, daß er sich das antun wollte.

»Danke, du hilfst mir schon genug«, lehnte ich heroisch ab. Wir schlürften unseren Kaffee und fanden langsam ins Leben zurück.

»Dann sehen wir uns also morgen früh, pünktlich um acht Uhr!« stellte Max im Hinausgehen klar. »Mach keine Faxen mehr heute abend, damit du ausgeschlafen bist!«

Er verschwand mit seinem Schlafsack unterm Arm und ließ mich mitten im Saustall sitzen. Ich nahm noch eine Aspirin und ging ans Werk. Als erstes die Unterwäsche wieder einpakken und die verstreute Asche aufsaugen. Das sah schon gleich viel besser aus. Aber wie sollte ich bloß die Tomatensoße und die Rotweinflecken wieder aus dem Teppich rauskriegen? Ich streute großzügig Salz drauf und beschloß, zuerst was für mein Aussehen zu unternehmen und unter die Dusche zu hüpfen. Dort wartete der nächste Schreck auf mich: Der Duschvorhang ging auf Halbmast, die Stange, die ihn normalerweise hochhielt, war an einer Seite aus ihrer Verankerung gerissen worden.

»Donnerwetter«, sagte ich leise zu mir, »das muß wohl die Tarzannummer gewesen sein.« Ich brachte das provisorisch in Ordnung, nur berühren durfte man da jetzt nichts mehr.

Gerade spülte ich das Geschirr ab, da klopfte es an der Tür. Nichts Böses ahnend öffnete ich und bereute es im selben Augenblick. Ich sah mich der Gestalt meines lieben Vermieters gegenüber, der turmhoch im Türrahmen aufragte. Unaufgefordert schob er sich an mir vorbei ins Zimmer. Die Wände rückten näher zusammen.

Nun war es offensichtlich. Irgendein böser Geist hatte es sich zur Aufgabe gemacht, mir die letzten Stunden in meiner Heimat gründlich zu vermiesen.

»Was gibt's?« fragte ich grantig, nach einer beiderseits frostigen Begrüßung.

»Sie ziehen doch heute aus, oder?« Seine Schweinsäuglein huschten durch das Zimmer, das fürwahr einen gräßlichen Anblick bot.

»Morgen.«

Er glotzte herum wie ein Goldfisch im Glas.

»Soll das so bleiben?« grunzte er.

»Ich bin gerade am Aufräumen, wie Sie sehen«, erklärte ich aufsässig.

»Ich spreche von den Wänden, der Decke und dem Teppich.«

»Was ist damit?« Ich begann den Braten zu riechen.

»Das werden Sie sicher alles noch streichen und renovieren, nicht wahr?« Seine aufgeschwemmten Backen wurden von einem scheißfreundlichen Lächeln zur Seite geschoben.

»Nein«, sagte ich mit fester Stimme, »ich habe beim Einzug alles renoviert. Sicher wird mein Nachmieter dasselbe tun. So war das mit Ihrer Tante verabredet.« Die Luft hätte ich mir sparen können.

»Was Sie mit meiner Tante verabredet haben, ist mir gleich.« Ein triumphierender Ausdruck ließ sein Gesicht noch runder werden. Jetzt begann er herumzuspazieren und Wände und Teppich zu befummeln. Angewidert beobachtete ich sein Tun. Dann verschwand er in Richtung Bad. Ich schloß blitzschnell eine Wette mit mir selber ab, daß er da niemals reinpassen würde, aber siehe da, ich verlor um Haaresbreite. Er hantierte an den Wasserhähnen, sehen konnte ich nichts, denn er füllte den Raum vollständig aus.

Krach! »Au!«

Das mußte ja so kommen. Er fuchtelte unter dem Duschvorhang herum, der, noch feucht, anhänglich an ihm klebte. Die Stange hing runter, ärger als zuvor.

»Was tun Sie denn da? Sie machen ja alles kaputt!« schrie ich, denn Angriff ist bekanntlich die beste Verteidigung. Er fluchte lästerlich und kämpfte sich keuchend aus dem Vorhang raus. Ein unübersehbares Horn entstand langsam auf seiner Stirn, wo ihn die Vorhangstange getroffen hatte. Er preßte die Hand dagegen und schimpfte in einem fort.

»Haben Sie sich verletzt?« fragte ich mit falscher Besorgnis. Alles in mir zuckte, lange würde ich mich nicht mehr beherrschen können.

»Das war doch schon vorher kaputt!« behauptete doch dieser niederträchtige Mensch und blies seine feisten Backen auf.

»Oh, nein, nicht die Spur! Ich habe eben geduscht, da war noch alles bestens.« Er sah mich mißtrauisch an und rieb sich seine Beule.

»Jedenfalls werden Sie diesen... Schweinestall hier in Ordnung bringen, und zwar tadellos. Andernfalls sehen Sie nicht nur Ihre Kaution nicht wieder, sondern ich werde zusätzlich Schadenersatz von Ihnen verlangen.«

»Wofür das denn?« Jetzt reichte es mir langsam.

Da fing er auch schon an, der Teppich hätte Flecken, die Wände Löcher, die Sache mit der Dusche käme ihm auch spanisch vor, und der Türrahmen wäre ums Schloß herum verkratzt.

Ein winziges Körnchen Wahrheit mochte sich ja hinter seinen Anklagen verbergen. Andererseits, die Bude hatte noch viel fertiger ausgesehen, als ich hier eingezogen war. Aber wie wollte ich das beweisen? Das hier waren doch Lappalien!

Die zweihundert Mark Kaution konnte ich also in den Wind schreiben. Zum Glück war's nicht mehr. Die alte Dame war sehr human gewesen. Wie kam die bloß zu so einem Widerling von Neffen? Wieso hatte sie den nicht rechtzeitig enterbt, zugunsten des Tierschutzvereins oder von Greenpeace? Und wie wurde ich diesen stiernackigen Wüterich nun am schnellsten wieder los? Er war noch immer am Rummosern.

»Okay«, unterbrach ich ihn, »ich bring das alles in Ordnung, Sie können sich drauf verlassen. Aber jetzt muß ich Sie leider bitten zu gehen, ich habe noch viel zu erledigen.« Einen Scheiß werd ich tun, dachte ich grimmig.

Er schnappte hörbar nach Luft, sein Gesicht lief rubinrot an. Aber er trat den Rückzug an, wenn auch unter fortwährenden Drohungen von wegen »Schaden ersetzen, ... werden noch von mir hören, ... Studentenpack rausschmeißen ...«, das Übliche halt. »Arschloch«, stellte ich zum wiederholten Male voll tiefster Überzeugung fest, als er den Flur hinunterwalkte.

Ich ließ die Vespa schon an der Abzweigung zum See stehen, denn zum einen wollte ich ihr den schlaglochdurchsiebten Weg bis zum Parkplatz ersparen, zum anderen liebe ich es, unter einer Kuppel aus buntem Laub einherzuwandeln.

Um den See schmiegte sich der Wald, eine sonnige Lichtung diente im Sommer als Liegewiese. Seit heute morgen war es bewölkt und deutlich kühler, der Herbst ließ grüßen. Wolkenfetzen jagten einander am Himmel, und die ersten Blätter schaukelten von den Bäumen, die den schmalen Weg begrenzten. Kleine Wellen huschten über die blaugraue Wasserfläche, Enten und Bleßhühner wurden von ihnen gewiegt. Kein Mensch war zu sehen, der Parkplatz war leer. Nach der langen Hitzeperiode empfand ich die Kühle erfrischend und hielt mein Gesicht in den Wind. Noch wärmte die Sonne, wenn sie durch eine Wolkenlücke schien, aber ihre Kraft ließ schon nach.

Mir fiel eine Zeile aus Rilkes »Herbsttag« ein, wir hatten das Gedicht in der Schule lernen müssen:

> Wer jetzt kein Haus hat baut sich keines mehr,
> wer jetzt allein ist wird es lange bleiben.

Vielleicht ist der Herbst eine schlechte Zeit für einen Neubeginn, grübelte ich, aber wer kann sich das schon immer aussuchen?

Ein freundliches, gelbes Licht empfing mich am Ende des Laubtunnels. Gras und Laub strömten einen erdigen Duft aus.

Jetzt, da alles erledigt war, Habseligkeiten eingepackt, Eltern und Freunde verabschiedet, fühlte ich mich wunderbar frei, ein wahrer Schwebezustand. Sollte sie nur kommen, die Welt, hier stand ich, zu allem bereit, ich würde es schaffen, ich hatte die Kraft dazu! Als Antwort fuhr mir eine Windbö ins Gesicht. Ich lachte sie aus und hopste, einen Anfall von ungehemmter Euphorie auslebend, auf der Lichtung herum wie Rumpelstilzchen, nur das Singen ersparte ich mir.

Zwischendurch lauschte ich, ob sich nicht bald Alex' Wagen näherte. Was sollte er, der Armselige, mir jetzt noch anhaben können, dachte ich und sah seinem Erscheinen gelassen entgegen. Ich würde ihm kurz, bündig und emotionslos sagen, was ich von ihm hielt, und dann für immer meiner Wege gehen, jawohl! Nichts weiter.

Keine Tränen, keine Wut, keine Szene, ganz cool.

Jetzt könnte er aber langsam auftauchen. Ich hasse Unpünktlichkeit, das weiß er doch.

Ein Motorengeräusch näherte sich, aber es war nicht der satte Sound des Jaguars. Sicher irgendwelche Pilzsucher oder Spaziergänger, die mir gleich fürchterlich auf den Keks gehen werden, weil sie diese zartwilde Herbststimmung mit ihrer lärmenden guten Laune entzaubern, grollte ich ungnädig.

Ein hellblaues Cabrio, offen trotz der kühlen Witterung, kämpfte sich beharrlich von Loch zu Loch den Weg entlang, bis zum Seeufer. So ein komisches Modell hatte ich noch nie gesehen, höchstens in einem alten Film.

Aber was zum Teufel war das? *Er* war es, tatsächlich, dort, am Steuer dieses bizarren Vehikels. Er parkte, schwang sich aus dem Wagen und strahlte mich an wie ein Kind unterm Weihnachtsbaum.

»Was sagst du dazu?« Zärtlich tätschelte er dem Auto den Kotflügel.

»Sieht klasse aus«, gestand ich beeindruckt. »Ist das dein Abschiedsgeschenk für mich?«

Er überging die Frage, kam auf mich zu und küßte mich auf die Wange. Dann legte er den Arm um meine Schulter und machte mich mit seiner neuen Errungenschaft bekannt.

»Das ist ein Lancia Aurelia B24, dreißig Jahre alt.«

Er platzte fast vor Besitzerstolz.

»Wo hast du denn den aufgetrieben?« Ich war total von den Socken.

»War eine günstige Gelegenheit. Einer, mit dem ich öfter geschäftlich zu tun habe, hat ihn mir preiswert abgetreten.« Er grinste. »Hab ihm mal einen Gefallen getan. Beziehungen muß man haben...«

Er stolzierte um das Auto herum, als sähe er es zum ersten Mal. Auch ich warf einen längeren Blick darauf. Es war in sehr gepflegtem Zustand, wenn man sein Alter bedachte. Ein hübscher, kleiner Zweisitzer. Seine Silhouette war eckig, mehr gediegen als rasant. Kein Sportflitzer, eher ein Wagen, um damit in aller Seelenruhe durch einen Sommertag zu gaukeln und danach langsam am Eiscafé vorbeizufahren, so drei-, viermal, damit einen auch garantiert jeder sieht. So ein Auto war das. Es war, als wäre es ganz allein für mich geschaffen worden.

Meine Bewunderung entging ihm keinesfalls, er öffnete sogar die Motorhaube, aber das Innenleben Aurelias sagte mir nicht viel. Er schilderte mir die näheren Umstände des Erwerbs, aber ich hörte gar nicht richtig zu, weil mir das wirklich schnurzegal war.

Auf dem Beifahrersitz entdeckte ich eine Schachtel Nougatpralinen, meine Lieblingssorte. Eine rote Rose lag drauf. So eine Geschmacklosigkeit! Mir in so einer Situation mit Süßigkeiten zu kommen! Was war los mit ihm, er hatte doch sonst Stil?

Aus Neugierde öffnete ich den Kofferraum. Die karierte Decke lag drin, die Decke, auf der... ich unterbrach meine Gedanken mit brutaler Gewalt, hatte ich doch beschlossen, mich heute nicht mehr aufzuregen, auf gar keinen Fall. Neben der Decke lagen ein Reservekanister und ein Abschleppseil. Dieser Perfektionist! Allzuviel Vertrauen schien er nicht in dieses Fahrzeug zu haben.

Warum hatte er sich so ein feines Spielzeug nicht früher angeschafft, noch zu meiner Zeit, sozusagen? Konnte er sich nicht vorstellen, was für ein umwerfender Anblick es gewesen wäre, wir zwei in dem Ding, mit Mafia-Sonnenbrillen im Gesicht und mein Haar vom Fahrtwind zerzaust? Besaß dieser Mensch überhaupt kein Feingefühl, mir jetzt, da alles zu spät war, mit so was anzutanzen?

Und überhaupt, dieses Rendezvous heute, das fand doch nur wegen des Wagens statt, nicht etwa, weil es ihn gelüstet hätte, mir nochmals ins geliebte Antlitz zu schauen. Ich Idiotin! Der Typ wollte nur seine Eitelkeit an mir stillen, und ich fiel prompt drauf rein! Die hohe Kunst der Selbstdarstellung, er beherrscht sie meisterlich, das muß ihm der Neid lassen, dachte ich resigniert.

»Warum kaufst du jetzt, im Herbst, so einen Wagen?« fragte ich lauernd.

»Das sagte ich doch schon, diese günstige Gelegenheit kriege ich nie mehr, das war eine einmalige Chance. Außerdem«, er zwinkerte mir zu, »muß ich mich ja irgendwie über den Verlust meiner Freundin hinwegtrösten.«

Aha. So war das also. Man gönnt sich ja sonst nichts. Reg dich nicht auf, Eva, bleib ganz ruhig! Ich verzichtete darauf, ihn nach dem genauen Preis zu fragen, obwohl mich mein Marktwert schon interessiert hätte. Um irgendwas zu tun, setzte ich mich probehalber ans Steuer. Die Armaturen waren spärlich, ohne den Firlefanz moderner Autos.

»Wo ist denn das Autotelefon, kommt das noch?« fragte ich bösartig.

»Aber nein«, wehrte er ab, »beruflich werde ich den nicht benutzen können. Ein Cabrio, noch dazu so eins, das kann ich unmöglich bringen. Den hab ich nur so zum Spaß. Die meiste Zeit wird wohl meine Frau damit unterwegs sein.«

Da war es wieder, dieses Wort »Meine Frau«.

Selbst das zynische Lächeln war aus meinem Gesicht verschwunden. Eine starre Maske breitete sich darüber aus. Ich sah ihn in Gedanken vor mir, am Steuer dieses Wagens, den Wind im Haar, und neben sich sein rechtmäßiges Eheweib, den Nachwuchs bebrütend. In meinem Kopf brannte irgend etwas durch. Eine innere Kälte ließ mich gleichzeitig erbeben.

Langsam zog ich den Schlüssel aus der Zündung, es hing ein silberner Anhänger in Form eines Golfers dran. Bis zum Ufer waren es gut zwanzig Meter. Kein Problem an sich, aber Werfen war seit jeher meine schwächste Disziplin.

Pfeilschnell richtete ich mich im Sitz auf, holte aus, rief mir dabei die Instruktionen meiner Sportlehrerin zur Wurftechnik ins Gedächtnis, betete, zielte und warf. Ein dezentes, zärtliches »blob« erklang, als der Schlüssel ungefähr drei Meter vom Ufer entfernt im Schilfgürtel verschwand. Ein Vogel erschreckte sich und flatterte auf, Alex schrie:

»He, verdammt noch mal, was soll das denn?«

»Viel Spaß wünsch ich deiner Frau damit«, lächelte ich von kalter Wut erfüllt.

Alex starrte aufs Wasser. Seine wiederholte Frage: »Was soll denn das?« schien mir in dieser Situation eher dümmlich.

Ich stieg aus dem Wagen und zündete mir in aller Ruhe eine Zigarette an, wobei ich mich lässig gegen die Motorhaube lehnte, um bei ihm nicht etwa den trügerischen Eindruck aufkommen zu lassen, ich hätte im Sinn, den Schlüssel selber wieder aus dem Dreck zu fischen. Nein, das Schauspiel wollte ich mir mit sadistischem Vergnügen von hier aus ansehen.

»Verdammte Scheiße!« Er ging zum Wasser. Ratlos stand er davor.

»Ein bißchen mehr links, glaube ich!« Ich brachte es fertig, meiner Stimme einen amüsierten Klang zu geben. Meine Hände waren eiskalt.

Er streifte Schuhe und Socken ab. Die Jeans ließ sich nicht weit genug hochrollen, also zog er sie fluchend auch noch aus und stieg in die Fluten.

Mir klang immer noch dieses »meine Frau« im Kopf nach. Es bohrte sich wie ein Stachel in mein Trommelfell. Der ganze Frust der letzten Monate kroch an die Oberfläche.

Ich erschrak über den Gedanken, der mir da eben durchs Hirn gezuckt war. Aber ich hätte ebensogut versuchen können, einen Vulkan am Ausbrechen zu hindern. Auf einmal wurde ich ganz ruhig. Alex watete wie ein Storch im Schilf herum. Er durfte sich nicht zu schnell bewegen, der aufwirbelnde Schlamm erschwerte die Suche sonst noch mehr.

Ich trat meine Kippe aus und ging zum Kofferraum, der immer noch offenstand. Der Kanister war grün und voll. Er denkt halt an alles, der Gute, dachte ich gerührt und verteilte die fünf Liter gerecht auf die Sitzpolster. Es gluckste beim Rausschütten, und es stank. Zwischendurch riskierte ich einen Blick auf Alex, aber der war feste am Kneippen.

»Sorry, Aurelia«, sagte ich zu dem süßen kleinen Auto und meinte es ehrlich. Schade auch um die Pralinen.

Aus meiner Handtasche fischte ich das Feuerzeug, riß ein paar Blätter aus meinem Taschenkalender und setzte sie in Brand. Als die Flammen eine akzeptable Größe erlangt hatten, warf ich sie mit spitzen Fingern ins Wageninnere und sprang sofort zurück. Vor Feuer habe ich nämlich panische Angst.

Ein seltsames Brausen war zu hören. Ich war erstaunt, wie rasend schnell es ging. In wenigen Sekunden waren die Sitze von bläulichen Flammen überzogen.

Ich riß mich widerstrebend los von dem faszinierenden Anblick und ging auf den Feldweg zu, den wir beide hergekommen waren. Dort, in sicherer Entfernung, konnte ich nicht widerstehen und sah mich um. Ohne mich lobpreisen zu wollen, es war großartig.

Aurelia stand in hellen Flammen, nur die Karosserie hielt noch stand. Alex führte eine Art Kriegstanz um sie herum auf. Der Wind frischte auf und trug mir eine Rauchschwade entgegen. Es roch widerlich, und ich zog es vor, zu verschwinden. Mir war ganz leicht zumute, schwerelos flog ich den Weg entlang, der Druck, der so lange auf mir gelastet hatte, war spurlos verschwunden.

Da stand die Vespa, einsam, und wartete treu auf mich. Gerade als ich sie anwarf, hörte ich vom See her einen mordsmäßigen Knall.

Leute

Was sich großkotzig »Seminarraum« nannte, war ein Klassenzimmer, in dem es nach ungelüfteter Kleidung muffelte. Knapp die Hälfte der alten Schulbänke war locker besetzt. Bei den meisten der Anwesenden lag die Schulzeit ohnehin nicht allzu weit zurück. Auch die zwei einzigen männlichen Wesen zählten höchstens zwanzig Lenze. Zu meiner Erleichterung gab es ein paar wenige Frauen im reifen Alter von Fünfundzwanzig und darüber, so kam ich mir nicht mehr gar so sehr vor wie die Sitzengebliebene in einem Erstkläßlerhaufen.

Vorn am Pult thronte eine sportlich wirkende Vierzigerin in Jeans und Pulli, die uns mit freundlichem Interesse beobachtete. Ab und zu sah sie auf die Uhr. Das akademische Viertel war bereits verstrichen. Von mir aus hätte jetzt mal was passieren können. Ich hatte vorhin ein paar belanglose Worte mit meiner Nachbarin gewechselt, aber nun harrten wir schweigend der Dinge, die da auf uns zukommen sollten.

Die Dozentin war jetzt offenbar auch des Wartens überdrüssig, sie unterbrach das allgemeine Gemurmel:

»Nun, ich denke, wir können jetzt anfangen, ich glaube nicht, daß noch viele kommen werden.« Die Gespräche um uns verebbten gemächlich, alle sahen mit betont gelassenen Mienen nach vorne.

»Meinen Namen kennt ihr, ich bin dafür, daß wir uns duzen und beim Vornamen nennen, ich bin also die Margret.«

Ich riß erstaunt die Augen auf. Eine Professorin zu duzen! Das bedarf der Gewöhnung, dachte ich und riskierte einen Seitenblick auf meine Nachbarin. Ihr schienen solche Vertraulichkeiten ebenfalls nicht ganz geläufig zu sein, sie runzelte kritisch die Stirn. Schätzungsweise war auch sie neu in Berlin, denn ich glaubte vorhin, ein taufrisches, noch in keinster Weise fremdinfiziertes Schwäbeln während unserer knappen Unterhaltung bemerkt zu haben.

Nun teilte uns Margret mit, daß sie hocherfreut wäre, uns hier am Otto-Suhr-Institut für Politologie begrüßen zu dürfen, und gab sich entzückt darüber, daß wir uns dem Fachgebiet

Frauenforschung zuwenden wollten. Sie versicherte, ihr Kurs mit dem Schwerpunkt »Hausarbeit« sei der ideale Einstieg für Erstsemester. Das hörte sich verheißungsvoll an, und ich fühlte mich in meiner Wahl des Studienfaches bestätigt. Tagelang hatte ich über diversen Vorlesungsverzeichnissen gebrütet, ehe ich mir sicher war, daß das Fach Politologie meinem literarischen Schaffen und meiner Persönlichkeitsentwicklung wahrscheinlich am ehesten zum Wohle gereichen würde.

Hier am OSI hatten sie von allem etwas anzubieten: ein bißchen Geschichte, eine Portion Philosophie, etwas Soziologie und selbstverständlich jede Menge Politik. Es gab sogar einen Kurs, der sich die Erforschung und Lehre der Anarchie zur Aufgabe gemacht hatte. Diese Vorlesung wurde aber leider nur für höhere Semester angeboten, anscheinend erforderte dieses Gebiet spezifische Vorkenntnisse oder ein längeres Verweilen an dieser Lehranstalt. Aber ganz besonders von diesen neu angebotenen Frauenstudien versprach ich mir Brauchbares.

Nach ein paar weiteren höflichen Floskeln verkündete Margret uns den geplanten Ablauf des Seminars. Ein Referat, zu zweit zu erstellen und vorzutragen, sowie eine kleine Schlußprüfung zu Semesterende sollte uns abverlangt werden. Das klang erholsam. »Zu den Noten muß ich sagen, daß ich eigentlich überhaupt nicht für eine Notenverteilung bin, ich finde das schränkt die Kreativität ein und erzeugt unnötigen Leistungsdruck und Konkurrenzkampf.«

Zustimmende Laute wurden hörbar.

»Leider bin ich durch die Studienrichtlinien gezwungen, Noten zu geben. Aber ich kann euch jetzt schon versichern, daß gewöhnlich niemand etwas Schlechteres als eine Drei bekommt, denn ich gehe davon aus, daß ihr alle hier seid, weil ihr was für euch tun wollt und euch die Thematik am Herzen liegt. Deshalb wollen wir zum einen den Vorschriften genügen, andererseits möchte ich, daß wir frei und unbelastet arbeiten können. Hier soll jede und jeder...«, sie reckte den Hals nach den zwei Jungs, die ziemlich weit hinten saßen, »...selbst bestimmen können, wieviel Leistung sie oder er hier einbringen möchte. Ist das so rübergekommen?« Wohlgefälliges Brummen und Kopfnicken. Ein paar strickten unbeirrt weiter, darunter der Junge mit dem Pferdeschwanz.

»Auweh«, flüsterte meine Nachbarin, »wenn sie sich da bloß nicht in den Finger schneidet.« Ich nickte ihr zu, denn eine gewisse Skepsis konnte auch ich mir nicht ganz verhehlen. Einige der Gestalten um mich herum strotzten ganz zweifellos vor Energie und Wißbegierde, wie sie so bleistiftkauend, strickend oder tagträumend auf ihren Stühlen hingen, anzusehen wie ein Haufen hingeschmissener Klamotten mit zottelligen Haaren obendrauf. Doch sogleich tadelte ich mich ob meiner ketzerischen, vorurteilsbehafteten Gedanken, die nur einem borniereten Provinzlerhirn wie meinem entspringen konnten. Wer sagte mir denn, ob sich ein genialer Geist nicht auch unter einer Haartracht, die einem aufgegebenen Krähennest glich, eingenistet haben konnte?

Verstohlen guckte ich mir die Damen um mich herum an. Sie waren meist in schwarze Gewänder gehüllt, dazwischen umschmeichelte schon mal ein lappiges lila Tuch einen säuberlich ausrasierten Nacken. Bei der Haarfarbe schienen sie sich zum größten Teil auf stumpfes Schwarz, schreiendes Henna oder Wasserstoffperoxid geeinigt zu haben. Das düstere Bild wurde von einigen bunten Strähnen aufgelockert. Fast alle hatten sich offensichtlich die größte Mühe gegeben, einen fortgeschrittenen Grad der Vernachlässigung in Kleidung und Haarpflege zur Schau zu stellen.

Meine Nebenfrau fiel frisurmäßig ziemlich aus dem Rahmen, sie besaß glatte, ungefärbte lange Haare in einem Farbton wie Maronen, passend zu ihrem Porzellanteint.

Meine Klamotten konnte man mit viel gutem Willen vielleicht gerade noch mal so durchgehen lassen, hatte ich mich doch am Wochenende auf dem Flohmarkt zeitgeistgemäß mit Second-hand-couture ausgestattet. Nur mein Hairstyling war viel zu fade in Farbe und Schnitt, um hier mithalten zu können.

Jetzt gab es ein kleines Scharmützel wegen eines Buches, das wir uns zulegen sollten, der Titel hieß »Soziologie der Hausarbeit«, die ganze Vorlesung würde sich darauf stützen.

Eine Schwarzhaarige in lila Pluderhosen und mit einem riesigen Ohrring in der Form des Frauenzeichens, fing an zu mäkeln: Der Preis wäre saftig, warum sie, Margret, kein eigenes Skript herausgeben könnte, und wo käme frau hin, wenn sie für jeden Kurs so 'ne Masse an Knete abzudrücken hätte.

Noch ein paar fielen in das Gemurre ein, von wegen, sie müßten schließlich auch noch Miete und Essen bezahlen, und ob's nicht 'ne Nummer kleiner auch ginge.

Daraufhin klärte Margret uns erst mal in aller Ruhe auf, daß wir hier nicht mehr in der Schule wären, daß an einer Universität keine Lehrmittelfreiheit herrsche und daß wir bei ihren Kollegen noch mit ganz anderen Ausgaben konfrontiert werden würden. Das strittige Buch sollte nach Abzug des Rabatts für die Sammelbestellung weniger als dreißig Mark kosten, was ja wohl noch zu verkraften wäre.

»Ich finde, das ist die totale Scheiße, was du da erzählst!« klang es klar und vernehmlich aus der Bank schräg vor mir. Meine Nachbarin und mich riß es fast von unseren Stühlen. Du lieber Himmel! So was hätte bei uns zu Hause mal jemand zu einem Dozenten sagen sollen, unweigerlich wäre eine öffentliche Vierteilung an Ort und Stelle erfolgt. Stellvertretend für die Frevlerin bekam ich Herzklopfen. Es wurde in der Tat unangenehm ruhig im Raum, nur die Stricknadeln des Jünglings ganz hinten klickten unbeeindruckt im Zweivierteltakt. Entweder war der Typ so in sein Werk vertieft, daß er diese Ungeheuerlichkeit glatt verpennt hatte, oder diese Art des Umgangstons mit Autoritätspersonen zählte hier zum Alltäglichen. Jetzt war ich auf Margrets Reaktion gespannt. Die ließ auch nicht lange auf sich warten, denn sie grinste, wahrhaftig, sie lächelte huldvoll, man stelle sich das vor, und sagte:

»Nun, wenn dir das solche Schwierigkeiten macht, werde ich mal sehen, ob ich irgendwo ein altes Exemplar für dich auftreibe. Aber versprechen kann ich das nicht.«

Sabine, ihren Namen hatte ich soeben auf ihrem Collegeblock gelesen, und ich sahen uns einen vertraulichen Moment lang stumm an, mit Augen so groß wie Sammeltassen. Sogleich aber rissen wir uns wieder zusammen und lümmelten uns gelangweilten Blickes in eine lässige Haltung zurück.

Die Sache mit dem Buch war ausgestanden, nun wurden

noch ein paar ähnliche Details erörtert und durchdiskutiert, diesen Unifrischlingen mußte aber auch jeder Furz extra erklärt werden! Waren wir etwa auch so unbeholfen gewesen?

Dann, endlich, kam der Gegenstand der Vorlesung zur Sprache: »Das Thema Hausarbeit führte bislang ein Schattendasein in der Welt der Wissenschaft«, so ließ uns Margret wissen. Niemand habe sich groß drum gekümmert, aber das würde sich ab sofort zum Besseren wenden, denn jetzt wären ja wir dabei, die Angelegenheit unter die Lupe zu nehmen, erklärte sie zuversichtlich.

Die mit den hennaroten Stoppeln vor mir meinte dazu: »Also, das ist doch wohl klar, daß sich da kein Schwein drum kümmert, es sind ja fast nur Frauen, die Hausarbeit machen, und die Wissenschaftler, das sind meistens Männer, denen ist so was doch scheißegal. Hauptsache, zu Hause macht jemand ihren Dreck weg.«

»Genau«, rief eine andere, »das könnte ja recht unangenehm werden für die Typen.«

Die Dozentin lächelte wieder und versicherte uns, daß der Grund der Vernachlässigung der Hausarbeit als Objekt der wissenschaftlichen Forschung Gegenstand unseres Arbeitens in diesem Kurs sein würde, und wir sollten unsere Argumente doch bitte bis dahin zurückstellen. Sie fuhr fort:

»Des weiteren werden wir die materiellen und die psychologischen Aspekte der Hausarbeit herausstellen, die Hausarbeit in Abgrenzung zur Berufsarbeit betrachten, ihren gesellschaftlichen Stellenwert ermitteln und das Verhältnis der Männer zur Hausarbeit untersuchen, eventuell in Form einer Umfrage hier am Institut und in eurer privaten Umgebung.«

»Ah, was glaubst du, wie uns die Kerle da anlügen werden!« schrie eine kräftige Stimme dazwischen.

»Klar, die denken doch, wenn sie einmal die Woche das Geschirr spülen, dann haben sie ihr Soll erfüllt und knallen sich seelenruhig wieder vor die Glotze.« Das kam von einer Molligen in hautengem Leopardenhöschen, sie mußte wohl einschlägige Erfahrungen gemacht haben.

»Also mein Freund und ich, wir haben einen genau aufgeteilten Arbeitsplan...«, bemerkte Sabine mutig, wurde aber gleich übertönt von einem Wesen, das einem Paradiesvogel an Buntheit in nichts nachstand:

»Ich hab gehört, irgendwelche Leute haben mal ausgerechnet, was ein Mann für die Arbeit seiner Frau zahlen müßte, wenn er sie von wem anders machen ließe. Es kamen über dreitausend Mark im Monat raus. Wer kann sich das denn leisten?«

»Ist da das Bumsen auch schon mitgerechnet?« wollte die Motzerin in der Pluderhose wissen.

Margret hatte die Hände unterm Kinn verschränkt und lauschte offensichtlich erheitert unseren hochwissenschaftlichen Beiträgen.

Eine Klapperdürre mit Diamant im Nasenflügel klagte:

»Also meen Macka sacht imma, ›ach laß doch, Mausi, ick mach det schon‹, aba er tut so lange nischt, bis ick den Dreck nischt mehr abkann, und so bin doch imma icke det Aaschloch, det saubamacht!«

Frau Professor fühlte sich an dieser Stelle bemüßigt, ins Gespräch einzugreifen:

»Auch das wird eine Aufgabe für uns sein, zu ermitteln, woran die Hausarbeit gemessen werden kann. Dabei spielt die subjektive Auffassung dessen, was unter Sauberkeit zu verstehen ist, eine große Rolle.«

Das war ein neues Stichwort für den Paradiesvogel:

»Also, ich finde, es ist eine Wahnsinnssauerei, wenn die Typen immer im Stehen pinkeln, das ist doch das Allerletzte!«

Sie haute mit der geschlossenen Faust auf die Tischplatte.

»Und am schlimmsten ist es, wenn sie besoffen sind. Da treffen die überhaupt nicht mehr«, verkündete die Punkerin vor Sabine.

»Aber auch so spritzt es schon genug herum!« kam es von hinten.

Ich fragte mich, ob die beiden Vertreter des angeklagten Geschlechts auch was zu dem Thema zu vermelden hätten, aber sie hüllten sich in gleichmütiges Schweigen.

»Aber mein Freund weigert sich einfach, sich hinzusetzen, was soll ich da machen?« Eine kleine, zierliche Frau mit Kindergesicht sah sich hilfesuchend im Raum um. Ich überlegte, ob ich ihr da einen Tip geben konnte, aber offen gesagt, dies war das erste Mal seit meiner frühesten Kindheit, daß ich mir Gedanken darüber machte, wer wie pinkelt. Noch schlimmer, bislang hatte ich nicht einmal gewußt, daß es da ein Problem gab, geschweige denn, daß vom neuen Mann verlangt werden konnte, sich dabei zu setzen. Wie gut, daß mir hier nun endlich diese verheerenden Zustände in aller Deutlichkeit vor Augen geführt wurden. Womöglich wäre dieser Zug sonst noch ohne mich abgefahren.

Schon hagelte es gutgemeinte, praktische Ratschläge:

»Schmeiß ihn doch raus, diesen Macho!«

»Laß ihn danach das Klo putzen!«

»Vögel einfach nicht mehr mit ihm!«

»Wisch die Pisse mit seinem Lieblings-T-Shirt auf!«

Und so ging's dahin. Das war noch besser als Kino! Sie schienen sich nun echt an diesem Problem von zweifellos vehementer Bedeutung festgebissen zu haben. Fast fühlte ich mich veranlaßt, auch einen Kommentar abzugeben, aber es gebrach mir am letzten Quentchen Mut. Was hätte ich seinerzeit wertvolle Pionierarbeit für alle meine Geschlechtsgenossinnen leisten können, als ich mit Micha und Max, diesen eingefleischten Stehpissern, Tisch, Fernseher und Klo teilte!

Sabine zog es wie ich vor, zu diesem Thema zu schweigen. Sicher war sie auch so eine ahnungslose Verblendete wie ich.

Zwei Frauen ganz vorne hielten sich ebenfalls aus der lebhaften Diskussion raus. Sie hatten sich zur Meute umgedreht, ein überhebliches Grinsen überzog ihre Gesichter. Eine hatte die Arme um ihre Gefährtin geschlungen, ihr Kopf ruhte, Wange an Wange, auf deren Schulter. Es war offensichtlich, daß die beiden das Ganze nicht viel anging, denn sie würden sich kaum mit Männern in der Wohnung rumschlagen. Die Umarmte hatte elfenbeinfarbene, kurzgeschorene Igelhaare, wie ein frisch gemähter Rasen, und eine unreine, käsige Haut. Ihre Freundin hatte immerhin ausdrucksvolle Katzenaugen. Aus ihr wäre vielleicht noch was zu machen, dachte ich mit einem Anflug von Gehässigkeit.

Die beiden Frauen da vorne waren Prototypen einer in Berlin weitverbreiteten Spezies, besonders hier am OSI wimmelte es davon. Zu jener Zeit war ich sehr anfällig für physische Schönheit. Bei Männern sowieso, was mir ja auch prompt zu mannigfaltigem Ärger verhalf.

Aber auch bei Frauen neigte ich zu einer ästhetisierenden Betrachtungsweise. Natürlich war es eine andere Art der Schönheit, die ich bei Frauen wahrnahm, als die, die Männer im allgemeinen als solche empfinden. Titten, Arsch und lange blonde Mähnen konnten mir gestohlen bleiben.

Ach, hätte sich bloß mal eine anziehende, selbstbewußte Frau in eindeutiger Weise für mich interessiert! Ich hätte mich ihr zu Füßen geworfen, rein aus existenzieller Neugierde, denn ich hatte mir vorgenommen, im Leben möglichst keine Erfahrung auszulassen. Bestimmt gab es diese Frauen irgendwo. Aber womöglich war ich naive Gans gar nicht in der Lage, sie zu erkennen.

Bei näherer Betrachtung der beiden da vorne, nein, nicht einmal ein flüchtiger sexueller Exkurs stand da zur Überlegung an. Die Debatte mit der Pinkelei war inzwischen prächtig gediehen. Es war die Rede von Aufklebern und Klodeckeln und um die Schüssel drapiertem Seidenpapier, zwecks Demonstration und Beweis der Existenz fehlgeleiteter Spritzer für das ungläubige Mannsvolk.

»Okay, okay, das reicht für heute.« Das war Margret, jetzt, wo's gerade lustig wurde. »Unsere Zeit ist um, ich freue mich über euer reges Interesse. Ihr könnt euch schon mal Gedanken über euer Referatsthema machen. Nächsten Montag sind die Bücher da, bis dahin tschüs. Wer noch Fragen hat, meine Sprechstunde steht auf dem Zettel.« Sprach's und entschwand.

Sabine und ich erhoben uns, mir brummte der Kopf von all den skurrilen Eindrücken. Es gelüstete mich nach einem heißen Tee, ich lud meine Nachbarin in die Cafeteria ein. Sie war einverstanden, wollte nur vorher noch in der Bibliothek was erledigen.

Das Institut für Politologie gehört zwar zur freien Universität, ist aber in einem separaten, älteren Gebäude untergebracht und besitzt eine eigene Bibliothek und eine kleine Cafeteria.

Während der Apo-Zeit war hier ganz ordentlich was los gewesen, wovon manche Dozenten und Studenten noch heute schwärmten, auch solche, die damals noch den Kindergarten besucht hatten. Jetzt waren ruhigere Zeiten angebrochen, zum Leidwesen der Altlinken und zur Erleichterung der konservativen Mitglieder dieser Anstalt. Es fand zwar alle naselang eine Demo für irgendwas statt, davon zeugten wilde Plakate im ganzen Flur, aber der Revolutionsgeist von einst spukte nur noch in den Gehirnen einiger unverbesserlicher Romantiker aus der Flower-Power-Ära. Der Dampf war raus, die Masse der Studenten war an die Konsumgesellschaft angepaßt und vorwiegend mit sich selbst beschäftigt.

Ich wollte gern auf Sabine warten, war ich doch froh, mal nicht so alleine irgendwo rumhocken zu müssen. Die vergangenen zwei Wochen war ich so viel mit mir allein gewesen wie sonst in zwei Jahren nicht. Das war ungewohnt, manchmal fühlte ich mich wie ein entwurzelter Baum. Hier war ich plötzlich ein Nichts, ein Niemand, namenlos, ein Gesicht unter Millionen unbekannten Gesichtern auf den Straßen Berlins.

Bis Sabine zurückkam, konnte ich aufs Klo gehen, nach dem ganzen Geschwätz übers Pinkeln war das dringend angeraten.

An diesem Ort ließ sich die Geschichte des OSI anschaulich an den Wänden ablesen. Alte Sponti-Sprüche aus den 68er Jahren, »Wer zweimal mit demselben pennt, gehört schon zum Establishment«, »Jesus loves you« und »Make love, not war«, verblaßten langsam zwischen RAF-Solidaritätsbekundungen und Antidrogen-Spots. Es gab Religiöses, Poetisches, Witziges, Philosophisches und Blödsinniges in Wort und Bild, vor allem aber schien das Thema Sex und Männer von höchstem Interesse zu sein. Ich studierte eine fünf Blatt Klopapier lange Anleitung zur Herbeiführung eines Orgasmus durch fachgerechte Selbstbefriedigung. Zu dumm, daß ich mich jetzt gleich mit Sabine verabredet hatte! Frau lernte hier tatsächlich was fürs Leben. Viele Sprüche und Zeichnungen waren dermaßen deftig, wie ich es noch auf keinem Klo vorgefunden hatte. Verunglimpfungen des männlichen Geschlechts an sich, unter besonderer Betrachtung des Geschlechtsteils, übertrafen jedes Ausmaß.

Ich überlegte, was es meinem Ego bringen könnte, so was

wie »Arschficker«, und das war noch harmlos, mit wasserfestem Filzstift an die Klotür zu schreiben. Ich kam zu keinem konkreten Ergebnis und verzichtete schließlich darauf, es auszuprobieren, mangels passendem Stift.

Wie wohl das Männerklo aussah? Rein zu Studienzwecken müßte ich mir das schon mal ansehen, fand ich. Aber nicht unbedingt jetzt gleich.

Ein Spruch, »Männer sind wie Klos, entweder besetzt oder beschissen«, blieb mir im Gedächtnis haften. Ein Körnchen Wahrheit steckte da schon drin. Aber noch hatte ich die Hoffnung nicht ganz aufgegeben. Womöglich war ich nur gerade in einem ungünstigen Alter. Wenn ich ein paar Jährchen wartete, bis dahin wären bestimmt die ersten »Besetzten« schon wieder geschieden... Die Statistik gab mir immerhin recht, in Berlin wurde sogar jede zweite Ehe geschieden, das hatte ich neulich gelesen. Da mußte doch mal einer frei werden, der nicht gar so beschissen war! Also cool bleiben und abwarten, befahl ich mir aufmunternd und betrat die verrauchte Cafeteria.

Wie ich mir gedacht hatte, war Sabine noch nicht zu sehen, und ich hielt nach zwei freien Plätzen Ausschau. Ein langhaariger Blonder saß alleine an einem Vierertisch, und ich erkundigte mich höflich, ob da noch zwei Plätze frei wären. Er sah flüchtig von seinem Kakao auf, nickte wortlos und senkte sofort wieder scheu den Blick, wie eine Klosterschülerin. Ich stellte meine Mappe ab und holte mir einen Tee.

Es dauerte und dauerte, bis Sabine auftauchte. Ab und zu warf ich dem Jungen einen Blick zu, einmal lächelte ich verbindlich, aber er brachte keinen Ton über die Lippen. Ich auch nicht. Um uns herum toste lärmender Betrieb, und wir saßen stumm wie die Goldfische mittendrin. Das Schweigen fand ich allmählich peinlich, aber je länger es dauerte, desto weniger konnte ich mich zu einer Bemerkung, welcher Art auch immer, aufraffen. Und von ihm war rein gar nichts zu erwarten, das sah ich schon. Wagte kaum zu atmen, der arme Junge.

Eine Woche vorher hatte ich es gewagt, einen Menschen männlichen Geschlechts nach der Vorlesung ganz harmlos anzusprechen. Er hatte mich groß angestarrt und war, eine unverständliche Antwort murmelnd, fluchtartig davongeeilt.

So ganz langsam nervten mich diese Typen hier.

Nach einem Jahrhundert verlegener Nichtkonversation war ich dankbar, als Sabine endlich, eine Tasse vor sich herzitternd, auf mich zusteuerte. Der Blonde nahm prompt Reißaus, zwei von der Sorte waren ihm wohl nicht geheuer.

Als er weg war, fragte ich Sabine: »Sag mal, kommen dir die Typen hier auch so komisch vor?«

»Komisch?«

»Ich meine, hast du hier schon mal mit einem ein ganz normales Gespräch geführt oder überhaupt ein Gespräch?« erklärte ich.

Sie überlegte, während sie sich eine anzündete.

»Stimmt, du hast recht. Nein, ist mir auch noch nicht passiert. Jetzt, wo du es sagst...« Sie runzelt, die Stirn. Ich präzisierte: »Die wirken alle so... so verschüchtert. Ich rede nicht von Anmache, aber eine stinknormale, alltägliche Unterhaltung zwischen zivilisierten Menschen müßte doch noch drin sein.«

Ja, das war's. Die Jungs hier saßen total verhuscht herum, als fürchteten sie, aufgefressen zu werden.

Sabine grinste. Ihre Zähne waren ein klein wenig gelb, vom Rauchen vermutlich, aber sonst bot sie keinen schlechten Anblick. »Ah, Scheiße, wundert dich das? Du hast doch gerade selbst mitgekriegt, wie rabiat die Frauen hier sind. Da traut sich doch kein Kerl mehr, den Mund aufzumachen. Wie hat dir der Kurs gefallen?« wollte sie von mir wissen.

»Unterhaltsam«, antwortete ich ehrlich.

»Ein paar von denen sind ganz schön derb drauf!« Sie lachte. »Daß sich die zwei Kerle da überhaupt reingetraut haben, muß man denen hoch anrechnen.«

»Jetzt warte erst mal ab, ob sie das nächste Mal wiederkommen«, meinte ich skeptisch.

»Du machst doch weiter, oder?« fragte sie. Mir schien, ihr war daran gelegen.

»Ja, sicher«, gab ich zurück. »Auch wenn mich nicht unbedingt rasend interessiert, wie Männer zu pinkeln haben. Aber es wird ja hoffentlich noch ein paar andere Themen zu besprechen geben.«

Ich angelte mir auch eine Zigarette, obwohl die Sichtverhältnisse schon recht getrübt waren.

»Wenn du willst, können wir das Referat zusammen machen«, schlug sie vor. Das fand ich prima von ihr.

»Ja, gerne. Du bist auch noch nicht lange hier, richtig?« Ich wagte einen Vorstoß ins Private.

»Seit Semesteranfang. Ich komme aus Stuttgart.«

»Das hört man«, entschlüpfte es mir. Sie winkte ab.

»Jaja, ich weiß. Aber du sprichst auch nicht gerade reinstes Hochdeutsch!« konterte sie.

Dabei gab ich mir redliche Mühe, meinen Dialekt im Zaum zu halten. Die hätte mich mal im Originalton hören sollen! Das bayrische »Grüß Gott« hatte ich schon aus meinem angewandten Wortschatz verbannt, weil daraufhin hundertprozentig der Kalauer »Mach ich, wenn ich ihn treffe« folgte.

Wir laberten über alles mögliche, und ich holte mir einen zweiten Tee, obwohl er nicht schmeckte. Ich erfuhr, daß sie und ihr Freund mit viel Glück und Beziehungen eine Dreizimmerwohnung in Neukölln gefunden hatten. Er konnte aber erst in einem Monat nachkommen.

Sabine war der Typ, der bei Männern gut ankam. In ihren schwarzen Klamotten wirkte sie blasser und zerbrechlicher, als sie eigentlich war. Die grünen Augen wußte sie effektvoll einzusetzen. Ihre Bewegungen waren lebhaft. Dazu rauchte sie wie ein Schlot, und »Scheiße« war ihr Lieblingswort.

»Neukölln ist nicht so toll, und die Wohnung ist Scheiße, viel zu dunkel für Mick. Er malt nämlich.« Das klang stolz.

»Er malt?« fragte ich mehr höflich als interessiert.

»Er will Malerei studieren, aber das ist ganz schön schwierig. Eine verdammt harte Aufnahmeprüfung haben die da. Wo wohnst du?«

»Kreuzberg«, warf ich betont lässig hin.

»Ah, super. Da hätten wir auch gerne gewohnt. Na, vielleicht findet sich ja mal was. Hauptsache, wir haben was fürs erste.«

So ging das noch eine ganze Weile, bis ich Kopfweh kriegte von dem Qualm in der Bude. Ihr schien das nichts auszumachen. Klar, sie war ja auch vier Jahre jünger als ich.

Obwohl ich Sabine nun erst seit wenigen Minuten näher kannte, erzählte ich, meinem aufgestauten Mitteilungsbedürfnis nachgebend, von meinen schriftstellerischen Ambitionen, die mich unter anderem hierhergeführt hatten. Von »unter anderem« erwähnte ich lieber noch nichts.

Für sie schien das die normalste Sache der Welt zu sein, und dafür hätte ich sie am liebsten geküßt. Es gab kein »Wenn und Aber«, womit mich meine Kollegen aus der Betriebswirtschaft dauernd genervt hatten. Keine Worte wie »Sicherheit«, »Realität« oder »Gehalt« kamen ihr über die Lippen.

Für sich plante sie eine Karriere in Richtung Journalismus, genau hatte sie sich wohl noch nicht festgelegt. Ihr ungetrübter Optimismus war ansteckend.

Wir trennten uns mit dem Versprechen, uns anzurufen, was nach meinen bisherigen Erfahrungen in Berlin gar nichts hieß, aber ihr glaubte ich es sogar. Ich sah ihr nach, wie sie in einen schreiend bunt bemalten VW-Bus stieg. Der Auspuff knatterte bedenklich.

Ich fand es ein bißchen schade, daß sie mit ihrem Freund hier wohnte. Es wäre mir lieber gewesen, sie in der gleichen Situation wie mich zu wissen, dann hätten wir bestimmt öfter mal gemeinsam losziehen können. Aber noch war er ja nicht da, und die Rolle der Ersatzperson für zeitweilig abwesende Männer beherrschte ich recht ordentlich.

Am Zoo unterbrach ich meinen Heimweg trotz des eiskalten Windes, der einen bis auf die Knochen durchblies, und startete einen kleinen Schaufensterbummel.

Ein Paar traumhafte schwarze Schnürstiefelchen, knöchelhoch mit Pelzbesatz, sprangen mir fast durch die Scheibe ins Gesicht. »Nimm uns mit, wir sind nur für dich gemacht«, flüsterten sie mir aufdringlich zu. Ich kombinierte sie in Gedanken mit meinem neuen alten Second-hand-Kostüm, dem der Geist der fünfziger Jahre noch sichtbar anhaftete. Dazu mein total abgefahrener Kunstpelzmantel vom Flohmarkt... Beides zusammen hatte nur sechzig Mark gekostet. Für diese Schühchen da nahmen sie das Vierfache. Skrupellos!

Ich rechnete und rechnete, mein Hirn schlug Saltos, jedoch

es kam nur eines dabei raus: Diese Schuhe und noch so einiges mehr konnte ich vergessen, falls ich mir nicht schleunigst was in puncto Geld einfallen ließ. Es konnte nicht länger geleugnet werden, ich steuerte mit Hochgeschwindigkeit auf einen mittelschweren finanziellen Engpaß zu. Mein Lebensstil verkam systematisch zum Lebensstandard. Okay, ich konnte die Miete bezahlen und würde in nächster Zeit nicht hungern oder frieren. Der Keller lag voll Briketts. Aber nur mit den Elementarbedürfnissen war es auf die Dauer nicht getan.

Dabei hatte ich meine Fühler nach einer Geldquelle schon ausgestreckt: Drei von Elisabeths Bekannten, arbeitslose Lehrer, was sonst, wollten in Kürze ein Kneipenkollektiv gründen und konnten noch Bedienungen gebrauchen. Ich hatte mit einem von ihnen gesprochen, alles war in die Wege geleitet. Der Laden lag in Schöneberg und glich momentan eher einer Bahnhofshalle nach einem Sprengstoffanschlag. Ein paarmal war ich schon unauffällig dran vorbeigepirscht und hatte durch die vom Bauschutt verdreckte Scheibe gespäht, allein was ich undeutlich erkennen mußte, veranlaßte mich nicht gerade zu Freudensprüngen. Die Renovierungsarbeiten verliefen, gelinde gesagt, mehr als zögerlich.

Zu allem Überfluß hatte es sich Tanja seit ein paar Tagen in den Kopf gesetzt, unsere Nahrungsmittel nahezu ausschließlich aus einem Bioladen zu beziehen. Dort waren die Preise ebenso saftig wie die Äpfel sauer. Doch wenn es um unsere Gesundheit ging, war sie die Autorität, daran war nicht zu rütteln.

Und nochmals wollte ich mir keinesfalls solche Schmähworte anhören wie neulich, als sie mich eiskalt beim heißhungrigen Verzehr einer Zweierpackung Miracoli erwischt hatte. Eines der ganz wenigen Fertiggerichte, die ich mir so ab und zu mal antue. Aus purer Reumütigkeit ob dieser Entgleisung hatte ich in den baldigen gemeinsamen Kauf einer Getreidemühle eingewilligt, ohne mir im geringsten darüber im klaren zu sein, was so ein Apparat kostete.

Seufzend verabschiedete ich mich von den Stiefelchen. Im KaDeWe nahm ich ein kurzes Bad in der Menge und beobachtete genüßlich das Treiben der Touristen, aus dem überheblichen Blickwinkel einer »Berlinerin«.

Sieh sie dir an, wie sie dem Goldenen Kalb Konsum huldigen, sagte ich zu mir. So was hast du doch gar nicht nötig! Aber so ganz restlos konnte ich mich nicht überzeugen.

Dann wurde es Zeit, daß ich nach Hause kam. Sicher hatte Tanja wieder vergessen, auch in meinen Ofen ein paar Briketts zu werfen, und wenn ich nicht bald nachlud, würde ich mir heute abend den Hintern abfrieren.

»Morgen nachmittag kommt Frau Schuppka«, offenbarte mir Tanja beim Abendessen. Sie hatte freiwillig angeboten zu kochen, es schmeckte besser, als ich befürchtet hatte. Kleine Bratlinge gab es, die mysteriöse Ingredienzen enthielten und gnadenlos gesund waren.

»Wer ist denn Frau Schuppka?« Im Moment wußte ich nichts damit anzufangen.

»Unsere geschätzte Hausbesitzerin.«

Ach ja, das wär mir beinahe entfallen.

»Sie will sehen, ob ihr dein Gesicht paßt.«

Wie beruhigend, daß es doch noch Menschen gab, die es nach mir verlangte.

Pünktlich um drei zur Kaffeestunde schnaufte etwas Massiges, Geblümtes die Stufen rauf. Ich hatte vorsorglich Sahnetörtchen besorgt, trotzdem konnte Tanja es sich nicht verkneifen, ihre furztrockenen Haferkekse dazuzustellen.

Wir waren äußerst sittsam gekleidet, und die Bude war abartig aufgeräumt und sauber wie ein Operationssaal.

Die Sahnetörtchen verschwanden eins nach dem anderen in Frau Schuppkas Schlund, ihr Dreifachkinn war andauernd in Bewegung, während sie aß und über die Kosten klagte, die ihr durch den Hausbesitz entstanden. Dazwischen fixierte sie mich prüfend und stellte Fragen nach meiner Herkunft und dem Zweck meines Hierseins. Ihre flinken Äuglein flitzten herum wie Flipperkugeln, keine Einzelheit entging ihnen. Sie war recht geschäftstüchtig. Die leicht geschönte Version, was ich hier zu suchen hatte, sowie meine Person an sich, beides fand ihr Wohlgefallen. Tanja und ich konnten aufatmen. Sie ermahnte uns nachdrücklich, die Haustüre ab acht Uhr abends stets geschlossen zu halten, auch im Sommer.

»Weil det in Balin eben so üblich is, in 'nem anständjen Mietshaus zumindest.« Wir nickten folgsam. »Früher war dat hier mal 'ne anständje Jejend, aba det Jesocks, wat heute hier rumlooft...« Sie winkte abfällig.

In unserem Haus wohnten fast nur alte Leute. Deutsche alte Leute, versteht sich. Ein Wunder, daß sie Tanja trotz ihrer Hautfarbe eine Wohnung vermietet hatte. Vermutlich war Tanja das Alibi für Frau Schuppkas Weltoffenheit, oder es war die Aussicht auf den Doktortitel, was ihr Witwenherz erweicht hatte.

Als sie in mein Zimmer kam, girrte sie mißbilligend: »Du lieba Jott, dat Mädel hat ja ooch keene Vorhänge!« Ich erntete einen strengen Blick, ebenso Tanja. Ich strahlte die Alte unschuldig an.

»Meine Mutter näht gerade welche. Ich mußte ihr erst die genauen Maße durchgeben, wissen Sie. Sie schickt sie mir demnächst. Den Stoff hab ich schon ausgesucht, er ist gelb mit pinkfarbenen Rosen drauf.« Ihre Miene wurde sogleich sanfter angesichts dieser dreisten Lüge. Tanja verließ fluchtartig den Raum.

»Sie hat's ein bißchen auf der Blase«, erklärte ich Frau Schuppka, die Tanja verwundert nachsah. »Der Wetterumschwung, Sie wissen schon...«

»Keen Wunda«, meinte sie trocken, »so wie ihr jungen Dinga heutzutaje rumlooft!« Ich überlegte, ob die Nachkriegsmode der Gesundheit zuträglicher gewesen war. Vermutlich hatte sie Strapse und Wollunterhosen getragen, was für eine Vorstellung! Ich verzichtete auf einen Einwand.

»Ick jeb Ihnen den juten Rat, Frolleinchen, machen Se da schleunigst wat an de Fenster dran...«, sie durchmaß das Zimmer mit ihren Dackelbeinen und starrte wie gebannt durch die frischgeputzte Scheibe aufs gegenüberliegende Haus, »...denn da drüben«, sie zeigte auf die Fenster im vierten Stock, ihre Stimme färbte sich geheimnisvoll und verschwörerisch, »da wohnt nämlich... ein *Mann*!« Nun stierten wir beide zum Fenster raus, als lauerten wir auf das Ungeheuer von Loch Ness.

»Oh«, hauchte ich voller Entsetzen, »da werd ich meiner Mutter sagen, sie soll sich mit dem Nähen beeilen.«

Frau Schuppka nickte zufrieden. Es schien, als habe ich die Feuerprobe bestanden.

Tanja hatte sich wieder in der Gewalt, und unter nicht enden wollenden Artigkeiten bugsierten wir die alte Dame in Richtung Haustüre.

»Gelbe Vorhänge mit Rosen in Pink!« Tanja sah mich empört an. »Ich hätte mir fast in die Hosen gemacht!«

»Hab ihr ja auch gesagt, du hättest was an der Blase. Wußtest du übrigens, daß da drüben ein *Mann* wohnt?«

»Hat sie dich auch davor gewarnt? Sie kann's nicht lassen, die alte Männerhasserin. Wenn die wüßte, daß da inzwischen sogar zwei wohnen. Schwule noch dazu.«

»O Schreck, o Graus!«

Kichernd machten wir uns über die Haferkekse her, wie erwartet fehlte nicht eines.

»Wenn ich keine Sahnetörtchen gekauft hätte, dann säße ich jetzt auf der Straße«, wagte ich zu bemerken.

»Was zu beweisen wäre!« verteidigte Tanja ihr Werk.

»Jede Wette!« Es war ein Gefühl, als bisse man in einen vollen Staubsaugerbeutel.

»Wenn du die Kekse brav aufißt, nehm ich dich am Samstag mit auf 'ne prima Fete.«

»Waffü eine?« fragte ich mit vollen Backen.

»Ach, Studienkollegen, Künstler, ein Haufen Leute. Und jede Menge tolle Männer natürlich.« Sie fletschte die Zähne zu einem Lächeln.

»Muß ich alle aufessen?«

»Alle!«

Selbstverständlich lag ich neben meinen sporadischen Studien nicht bloß auf der faulen Haut. Ausdauernd tigerte ich durch die Gegend, erkundete Berlin stückchenweise. Ich gehorchte einer vagen moralischen Verpflichtung und begab mich in den Ostteil der Stadt. Das erwies sich als eine unerquickliche, ermüdende Angelegenheit, noch dazu, da ich mich dort überhaupt nicht auskannte.

Als mir die Witterung für derlei Streifzüge zu kalt wurde, widmete ich mich verstärkt der Kunst und rang mir eine längere Erzählung ab, die mir schon geraume Zeit im Kopf herumspukte. Jeden Abend drosch ich wie verrückt auf die Tasten meiner Maschine ein. Es war zum Ausrasten! Kaum hatte ich ein paar Seiten fertig, fiel mir garantiert ein Satz ein, der dringend noch mitten reinmußte. Wie machten die anderen das bloß? So konnte das unmöglich weitergehen. Ein Computer mußte her, und zwar mit Drucker. Zum äußersten entschlossen, rief ich meinen Herrn Papa an. Ich schaffte es in gut zehn Minuten, ihn von der Notwendigkeit einer solchen Anschaffung zu überzeugen.

»Weißt du, damit käme ich bei meiner Diplomarbeit viel schneller vorwärts. Und später kann ich den auch ganz gut gebrauchen.« Oh, Gipfel der Niedertracht, der Himmel möge mich gelegentlich dafür strafen!

Die Scheißtipperei ließ ich für diesen Abend sausen. Ich knallte mich in den Sessel vor meinen Minifernseher, genannt die »Briefmarke«, und ergötzte mich an einer alten Defa-Liebesschnulze in Schwarzweiß.

Nach dem Happy-End leistete ich mir einen Anruf bei Heike in Düsseldorf. Sie hatte diese Woche in ihrer Werbeagentur angefangen.

»Na, wie läßt sich die Sache an? Was versuchst du zu verscherbeln?« fragte ich nach einigen Begrüßungsfloskeln neugierig.

Wie gewohnt erhielt ich eine klare, umfassende Auskunft:

»Wir arbeiten an einem Marketingkonzept für einen neuen Gebißreiniger«, erklärte sie todernst.

Ich konnte mich gerade noch beherrschen. Mir fiel Micha ein, der eines Morgens während der Radiowerbung angewidert vom Frühstückstisch aufgesprungen war und sich beklagt hatte: »WC-Reiniger, Gebißreiniger, Damenbinden, Tampons und Klopapier! Jetzt fehlt nur noch Intimspray und was gegen Fußpilz! Und das am frühen Morgen. Da kann einem doch der Appetit total vergehen!«

Mühsam gab ich meiner Stimme einen ernsthaften Klang.

»Das ist ja prima, wie interessant.« Bloß nicht lachen, es ist schließlich ihr Job. »Wie läuft's denn mit deinem Superman?« wechselte ich vorsichtshalber das Thema.

»Ach, ganz gut. Wir sehen uns halt nur am Wochenende.«
Sie seufzte wehmütig.

Nur am Wochenende, dachte ich eifersüchtig. Was hätte ich
bis vor kurzem drum gegeben, ein Wochenende mit Alex zu
verbringen. Ein ganzes, langes Wochenende! Wußte sie überhaupt, wie gut sie es erwischt hatte?

»Kommst du mich mal besuchen?« fragte ich sie. Sie druck-
ste ein wenig herum.

»Ja also, die ersten sechs Monate kriege ich jetzt wohl kaum
Urlaub. Komm lieber du mal. Wie geht es dir denn überhaupt
in Berlin, gefällt's dir noch?«

Ich berichtete von dem Kurs über Hausarbeit und der Diskussion über die Pinkelei. Das amüsierte sie. Es tat gut, ihr ein
bißchen was erzählen zu können. Der Gebührenzähler klickte
erbarmungslos vor sich hin. Ich verabschiedete mich, nur wenige Einheiten von meinem endgültigen finanziellen Ruin entfernt.

Nachdem ich aufgelegt hatte, erschien mir mein großes, gelbes Zimmer richtig trostlos und einsam.

Endlich war es Zeit, mich für meine erste Berlin-Fete zurecht-
zumachen. Wir sollten sogar abgeholt werden. Von Tanjas Studienkollegen Philipp, der sich für ihren Freund hielt. Um acht
Uhr war ich fix und fertig aufgestylt. Tanja kauerte in Jog-
ginganzug und Yogastellung auf dem Fußboden. Sie pfiff aner-
kennend angesichts meiner Erscheinung, dann gab sie mir zu
verstehen, daß wir noch fast zwei Stunden Zeit hätten. Es wäre
nicht üblich, vor zehn Uhr auf einer Party aufzukreuzen.

»Zehn Uhr! Da waren bei unseren Feten schon die meisten
besoffen«, maulte ich leise vor mich hin und zog mein enganlie-
gendes kleines Schwarzes wieder aus. Verdammte Scheiße, bis
dahin würden die Malereien in meinem Gesicht bestimmt
schon erste Anzeichen des Dahinwelkens zeigen. Seltsame Sit-
ten waren das. Grollend verzog ich mich in die Küche, wo es am
wärmsten war.

Philipp kam um neun, daraufhin geruhte Tanja sich allmählich fertigzumachen. Sie wählte einen ultrakurzen Rock zu
schwarzen Strümpfen. Mit diesen Beinen konnte ich selbstver-

ständlich nicht mithalten. Dazu kombinierte sie einen wolkenweißen, flaumigen Kaschmirpullover mit allerlei Applikationen aus Leder, Federn und Glitzerzeug. Ich fragte mich, ob ihr der nicht bald zu warm sein würde. Sie trug die Haare offen, was selten vorkam, ihr aber ausgezeichnet stand. Ihre naturgemäß dünnen Lippen glänzten plötzlich blutrot und voll. Den Trick rauszufinden, daran würde ich in den nächsten Tagen alles setzen. Es warf Philipp und mich fast um, als sie so vor uns erschien. Hatte ich mich eben noch wie eine Femme fatale gefühlt – sogar Philipp, der mich sonst kaum wahrnahm, hatte bemerkt, ich sähe heute aber todschick aus –, so kam ich mir augenblicklich wieder plump und gänsehaft vor.

Wir tuckerten in Philipps Käfer, ich hintendrin, schier endlos durch die Lichter der Stadt.

Philipp war total verschossen in Tanja. Sie behandelte ihn wie ihren Lakaien. In seiner Anwesenheit nannte sie ihn sogar manchmal »ihren Wurmfortsatz«, weil er »so anhänglich, aber im Grunde überflüssig« sei. Ich fand, das ging eine Idee zu weit. Dabei hätte er es wahrhaftig nicht nötig gehabt, sich ihre schlechte Behandlung bieten zu lassen. Er war intelligent und sah passabel aus, aber da war wohl nichts zu machen.

Endlich durfte ich mich aus dem Käfer zwängen, ach, was war doch mein viertüriger R4 für ein Luxusgefährt gewesen. Ich trippelte im Windschatten der beiden durch einen perfekt verwilderten Garten, auf eine ältere, vornehme, von oben bis unten hell erleuchtete Villa zu.

Eine puderbemehlte Dame mittleren Alters, so zwischen dreißig und sechzig, hieß uns willkommen. Es gab die obligatorischen angehauchten Wangenküßchen, was mir höchst zuwider war.

»Du mußt Eva sein«, sagte sie zu mir. Ich bejahte und lächelte sparsam.

»Ich bin Sophie.«

Ein Typ im schwarzen Anzug ohne Krawatte reichte mir wortlos einen Kir Royal.

»Sind das die Gastgeber?« flüsterte ich Philipp zu. Ich bin immer gerne darüber im Bilde, von wessen Schampus mir schlecht wird.

»Nein, das sind die zwei da drüben.« Er deutete mit einer unauffälligen Kopfbewegung auf zwei Erscheinungen von so natürlicher Grazie und Eleganz, wie nur Schwule sie haben können. Sie lächelten mir freundlich zu, als Tanja mich vorstellte. Der mit dem seidenen Kaftan, er nannte sich Conni, war mit dem Mixen von bunten Drinks beschäftigt. Der andere knutschte uns der Reihe nach durch und strebte dann sogleich in Richtung Eingang, wo eine Gruppe neuer Gäste eingetroffen war. Beim Anblick der beiden Typen und der farbstrotzenden Getränke wäre mir um ein Haar das Wasser im Mund zusammengelaufen.

Etwa vierzig Leute bevölkerten bis jetzt die weitläufige Wohnung. Grüppchenweise, wie lauter kleine Büschel Bananen, hingen sie zusammen, in der einen Hand ein Glas, mit der anderen ihre Worte unterstreichend.

Das Buffet war im größten Raum aufgebaut. Er glich Tanjas Zimmer auf verblüffende Weise, genauso weiß und leer, nur daß hier noch mehr dieser plakatgroßen, farbigen Gemälde von den Wänden schrien. Mannshohe Skulpturen aus vergipstem Pappmaché standen im Weg herum, sie erinnerten ganz entfernt an menschliche Gestalten, vorausgesetzt, man besaß eine lebhafte Fantasie. Ich nahm an, daß es sich dabei ebenfalls um Kunstwerke handelte, aber beschworen hätte ich das nicht. Das Interieur in der ganzen Bude war ausnahmslos edel und teuer, offenbar fehlte es den beiden Schönheiten nicht an irdischen Gütern. Ich fragte mich, was sie wohl machten, um diesen Salon unterhalten zu können.

Ein paar Leute richteten im Vorbeischlendern die üblichen Partyfragen an mich, wie es mir hier gefiele und so ähnlich, dann widmeten sie sich wieder ihren Bekannten. Mein Magen knurrte, und ich fror, die Säle waren miserabel temperiert. Mein tiefer Rückenausschnitt war für geheizte Räume oder laue Sommernächte gedacht.

Das Buffet prangte einladend, aber keiner aß etwas. Also wartete auch ich zähneklappernd ab und sah mir zum Zeitvertreib die Gäste an.

Die meisten Männer trugen schwarze, schlottrige Anzüge und weiße Hemden mit offenem Stehkragen. Einige hatten sich eine bleistiftdünne Krawatte umgehängt, deren schlampiger Knoten in Höhe des Brustbeins herumbaumelte. Sie sahen aus wie die Belegschaft eines zwielichten Bestattungsinstituts auf Betriebsausflug. Pferdeschwänzchen waren momentan unübersehbar der absolute Renner bei den Herren.

Eine gewisse Unruhe ging durchs Volk. Ein exotisch wirkender Typ mit Zopf und einem Eau-de-Toilette-Reklamegesicht war erschienen. Das mußte hier der Platzhirsch sein, jedenfalls lauerten die Damen ihm überall auf, um sich seinen sidenbehemdeten Arm zu krallen. Zuvor wurde jedesmal das unausweichliche Küßchen links, Küßchen rechts zelebriert. Dabei langte der Typ herzhaft zu, was den Damen aber nichts ausmachte, im Gegenteil.

Ich griff mir einen Blonden mit 'nem Arschgesicht, der sich mir als »Pierre« vorgestellt hatte, und erkundigte mich nach dem Umschwärmten.

»Der da?« Er hob die unsichtbaren Brauen. »Das ist doch Laszlo.« Damit schien für ihn der Fall gegessen.

»Und wer ist Laszlo?« erlaubte ich mir nachzuhaken. Dafür erntete ich einen Blick, als hätte ich gefragt, wer der liebe Gott sei.

»Ein ziemlich bekannter Bildhauer hier in Berlin. Aber du bist ja neu hier«, fiel ihm zu meiner Entlastung gerade noch ein. »Die Sachen hier«, er wedelte mit der Hand, als müsse er ein Insekt verscheuchen, »sind alle von ihm.«

Aha, die Gipskameraden. Na, wenigstens spart er nicht am Material, dachte ich respektlos.

»Und das ist Sophie«, erklärte er. Sie huschte soeben in ihrem schillernden Flattergewand an uns vorbei, eine süße, bleischwere Duftwolke hinter sich herziehend.

»Die hab ich schon kennengelernt.«

»Sie ist Laszlos … Gönnerin und Freundin.« Er grinste fies.

Aha, so war das also. Manche Männer kann man sich eben erst ab einem gewissen Alter leisten.

Pierres Mitteilungsbereitschaft war erschöpft, er murmelte eine Entschuldigung und klemmte sich zwischen das nächstbeste Bananenbündel.

Ich pilgerte ein bißchen gelangweilt durch die Räumlichkeiten. Vielleicht, so hoffte ich, wurde irgendwo getanzt und ich könnte mich durch Bewegung etwas aufwärmen. Aber nirgends war was los. Die Musik war etwa so anspruchsvoll wie in einem Supermarkt, bloß lauter.

Sehnsüchtig heftete ich meinen Blick auf die opulente Tafel. Lachsbrötchen, diverse Terrinen, fantasievolle Salate, Roastbeef, Wachteleier, Käse, Gebäck... mir wurde fast schlecht vor Hunger. Eben überlegte ich krampfhaft, wie ich unbemerkt und rasch von hier fort und zu einem türkischen Imbiß gelangen könnte, da landete ein Arm, nein, eine Pranke auf meiner Schulter. Der dazugehörige Mensch brummte:

»Ciao, ich bin Carlo. Bist du auch am Verhungern?«

»Ja«, hauchte ich mit meinem letzten Atemzug.

»Worauf warten wir also?« Er reichte mir ein Lachsbrötchen ohne Teller, es lag ganz verloren auf seiner Hand. Heißhungrig wie ein Wolf schnappte ich danach.

»Scheiß auf die Etikette«, meinte er und griff sich auch eins.

Wortlos verzehrten wir die Häppchen, holten uns gleich Nachschub und entfernten uns langsam kauend in stillem Einverständnis.

»Langweilst du dich etwa inmitten dieser Zeitgeistschickeria?« fragte er zwischen zwei riesigen Bissen.

»Ich kenne halt noch niemand«, antwortete ich ausweichend.

»Wieso, jetzt kennst du ja mich.« Es klang eher scherzhaft als eingebildet, das war sein Glück.

»Carlo«, murmelte ich vor mich hin. Schon der Name zerfloß auf der Zunge wie Tiramisu. »Bist du Italiener?«

Er sah wie einer aus, dunkle Locken, ein mächtiger, leicht schiefer Adlerzinken, warme, braune Augen. Nur war er für einen Südländer zu groß. Na, vielleicht war er ein ins Kraut geschossener Italiener. Die Frage schien ihn zu erfreuen.

»No, bella ragazza«, grinste er, »aber ich habe die letzten fünf Jahre dort zugebracht. In Siena.«

Siena! Bilder von sanften Hügeln mit Zypressen, die wie Dolche in den toskanischen Himmel ragen, von sonnendurchfluteten Weinbergen, altem Gemäuer und traumhaften Schuhgeschäften stiegen vor meinem inneren Auge auf. Fast glaubte ich, die selbstgemachten Nudeln mit Trüffeln und den herben Chianti Classico auf der Zunge zu spüren.

»Und warum bist du jetzt hier?« Wie kann man so eine Gegend nur je wieder verlassen?

»Mein Studium zwingt mich dazu. Ich bin ein Kollege von Philipp, er ist ein alter Freund von mir.« Noch so ein Mediziner. Er erzählte mir, er habe sein Studium in Italien begonnen, weil er den deutschen Numerus Clausus nicht annähernd geschafft hatte und er ihn durch diesen Trick, als Quereinsteiger nach ein paar Semestern, geschickt umgehen konnte. Aus den paar Semestern waren dann fünf Jahre geworden, weil es sich in Bella Italia gar so angenehm lebte und er nicht gerade der fleißigste Student war. Aber jetzt stand er kurz vor dem Examen und war somit gezwungen, an eine deutsche Uni zu wechseln.

Ich hörte ihm gerne zu. Seine herbe Stimme floß geschmeidig wie Olivenöl. Und er war der erste Mensch hier, der mir von sich erzählte, anstatt mich mit stereotypen Phrasen abzufertigen. Vielleicht hatte ihn Philipp geschickt, oder Tanja, sich um mich zu kümmern? Na wenn schon, besser als nur verloren herumstehen.

»Ich bin Eva, Tanjas neue Mitbewohnerin.« Höflichkeitshalber stellte ich mich erst mal vor.

»Das dachte ich mir, ich hab euch kommen sehen. Wie verstehst du dich mit Tanja?«

»Och, ganz gut. Sie ist nicht oft zu Hause. Ansonsten halte ich meine Klappe, denk mir meinen Teil und tu was ich will.« Das traf die Situation exakt.

»Das ist wohl auch das Klügste, sie ist ziemlich exzentrisch.«

Er sah sich kurz um und kippte seinen halben Kir Royal in den Topf einer Kokospalme.

»Widerliches Zeug. Soll ich uns einen feinen Rotwein besorgen?« fragte er eifrig.

Mein Glas war schon seit geraumer Zeit leer, ich behielt es nur noch als Beschäftigungstherapie für meine Hände.

»Das wäre sensationell!« Endlich mal ein vernünftig denkender Mann hier. Ich strahlte ihn dankbar an, und er verschwand. Ich nutzte die Gelegenheit und probierte von den Käsehappen. Inzwischen waren auch andere auf den Geschmack gekommen.

»Na, wie gefällt's dir?« Tanja tauchte neben mir auf, verfolgt von ihrem Schatten Philipp.

»Prima«, strahlte ich, »nette Leute hier.« Lauter versnobte Avantgardeaffen!

Von den Frauen hatte sich noch keine, außer Sophie, dazu herabgelassen, ein Wort mit mir zu wechseln. Die gutaussehenden waren alle in auffälligen teuren Roben erschienen, von Armani bis Yves Saint-Laurent war alles vertreten. Dem Anschein nach waren auch ein paar von Tanjas Model-Kolleginnen eingeladen, jedenfalls staksten einige aufgemotzte, baumlange Gestalten mit leeren Gesichtern durch die Gegend. Die optisch weniger Begnadeten machten auf intellektuell, mit Jeans und einem durchgeistigten Gesichtsausdruck. Ich schnappte verschiedene Gesprächsfetzen auf:

»Hast du schon mal Brodski gelesen?« fragte eine graue Maus eine dralle Blonde in Pink. »Also, für mich war das wie eine Offenbarung...«

»Aber die Basis einer jeglichen Kultur ist doch der Mensch!« behauptete eine Männerstimme hinter mir. Nichts wie fort von hier. Wo war dieser Carlo denn bloß mit dem Wein?

Er floh soeben aus der Küche, wo ihn eine hagere rothaarige Frau in ein medizinisches Fachgeplänkel verwickeln wollte. Sie redete eindringlich und mit wichtiger Miene.

»Einen Moment bitte, Katrin, ich habe der Dame dort einen Wein versprochen.« Er schüttelte sie ab. Ich wurde von einem giftigen Blick durchbohrt, den ich lächelnd parierte. Hinter seinem Rücken zauberte er eine geöffnete Flasche Beaujolais und zwei langstielige Gläser hervor. Er goß sie halbvoll und deponierte die Pulle hinter der bewußten Kokospalme, eine nützliche Pflanze, fürwahr.

»Sind die Feten hier immer so, so...«, setzte ich an, aber mir fiel das passende Wort nicht ein.

»Stinklangweilig?« schlug Carlo halblaut vor.

»Äh, ja.«

»Im großen und ganzen schon, ja. Kommt auf den Standpunkt an. Aber du hast schon recht, wenn ich da so an Italien

denke…«, er breitete theatralisch die Arme aus, seine Spann-
weite kam der eines Steinadlers recht nahe. »Wein, Weib und
Gesang, du weißt schon!«

Er seufzte, in seligen Erinnerungen schwelgend.

»Auf Weib und Gesang kann ich notfalls verzichten«, erklärte ich. »Dann schon lieber Sex and Drugs and Rock'n'Roll,
du weißt schon«, fügte ich frech hinzu.

Er lachte, daß seine massige Gestalt ins Wanken geriet.

»Wenn das so ist, trink dein Glas aus und komm mal mit«,
zischelte er geheimnisvoll. Flugs tat ich wie mir geheißen. Er
führte mich an der Hand den Flur entlang, auf eine Treppe zu,
die nach oben führte. Irritiert zog ich die Bremse. Wollte mich
dieser Mensch jetzt in ein Schlafzimmer zerren oder was?

»Ganz so wörtlich war das eben nicht gemeint«, flüsterte ich
warnend.

»Um Himmels willen, nicht was du denkst!« grinste er. »Ich
will dir bloß was zeigen.«

Einigermaßen beruhigt und neugierig folgte ich ihm nach
oben, einen dämmrigen Gang entlang. Carlo machte mir ein
Zeichen, den Mund zu halten. Aus einem Türspalt drang Licht.
Wie die kleinen Kinder äugten wir neugierig durch den Spalt.
Sechs Leute saßen um einen runden Mahagonitisch, auf dem
nur ein spiegelblankes Silbertablett lag, sonst nichts. Ich er-
kannte nur diesen Bildhauer, einen der Hausherren und
Tanja. Alle sechs hielten zusammengerollte Geldscheine wie
Rüssel an ihre Nasen und saugten damit dünne Linien eines
weißen Pulvers vom Tablett. Jetzt hatte einer Carlo bemerkt.

»He, Mann, willste auch 'ne Nase?« rief Conni über die
Schulter.

»Nein, danke. In meinen Zinken passen mindestens fünf
Gramm auf einmal rein, das wird zu teuer!«

Ich gab Carlo durch eine Geste zu verstehen, daß ich lieber
ungesehen bleiben wollte. Er kapierte.

»Viel Vergnügen noch«, wünschte er und schloß die Türe.

Na so was! Gut, daß Tanja mich nicht gesehen hatte, dachte
ich. Sie wäre sicher nicht besonders erfreut über meinen Anblick gewesen. Ich grinste boshaft. Ausgerechnet sie, der tu-
gendhafte Müslifreak, war munter am Koksen.

»Und so was regt sich über den Farbstoff in meinen Gummibärchen auf!« sagte ich anklagend zu Carlo.

»Hätte ja sein können, du stehst auch auf so was!«

»Mir ist ein guter, altmodischer Joint lieber.«

Das entsprach nur teilweise der Wahrheit. Koks war für den Hausgebrauch einfach zu teuer. Wenn Tanja nicht da oben gesessen hätte, wäre ich nicht abgeneigt gewesen, mal eine Prise zu naschen, aber das mußte ich ja diesem Carlo, den ich kaum kannte, nicht gleich auf die große Nase binden.

»Aha«, meinte Carlo vielsagend, »damit kann ich leider nicht dienen. Hemmungslos, diese Jugend heute! Mir sind ein, zwei Flaschen Rotwein noch immer das liebste Gift.«

Wir stiegen die Treppe runter. Jetzt hatten sie Rondo Veneziano aufgelegt, das wurde ja immer netter! Philipp schnürte direkt auf uns zu: »Wißt ihr, wo Tanja ist?« fragte er gespielt beiläufig, aber ich sah die Besorgnis in seinen Augen. Wir schüttelten einmütig die Häupter. Nun kam Sophie angeflattert.

»Carlo, Schätzchen, ich erwarte dich wie den Messias!« Sie hakte sich unter. »Du entschuldigst uns!« befahl sie mir.

Sie zogen von dannen. Wenn sonst schon nichts los ist, dann esse ich mich wenigstens satt, dachte ich und schlich mich erneut zum Buffet. Zwei mickrige Lachsbrötchen halten nicht ewig vor.

Nach einer Weile kamen Tanja und Konsorten in wohldosierten Abständen die Treppe runter. Tanja wirkte aufgedreht. Mir war dieses Gefühl nicht ganz fremd, und ich beneidete sie für den Moment darum. Warum bloß tat sie vor mir immer so, als sei sie die Moral in Person? Wir hätten doch mal zusammen 'ne Runde schnupfen können, dann wäre alles in Butter gewesen zwischen uns. Wozu dieses Theater?

Die Weinflasche stand noch unberührt hinter der Palme, ich füllte mein Glas großzügig auf. Carlo zwinkerte mir aus der Ferne verschwörerisch zu. Sophie hatte sich an ihm festgebissen wie ein Kampfhund, da gab es so schnell kein Entrinnen. Vielleicht ließ sie sich gerade über die Tragik ihrer Liebesbeziehung zu Laszlo aus. Es sei ihr gegönnt, dachte ich und begab mich auf einen kleinen Rundgang. Es war wirklich stinklangweilig hier, und ich vermißte meine alten Freunde. Nicht nur die Temperatur war frostig, auch die Atmosphäre.

Da, endlich hatte sich jemand der Musik angenommen, es lief ein Stück von Police, »Every step you take...«, na wunderbar. Einige fingen an zu tanzen. Aber was mußte ich sehen! Ohne die Musik hätte man denken können, sie hätten ein dringendes Bedürfnis nach einer Toilette. Ihre Bewegungen waren verhalten, auf ein kaum wahrnehmbares Mindestmaß reduziert. Der Rhythmus schien sie überhaupt nichts anzugehen. Sie agierten sparsamst, als wäre ihre Batterie am Ende. Dazu setzten sie Gesichter auf, als säßen sie in einer faden Vorlesung. Warum, zum Teufel, tanzten sie eigentlich, wenn die Musik sie gar nicht berührte? Noch nicht mal das Koks bewirkte, daß sie ihr cooles Gehabe ablegten. Wo war ich da bloß hineingeraten? Konsterniert kehrte ich dem traurigen Schauspiel den Rücken.

Eine männliche Schönheit mit Zopf und sorgsam gezüchtetem Dreitagebart steuerte auf mich zu. Es war dieser Laszlo, der allseits begehrte Künstler. Typen wie dem ging ich immer gerne aus dem Weg, aber nun schien es keine Fluchtmöglichkeit mehr zu geben. Schon stand er aufdringlich nahe vor mir, und für alle Fälle stellte ich mal mein Glas ab. Er sah mir aufreizend lange in die Augen, seine waren fast schwarz und stechend wie ein Kaktus. Bestimmt hatte er sich die Wimpern getuscht.

Ich hielt dem Röntgenblick eisern stand, angenehm war das nicht. Aber es kam noch besser. Er nahm mein Gesicht in seine sehnigen Bildhauerhände, nicht etwa zart, nein, er brach mir fast den Kiefer, mal ganz großzügig davon abgesehen, daß dabei sorgfältig aufgetragenes Make-up flötenging. Eine Reihe blendendweißer Zähne blitzte auf, das sollte wohl ein Lächeln werden. Ein schöner Mann, zugegeben, aber ansonsten vereinigte er sämtliche Eigenschaften in sich, die ich zum Kotzen fand. Er war laut, arrogant und trug eine goldene Gliederkette auf schwarzbehaarter Brust.

Jetzt strich er mit den Fingerspitzen an meinem Hals herunter, dabei musterte er mein Kleid oder meine Figur darunter, was genau, das wußte nur er. Irgendwie war ich nicht fähig zu

sprechen, ich stand da wie ein Hühnchen aus dem Mädchen-
pensionat, fand ihn anziehend und abstoßend zugleich. Seine
Hände wanderten weiter, schnurstracks auf meinen Aus-
schnitt zu. Langsam könnte er sich mal zur Ordnung rufen.
Aber ehe ich was sagen konnte, umspannte er meine Brüste
mit seinen Klauen.

»Ah, das Mädel aus dem Land des Alpengrüns«, lächelte er
süffisant. Eine Sekunde lang starrte ich ihn an wie das Kanin-
chen die Schlange. Es war sein Pech, daß die Zeiten endgültig
vorbei waren, in denen ich mir solche Übergriffe tatenlos gefallen ließ. Ich kochte vor Wut. Dann war es an ihm, glasige
Augen zu kriegen, denn blitzschnell hatte ich seine Eier im
Würgegriff.

Augenblicklich ließ er mich los und japste nach Luft. Wo ich
schon dabei war, drückte ich gleich nochmals herzhaft zu. Er
klappte zusammen wie ein Schweizermesser.

»Aah, du blöde Zicke«, wimmerte er. Angelockt von seiner
sich krümmenden Gestalt und dem Gewimmer strömte die il-
lustre Gesellschaft in Scharen herbei. Das Desaster nahm seinen Lauf.

Was jetzt? Es sah ganz danach aus, als sollte ich gleich Un-
annehmlichkeiten bekommen. Ich spürte, wie ich feuerrot an-
lief. Die ersten Kommentare wurden laut.

»Die ist wohl verrückt geworden?« kreischte eine Frauen-
stimme.

»Junge, die geht aber ran«, grinste das Arschgesicht.

»Was ist denn passiert?«

»Die Tussi da ist total durchgedreht, springt Laszlo an die
Eier!«

Sophie kniete neben dem Geschändeten und strich ihm müt-
terlich tröstend über die Wangen.

Wie es deutlich schien, war für mich wohl der Zeitpunkt gekommen, meine erste Berlin-Fete zu verlassen, und zwar
schleunigst.

Ich ließ die ganze aufgescheuchte Bande stehen und lief auf
den Ausgang zu. Sollten sie sich doch reihenweise von diesem
Bohemien die Titten befummeln lassen, mit mir nicht! Ich
wühlte nach meinem Mantel und zerrte ihn endlich aus einem

Berg anderer hervor. Nichts wie raus hier. Jemand folgte mir, als ich den Gartenweg entlanghastete. Es war Carlo.

»Moment, ich bring dich nach Hause!« rief er mir nach, und ich wartete, bis er angeschnauft kam. »Renn doch nicht so!«

Wohl nichts gewohnt, der Junge, zuviel Speck um die Taille.

»Und wie ich renne. Die machen sonst Mortadella aus mir. Ich hab ihrem Hätschelkind in die Eier gezwickt, falls dir das entgangen sein sollte«, keuchte ich. Ich drosselte das Tempo, und er nahm meinen Arm bis zum Auto, einem rostigen Golf. Er sperrte mir sogar die Beifahrertüre auf.

»Kompliment«, meinte er, als wir anfuhren, »endlich hat's diesem Arschloch mal jemand gegeben.«

»Die anderen sehen das nicht ganz so«, entgegnete ich, doch seine Komplizenschaft tat mir gut.

»Bei den Männern wäre ich mir da nicht so sicher.« Er kicherte.

»Du hast gut lachen«, brummte ich. Aber insgeheim mußte ich auch grinsen. »Tanja wird mich ganz schön zusammenscheißen!« fiel mir mit Schrecken ein.

»Laß dir von der nichts gefallen, die hat's gerade nötig!« Mir war nicht klar, ob er auf die Kokserei anspielte oder ob er sonst noch was von ihr wußte, aber ich hatte jetzt wenig Lust, über Tanja zu sprechen. Ich war ein bißchen müde.

»Wohin fahren wir eigentlich?« Dieser Verkehr mitten in der Nacht!

»Weiß ich auch nicht, ich fahr eben mal so rum. Wie spät ist es?«

»Halb eins, wieso?«

»Wenn wir uns beeilen, schaffen wir's noch.« Er gab Gas. »Magst du die Talking Heads?«

»Ja, schon...«

Er parkte vor dem York-Kino. Jetzt hatte er es ziemlich eilig, es blieb mir nicht mal Zeit, die Plakate zu studieren. Wir hatten Glück, es lief noch Werbung. Die Stühle waren ungewöhnlich weich, breit und bequem, ich schloß die Augen und war kurz davor, sanft zu entschlummern, als die ersten Takte von »Psycho Killer« zu mir durchdrangen. Schlagartig wurde ich mopsfidel. Ein wohliges Schaudern ließ mich erzittern, ich bettete mich mit genußvollem Seufzer in den weichen Sessel und ließ mir »Stop making Sense« in den Ohren zergehen. Nur schade, daß man im Kino nicht tanzen konnte.

Als Carlo mich in allen Ehren zu Hause abgesetzt hatte, war ich immer noch total aufgedreht. Tanja war noch auf der Fete oder sonstwo. Ich bastelte mir einen mordsmäßigen Joint, ganz für mich alleine. Dann setzte ich mich an den Schreibtisch und schrieb wirres Zeug bis in die Morgenstunden. Fix und fertig schleppte ich mich zu meiner ausgelutschten Matratze, mit der ich so manch nette Erinnerung teilte, zum Glück können Matratzen nicht reden, und schlief bis zum Nachmittag.

Annäherung

In aller Herrgottsfrühe rappelte der Wecker. Finsternis lag unfreundlich über der Stadt, und in meiner Bude war es saukalt. Ich haderte eine Weile mit mir herum, ob das jetzt wirklich nötig wäre, aus den mollig-müffeligen Federn rauszukriechen, noch dazu um diese wahnwitzige Zeit, aber es obsiegte die Vernunft über die Bequemlichkeit, wenn auch nur um Haaresbreite.

Boiler anstellen, Tee kochen, Ofen anheizen. Ich bewegte mich schläfrig und steif vor Kälte. Was ist nur los mit dir, fragte ich mich streng. Abertausende von Menschen, überall, tun das jeden verdammten Tag, und für dich ist es ein schier undurchführbarer Kraftakt, deinen faulen Hintern mal frühmorgens aus der Kiste zu heben! Ich stellte mir vor, wie viele brave Bürger täglich gleichzeitig aufstanden, pissen gingen, Zähne putzten, duschten oder auch nicht, frühstückten... wie ferngesteuerte Rädchen. Das Szenarium war an Gräßlichkeit kaum zu überbieten.

Eine warme Dusche, ein heißer Tee, die Welt sah schon freundlicher aus. Ich verließ eilig die Wohnung. Kein Lebenszeichen von Tanja. Faules Studentenpack! An der Hausecke lauerte schon, direkt aus Sibirien, ein eiskalter Windstoß auf mich höchstpersönlich und schnitt mir feindselig ins Gesicht. Ich grub mich noch tiefer in meinen Pseudo-Pelz.

Zögernd wurde es hell. Gestalten in Hauseingängen begannen sich steif zu regen. Auf den Bänken um den Kinderspielplatz, der in Wahrheit ein Hundeklo war, nahmen die Penner ein flüssiges Frühstück zu sich. Ein Glück, daß Schnaps nicht einfriert. Hatten die wirklich im Freien übernachtet, bei der Kälte?

Kreuzberg erwachte, sofern es überhaupt geschlafen hatte. Rolläden an Geschäften wurden hochgezogen. Die junge, herbschöne Türkin aus meinem Lieblings-Gemüseladen winkte mir mit taufrischem Lächeln zu. Die war bestimmt schon viel länger auf als ich, dachte ich, aber was hilft mir das? Deswegen tu ich mich erst recht nicht leichter. Erfreut, daß sie mich erkannt hatte, grüßte ich zurück. Mein Atem zerstob zu weißen Nebelwolken, und mir lief die Nase. Die Luft war durchdrungen vom Geruch der Briketts, die in Tausenden von Kachelöfen glimmten. Daran konnte man Kreuzberg blind erkennen. Ich liebte dieses Aroma, sollte es schädlich sein, wie es wollte. Es hatte so was Heimeliges an sich. Bei Ostwind vermischte sich der Kohlenduft mit dem weniger aromatischen Geruch der Zweitaktmotoren aus Ostberlin.

Die Straße belebte sich. Genervte Frauen bugsierten bleiche, trödelnde Kinder vor sich her, Arbeiter versorgten sich mit Bier, Schrippen und Zigaretten für die Frühstückspause, Lastwagen karrten Zeug heran. Zügig durchschritt ich so manche Alkoholfahne, die sich mir auf dem Gehsteig frech entgegenstellte.

Kaum zu glauben, aber vor dem U-Bahnhof standen schon ein paar Punkies, wenn auch in geringerer Anzahl als sonst. Das mußte die Frühschicht sein. Was trieb die bloß zu so einer unchristlichen Zeit aus ihren Löchern? Als Anerkennung dieser Leistung – ich hatte das ja eben selbst durchmachen müssen – warf ich der Leichenblassen mit den burgunderroten Haaren eine Mark in den Rachen, obwohl sie sich im allgemeinen mit zwei, drei Groschen begnügte, auch das läppert sich auf die Dauer zusammen.

»Wird nicht zur Gewohnheit werden«, brummte ich in meinen Schal hinein, als sie sich, zum ersten Mal übrigens, sogar bedankte. Immerhin waren es Geldsorgen, die mich zu so grausamer Stunde aus der Geborgenheit des Bettes hinaus in den schäbigen Kreuzberger Morgen trieben. Das mit dem Gold im Mund entbehrte hier übrigens jeglicher Grundlage.

Es war fürchterlich zeitraubend und umständlich, zu dieser Studentenjobvermittlung zu gelangen. Kreuzberg – Dahlem, da liegen wahrhaftig Welten dazwischen. Doch empfahl es sich dringend, früh genug dort anzutreten. Das letzte Mal war die Ausbeute nicht berauschend ausgefallen.

Eigentlich hatte ich den Job mehr aus Neugierde angenommen als wegen der 30 Mark, die ich erhalten sollte, wenn ich mich eine Stunde lang einem Psychologiestudenten als Versuchsperson für seine Examensarbeit zur Verfügung stellen würde. Und womöglich würde sich ja im Psychotest endlich zeigen, daß ich ein ganz besonders tolles Exemplar bin!

Kaum war ich eine halbe Stunde durch das Unigebäude geirrt, da hatte ich den Typen auch schon gefunden, in einem kleinen, freundlichen Sprechzimmer. Stolz nannte er mir das Thema seiner Arbeit, ein fremdwortdurchsetzter linguistischer Wirrwarr, den sich kein normaler Mensch auch nur eine Sekunde merken konnte. Zu dem Zeitpunkt hielt ich mich noch für einen normalen Menschen. Er erklärte mir, es handele sich um eine Reihenuntersuchung darüber, wie Personen in Streßsituationen reagieren. Das Ganze sei völlig harmlos.

Wir tauchten ins Kellergeschoß hinab, liefen Gänge mit nackten Betonwänden entlang, durch schwere, quietschende Eisentüren hindurch. Meine Orientierung war dahin. Das war exakt wie im Agententhriller. Keine lebende Seele würde meine Schmerzensschreie hören können, wenn der Kerl erst anfing, mich für jede falsche Antwort mit Elektroschocks zu traktieren.

Endlich gelangten wir in einen Raum ohne Fenster, neonbeleuchtet, mit Bildschirmen und allerlei absonderlichen Gerätschaften. Die moderne Ausgabe der klassischen Folterkammer, das konnte jedes Kind erkennen. Deutlich sah ich meine wildesten Horrorvorstellungen Wirklichkeit werden.

Der Typ schlug einen lässigen Plauderton an, aber damit konnte er mich nicht täuschen. Ich wurde vor einen Bildschirm gesetzt und bekam Elektroden an alle möglichen Stellen geschnallt und geklebt, Hals, Schläfen, Puls, sogar unter die Socken, man kennt das ja aus den einschlägigen Filmen. Dazu erklärte er irgendwas von Strömen, die er da aufzeichnen wollte.

Es ging los mit albernen Computerspielchen. Das war vertrauter Boden, soweit alles bestens. Erst mußte ein Text innerhalb einer bestimmten Zeit gelesen werden, dann erschien derselbe Text wieder, aber mit Lücken drin, die ich aus dem Gedächtnis ersetzen sollte. Eigenkompositionen waren dabei nicht erwünscht.

Das war anfangs recht locker, und ich fand die Sache schon beinahe lächerlich. Von Streß keine Spur. Aber dann wurden die Lesezeiten immer kürzer, die Texte komplizierter, es war höllisch schwer, sich an die Begriffe zu erinnern, die da plötzlich ausgelassen waren. Man konnte vorher unmöglich ahnen, welche gleich darauf fehlen würden. Bei jedem Fehler oder bei Zeitüberschreitung piepste es gnadenlos und penetrant. Ich kam mehr und mehr ins Rudern. Je öfter es piepste, desto nervöser wurde ich. Wie soll man sich bei dem Krach auch konzentrieren können, ein Scheißspiel war das! Als das Gepiepse überhand nahm, erbarmte sich mein Folterknecht, und eine neue Runde fing an.

Es erschienen die Buchstaben »RTSNE« auf der Mattscheibe, welche geordnet »STERN« oder »ERNST« bilden, klare Sache. Worte waren ja gewissermaßen mein Handwerkszeug. Nun aber lief der ganze Schwachsinn wieder auf Zeit, die verdrehten Wörter kamen Schlag auf Schlag, immer schneller, ich schusterte kaum noch einen sinnvollen Begriff zusammen, mein Kopf platzte schier vor Anstrengung, die Hände wurden feucht, ich fühlte mich wie der letzte Idiot. Und immer dieses peinliche, verräterische Gepiepse, wenn die Zeit um, das Wort falsch oder noch nicht fertig getippt war. Ein paarmal hatte ich es gerade erkannt, ehrlich, sogar schon die ersten drei, vier Buchstaben eingegeben, da piepste diese kleinliche Maschine auch schon wieder los. Vor lauter Ärger über den knapp verfehlten Sieg konzentrierte ich mich nicht sofort auf den folgenden Buchstabensalat und – piep! – wieder eine Chance verpennt. Es war zum Verrücktwerden! Was mußte bloß dieser Psychomensch von mir denken! Der mußte mich für komplett verblödet halten, bei meiner Fehlerquote. Wahrscheinlich bescheinigte er mir hinterher, falls ich lebend hier rauskommen sollte, einen IQ adäquat dem eines Schäferhundes.

Ich war nahe dran, mir die Drähte vom Körper zu reißen und die Flucht zu ergreifen, aber wie sollte ich allein aus diesem Labyrinth rausfinden? Die Mistkerle wissen schon, warum sie solche Versuche hier unten im tiefsten Keller machen. In Wahrheit lautete das Thema seiner Arbeit hundertprozentig: »Wie treibe ich eine junge Studentin am effektivsten in den Wahnsinn?«

Ich saß in der Falle, wie eine Laborratte. Wäre ich bloß nicht so neugierig gewesen und hätte auf die paar Mark gepfiffen, aber nein, ich mußte ja meine Nase da reinstecken, das hatte ich nun davon. Gefangen in einem unterirdischen Betonbunker mit einem dicklichen, nickelbebrillten, sadistischen Psychologiestudenten und einem piepsenden Computer, der mich ganz kirre machte. Und dabei war erst eine knappe halbe Stunde um!

Hatte ich vorher noch überheblich bezweifelt, daß dieser Jüngling mich je in eine Streßsituation bringen könnte, so konnte ich ihm jetzt gratulieren. Es war ihm ausgezeichnet gelungen. Ich war am Ende. Der jüngst so fürsorgliche, harmlose Mensch behandelte mich nun mit der Gleichgültigkeit eines Wissenschaftlers gegenüber seinem Versuchstier. Er fixierte nur das Gerät, das meine Qual in Kurven auf Millimeterpapier aufzeichnete.

Es folgten noch zwei oder drei ähnliche Tests. Ich versuchte krampfhaft, mich in eine »Leck-mich-am-Arsch-Stimmung« zu versetzen, aber es wollte nicht so recht klappen. Ich war schweißnaß, als ich endlich da rauskam und im Sprechzimmer mein Honorar kassierte. Zum Glück war das nicht erfolgsabhängig. Jetzt war der Typ wieder die reine Freundlichkeit, aber ich hatte ihm noch längst nicht verziehen.

Und so ein Monstrum wird demnächst auf menschliche Seelen losgelassen, wurde mir mit Entsetzen klar. Welch ein beruhigender Gedanke. Die Leute in den Nervenkliniken taten mir in dem Moment unendlich leid. Täglich so eine Behandlung ausgeliefert zu sein, das schafft die Härtesten über kurz oder lang. Sollte ich mich je so aufführen, daß eine Einweisung angeraten schien, so würde ich es vorziehen, mich beizeiten zu erschießen, beschloß ich auf dem Weg zur U-Bahn. Der frische Wind kühlte meine heißen Wangen. Ich leistete einen heiligen Eid, niemals in meinem Leben freiwillig einen Psychiater aufzusuchen.

An dieses Erlebnis mußte ich jetzt mit Schaudern zurückdenken, als ich im Warteraum der »Heinzelmännchen« hockte und ein Plakat anstarrte, das mir gegenüber hing:

Männliche Studenten für Nikolaus-Dienst gesucht.
Kostüm wird gestellt. Anfragen bitte im Büro.

Da haben wir wieder den Salat, grollte ich. »Männliche Studenten«! Diskriminierung, wohin man schaut, sogar in der Jobvermittlung der Uni. Könnten die nicht jeder einen weiblichen Engel mitnehmen, zum Trösten heulender Kinder?

Ich grübelte träge und nicht sehr intensiv über die Nikolaus-Problematik nach. Es stank nach kaltem Rauch. Außer mir lümmelten noch etwa zwanzig unausgeschlafene Studenten mit müden, fahlen Gesichtern auf den Bänken herum. Die meisten waren vor mir dran. Die mußten wohl hier übernachtet haben, welch unlautere Methode. Interessierten sich mehrere für einen Job, entschied die Wartenummer. Die Tür zum Büro ging auf:

»Vier kräftige Herren für einen Firmenumzug!«

Einige Typen erhoben sich. Besonders kräftig sah keiner aus.

»Wieviel?« fragte ein Bärtiger.

»Neunfuffzig«, antwortete die Bürodame.

»Neunfuffzig! Für so 'nen Scheißjob? Nee, danke, det is ja sittenwidrich!« Er drehte sich um und ließ sich wieder auf seinen Platz fallen, von wo er leise weitermaulte.

Die Dame von der Vermittlung hatte kein Ohr für seine Vorbehalte.

»Also wer?«

Vier der Aufgestandenen folgten ihr ins Büro, die Tür knallte zu, ein Mädchen gähnte, daß man sämtliche Füllungen erkennen konnte. Wie zäh das heute lief. Aber ich mußte irgendwas kriegen, ich war definitiv pleite.

Die Arbeitswilligen kamen wieder raus, die Frau hinterher.

»Kann jemand gut Maschine schreiben?« rief sie ins Wartezimmer.

Ohne zu überlegen schnellte mein Finger nach oben.

»Ich!« Das entsprach nur ansatzweise den Tatsachen. Jede drittklassige Sekretärin steckte mich mit der linken Hand in die Tasche. Kaum zwei Zeilen konnte ich fehlerfrei tippen, vom Tempo gar nicht zu reden. Aber das alles immerhin mit zehn

Fingern. »Sonst noch wer?« Ich schielte ängstlich um mich. Niemand. Na prima. Man bat mich ins Büro, und ich erfuhr Genaueres:

Studentenwerk Berlin, Wohnheimverwaltung, ein Job für zwei Wochen ab morgen, elf Mark die Stunde. Ich fing schon an zu rechnen, $8 \times 11 \times 10$, das ergab lockere drei Monatsmieten, vier Paar italienische Schuhe oder ungefähr 250 Portionen Döner Kebab, je nach Belag. Endlich war wieder mal Land in Sicht, und auf einer Behörde hat sich noch keiner zu Tode geschuftet, dergleichen hatte ich zumindest noch nie gehört.

Um meine baldige finanzielle Sanierung würdig zu feiern, gönnte ich mir auf dem Nachhauseweg einen Abstecher zum Türken, wohl wissend, daß Tanja schon Körnerfutter für einen Frischkornbrei zum Diner eingeweicht hatte. Aber die Pampe paßte notfalls auch noch obendrauf, es war ja erst Mittag.

Tanja mußte streng auf ihr Gewicht achten, um als wandelnder Kleiderständer funktionieren zu können. Sie nahm es mir übel, daß ich meiner Freßlust hemmungslos frönen konnte und dies auch des öfteren tat.

Kürzlich hatte sie angedeutet, wenn ich so drei bis fünf Kilo abnehmen würde, könnte sie mich vielleicht auch mal bei ihrer Agentur vorstellen, mit meinem Dutzendgesicht hätte ich durchaus gewisse Chancen, auch wenn ich nicht sehr groß wäre.

Dieser Vorschlag war zwar ohne Zweifel gutgemeint und verlockend, aber völlig indiskutabel. Allein das Drama, ein paar Kilo abzunehmen und dieses Gewicht zu halten, nein, danke. Nur widerwillig erinnerte ich mich an diverse Hungerkuren aus meiner Teenagerzeit, als ich zwar zaundürr, aber ständig gereizt einhergewandelt war. Nein, meine Figur war schon in Ordnung. Für eine Schriftstellerin genügte sie vollauf. Ich wollte ja kein Fotomodell mehr werden. Vielleicht sollte ich mir lieber noch fünf Kilo anfressen, das wäre einfacher, und dann Mode für Mollige vorführen. Aber dazu war ich dann doch wieder zu eitel. Lieber eine Schriftstellerin mit normaler Figur und einem Job als Tippse als ein wenig ausgehungertes »Modl«, dachte ich und machte mich mit boshaftem Vergnügen über den Kebab her.

Ich saß seit zwei Stunden mit Sabine in der Oranienbar. So richtig voll wurde es dort aber erst gegen Mitternacht. Da ich nun vorübergehend zur regelmäßig arbeitenden Bevölkerung zählte, konnte ich mir wochentags solche Exzesse genaugenommen nicht leisten. Aber so genau nahm ich es nicht. Punkies und andere schrill gekleidete Gestalten bevölkerten nach und nach die Bar, man kann doch unmöglich gehen, wenn's gerade erst losgeht. Ich liebte diese Kneipe mit ihren bröckelnden Wänden und dem gleißenden Neonlicht. Nie würde ich mich an den Leuten hier satt sehen können.

Sabine und ich hatten uns gerade über meine Story von der Party amüsiert. Nun kam das Gespräch auf Mick, der am Wochenende zusammen mit zwei Freunden eintreffen sollte. Sie wollten beim Renovieren der Wohnung helfen. Auch ich bot ihr meine Unterstützung an, obwohl ich schreckliches Ungemach auf mich zukommen sah. Beim Zustand dieser Bude würde es mit ein bißchen Streichen und Tapezieren längst nicht getan sein.

Die Musik wurde lauter, die Verständigung schwieriger. Auf einmal beugte sich Sabine zu mir und rief:

»Ich muß dir was gestehen, aber die anderen brauchen das nicht zu wissen.«

»Welche anderen?« schrie ich irritiert.

»Na, die aus unserem Kurs.«

»Ach so, die.« Diesen Gedankensprüngen muß man erst mal folgen können. »Was wolltest du mir sagen?«

»Ich bin nämlich verheiratet«, rief sie mir zu, gespannte Erwartung im Blick.

»Was bist du? Ich höre fast nichts!«

»Ver-hei-ra-tet!«

Ich riß Augen und Mund weit auf.

»Mit wem?« fragte ich dämlicherweise.

»Mit Mick natürlich!« Sie lachte.

»Wieso natürlich? Es hätte ja sein können, du bist mit einem reichen, alten Geldsack verheiratet und mit Mick durchgebrannt«, brüllte ich zu meiner Verteidigung. Meine Kehle brannte.

»Deine Fantasie geht mit dir durch.«

Ich nutzte dieses Geplänkel, um mich von meinem Schrekken zu erholen. Sabine verheiratet! Sie war doch erst einundzwanzig! Außerdem benahm sie sich ziemlich ledig. Ich mußte an Alex denken, der das »meine Frau« wie einen Schutzschild vor sich aufbaute, wenn's ungemütlich wurde. Die Gedanken galoppierten mit mir davon: meine Frau, mein Besitz, mein Eigentum, Leibeigene, Unterleib, Untertan, das Weib sei dem Manne untertan... Sabine entging mein entsetztes Gesicht nicht, und sie gab mir so laut sie konnte zu verstehen:

»Ich weiß, verheiratet, das klingt so endgültig. Aber so eng seh ich das nicht mit dem Verheiratetsein.«

»Was heißt, nicht so eng?« gab ich, schon schier heiser von der Schreierei, zurück. »Entweder man ist es oder nicht. Ein bißchen verheiratet geht nicht. Das ist wie ein bißchen schwanger oder ein bißchen tot.« Mein Rachen fühlte sich rauh und trocken an. Hustend trank ich einen Schluck Wodka-Lemon. Ich stand noch immer unter Schock.

Sie erklärte mir, daß der Grund für diese Untat irgendwie mit der Bundeswehr zusammenhing. Er hatte verweigert, und als Verheirateten, noch dazu in Berlin, konnten sie ihn nicht so leicht kassieren oder so ähnlich. Das Ganze hörte sich etwas wirr an, und wegen der Lautstärke verstand ich nur die Hälfte. Außerdem hatte ich meine liebe Mühe, mir meine Gefühlswallungen nicht zu sehr anmerken zu lassen. Was konnte Sabine schließlich dafür, daß ich zur Zeit an einer Allergie gegen Ehefrauen litt? Fehlte nur noch...

»Aber schwanger bist du nicht?« kreischte ich mit letzter Stimmkraft.

»Nein«, lachte sie, »es war wirklich nur wegen dieser Scheiße mit der Bundeswehr. Außerdem mag ich ihn wirklich sehr, ich war noch nie vorher so verliebt in einen Typen.«

»Vorher was?« Dieser Krawall!

»So verliebt!«

»Na, dann ist ja alles in bester Ordnung«, murmelte ich mehr zu mir selber und schmunzelte. Die ganze Geschichte entbehrte durchaus nicht einer gewissen Komik. Überdies fühlte ich mich gebauchpinselt, daß sie mich ins Vertrauen gezogen hatte.

»Ich habe sogar meinen Namen behalten!« rief Sabine trotzig. »Ich heiße immer noch Watzlawic, Mick hat einen Doppelnamen, er heißt jetzt König-Watzlawic.«

Das mußte tatsächlich wahre Liebe sein, wenn jemand freiwillig so einen Namen annimmt. Allmählich wurde ich doch etwas neugierig auf diesen Mick.

Ich hatte mich wieder gefangen und kicherte vor mich hin. Sabine als Ehefrau! Ausgerechnet meine erste Freundschaft hier mußte diese absurde Wendung nehmen.

Sabine wollte halb beleidigt wissen, was es zu lachen gebe, also brüllte ich ihr in knappen Worten die Story von Alex, seiner Frau und mir zu. Mein armer Hals. Hätte sie davon nicht anfangen können, als es hier noch ruhiger war?

»Schöne Scheiße. Und jetzt seid ihr endgültig getrennt?«

»Ja. Endgültig!«

»Habt ihr euch gestritten?«

»Eigentlich nicht. Nur ganz am Schluß, da gab's einen Krach«, fügte ich mit bösem Grinsen hinzu.

»Einen was?« rief Sabine.

»Krach!«

»Ja. Ein Scheißkrach hier!«

Seit diesem Abend waren wir so eine Art Komplizinnen.

Auf dem Heimweg von meiner rechtschaffenen Arbeit ging ich noch Obst und Gemüse einkaufen. Vitamine seien wichtig, behauptete Tanja, aber das weiß ja jedes Kind.

Im Türkenladen quatschte ich ein bißchen mit der Besitzerin, der rauhen Schönheit. Sie hatte bereits Söhne in angemessener Anzahl geboren, zwei oder drei wuselten um den Ladentisch herum, weshalb sie stolz und selbstbewußt über ihr Reich regierte. Sie erlaubte es sich sogar, barhäuptig und geschminkt im Laden zu stehen, was ihrer Schwiegermutter zwar mißfiel, aber offensichtlich scherte sie sich nicht darum. Ihr gesellschaftliches Soll war mehr als erfüllt, und niemand konnte ihr mehr was.

Ein Typ, etwa Mitte Dreißig, betrat den Laden, als sie gerade dabei war, mich mitfühlend und wortreich zu bedauern, daß ich weder über einen Mann noch über Kinder verfügte.

»Sie werden sehen, auch für Sie kommt der Richtige, Sie sind ja noch nicht zu alt«, tröstete sie mich voller Zuversicht, was mir reichlich unangenehm war, denn der Typ fing prompt an zu grinsen. Irgendwie kam mir der bekannt vor. Während ich mir noch das Hirn zermarterte, trat er neben mich und sagte:

»Du wohnst hier um die Ecke, im vierten Stock.«

»Ja, woher weißt du das?«

»Wir wohnen gegenüber, ihr guckt uns immer in die Fenster!« Er feixte verschmitzt.

»Schon möglich. Aber das beruht auf Gegenseitigkeit«, verteidigte ich uns. »Wohin soll man denn sonst gucken, so toll ist der Hinterhof denn auch wieder nicht.«

Ich sah ihn mir näher an. Groß, Sportlerfigur, etwas zu blond.

»Das sollte kein Vorwurf sein«, meinte er und lächelte freundlich. »Übrigens, ich bin Boris.«

»Eva.«

»Willst du auf einen Tee zu uns kommen?«

»Aus dieser roten Blechkanne, die immer am Küchenfenster steht?« fragte ich.

»Euch entgeht wirklich nichts!«

»Nichts«, bestätigte ich trocken. »Okay, ich komm mit.«

Ich wartete geduldig, bis Boris seine Einkäufe erledigt hatte. Die Besitzerin strahlte uns hinterher. Ich konnte mir denken, was die sich jetzt ausmalte. Vermutlich eine Türkenladen-Love-Story, bald würden unsere Kinder hier einkaufen... Schade, da setzt sie aufs falsche Pferd, dachte ich mit leisem Bedauern.

Es ist das alte Leiden. Kaum wird frau eines schönen Mannes ansichtig, schon ist er entweder schwul, verheiratet oder er wohnt bei seiner Mutter. Mein Geschmack hatte sich offenbar auf die falsche Sorte eingependelt.

Der Flur empfing uns in apricot, alles haargenau farblich abgestimmt, Teppich, Wände, Türen, Bilder. Sehr elegant. Aus einem Zimmer drang klassische Musik. Boris klopfte und rief hinein:

»Jean-Claude, wir haben Besuch!«

»Isch komme gleisch!« tönte es mit unverkennbarem Akzent zurück.

Ich zog meinen Mantel aus und stellte meine Einkäufe in eine Ecke. Boris setzte Wasser auf und bot mir einen Stuhl in der Küche an.

»Ist er Franzose?« fragte ich.

»Belgier. Er spricht einwandfrei deutsch, aber er pflegt sein französisches Gehabe absichtlich. Das findet er besonders charmant.« Boris lächelte nachsichtig.

»Aha.«

»Was machst du hier? Man sieht dich so häufig an der Schreibmaschine sitzen.«

»Euch entgeht aber auch nichts!« stellte ich schneidend fest.

»Klar, wir sehen alles! Aber du brauchst dir keine Sorgen zu machen, wir behalten's für uns«, bemerkte er anzüglich. Zumindest war meine Matratze am Boden sicher vor Einblicken, nur der Schreibtisch lag voll in der Schußlinie. Ich lächelte huldvoll.

»Mein Anblick sei euch gegönnt.« Bis jetzt hat es da auch nicht viel zu sehen gegeben, fiel mir zu meiner Schande ein.

Boris war genaugenommen der erste Schwule, den ich näher kennenlernte. Nicht, daß es zu Hause keine gegeben hätte, aber sie traten in der Kleinstadt nicht öffentlich in Erscheinung. Und in Bayern schon zweimal nicht.

Er hatte ein feines Gesicht mit einem zu großen Mund, was ihm einen sinnlichen Touch gab. Die perfekte Schönheit ist gar nicht schön, philosophierte ich, indem ich ihn betrachtete. Die kleinen Unregelmäßigkeiten sind es, die die Schönheit lebendig werden lassen.

Schlurfende Schritte waren im Flur zu hören. Jean-Claude kam herein und hob die Hand zum Gruß.

»Die junge Dame von gegenüber«, erklärte Boris.

»Sie 'abe isch sofort erkannt. 'allo!« Er setzte sich mir gegenüber und musterte mich lächelnd.

Boris goß Tee ein. Jean-Claude hielt die Tasse umklammert, als wollte er sich die Hände wärmen. Er war schmal und wirkte kleiner als sein Freund. An seinem Ohr blitzte ein

Diamant unter wirrem, dunklen Haar hervor, seine Füße steckten in riesigen Filzpantoffeln.

»Ist dir kalt?«, fragte Boris und legte fürsorglich den Arm um seine Schulter.

»Nein, nein, es geht schon«, antwortete Jean-Claude unwirsch und schüttelte sich.

Ich wollte meine Neugier nicht länger zügeln und fragte Boris, mit dem ich schon auf vertrauterem Fuße war, was er denn so mache.

»Ich bin in der Werbung. Fotomodell, PR, so dies und das. Und Jean-Claude ist Designer.«

Daß Boris Fotomodell war, darauf hätte ich auch von selbst kommen können. Jean-Claude sagte nichts dazu, und ich wollte nicht aufdringlich erscheinen, also gab ich mich mit Boris' Antwort zufrieden.

»Tanja, meine Mitbewohnerin, sie ist auch Fotomodell.«

»Ich weiß. Hab sie mal bei der Arbeit getroffen«, sagte Boris.

Und Jean Claude bemerkte brummig:

»Ja, isch kenne sie auch. Studiert Medizin, ja?«

»War sie schon mal bei euch?« wollte ich wissen.

»Nein.«

»He, wollen wir eine Runde Scrabble spielen?« Boris wechselte ein bißchen hastig das Thema. »Du kennst das doch, oder?«

»Ja«, antwortete ich schnell, »ja, wenn ihr wollt, spielen wir eine Runde.« Komische Idee, aber warum nicht? Auch Jean-Claude war einverstanden, und es wurden drei Runden daraus.

Nach der ersten holte Boris eine Flasche Rotwein hervor und servierte ein paar Brote mit Salami. Er stellte nur zwei Gläser hin, Jean-Claude wollte nichts trinken. Ab und zu warf ich einen Blick auf unsere Fenster, aber sie blieben dunkel.

Wir spielten weiter. Allmählich flammte bei mir der leise Verdacht auf, daß Boris Jean-Claude absichtlich die besten Gelegenheiten eröffnete. Er legte seine Worte häufig so, daß Jean-Claude nach ihm auf ein Feld kam, das dreifach zählte. Und das, obwohl ihm noch andere Möglichkeiten offengestanden hätten. Aber was juckte es mich, es ging ja nicht um Geld.

Vielleicht bildete ich mir das auch nur ein, weil ich jedes Spiel verlor.

Um elf verkündete Jean-Claude, er sei müde und müsse jetzt ins Bett. Ich verabschiedete mich eilig.

»Vielleicht treffen wir uns mal wieder im Laden«, meinte Boris, »und wenn nicht, komm einfach rüber zu uns, wenn du Lust hast.«

»Mach ich«, versprach ich. »Ihr könnt auch mal uns besuchen.«

»Komm lieber du.« Boris half mir galant in den Mantel. Von Tanja sagte er nichts. Wahrscheinlich mochte er sie nicht besonders. Manchmal benahm sie sich ziemlich arrogant, das hatte ich inzwischen deutlich mitgekriegt.

»Gute Nacht, Jean-Claude!« rief ich, aber er war schon im Bad verschwunden.

Am Abend darauf saßen Tanja und ich angestrengt käuend beim Grünkernauflauf. Drüben brannte Licht, und als ich mal hinsah, winkte Boris, und ich winkte zurück.

»Nanu?« Tanja hob erstaunt ihre rasant geschwungenen Brauen. »Schon Kontakt aufgenommen?«

Ich berichtete brav vom gestrigen Abend.

»Boris sagte, er kennt dich.«

»Boris, ist das der große Blonde?«

»Ja. Der andere heißt Jean-Claude.«

»Der Blonde ist auch Modell. Sportswear vor allem, bei dem Body«, fügte sie spöttisch hinzu. »Ich kenne ihn nur so vom Sehen.«

»Kennst du Jean-Claude auch?« fragte ich.

»Ja, allerdings«, antwortete sie mit einem Unterton, der mir komisch vorkam. Was war das nun wieder für eine Antwort? Seltsame Heimlichtuerei, die ging mir langsam auf den Keks.

»Woher?« bohrte ich penetrant weiter. Schließlich fragte sie mich auch ganz gerne über alles und jeden aus.

»Vom Krankenhaus.« Anscheinend mußte man ihr heute jedes Wort einzeln aus der Nase ziehen.

»Vom Krankenhaus? War er mal krank?«

»Also Eva«, kam es entrüstet, »ich kann dir beim besten Willen keine Einzelheiten über die Patienten erzählen, das mußt du doch einsehen. Ich käme ja in Teufels Küche, wenn sich das herumsprechen würde.« Sie stand auf und räumte ihren Teller weg. Da gab es nichts zu widersprechen. Aber wenn sie gar so auf ihrer Schweigepflicht, oder wie man das nannte, herumritt, so mußte sicher was Ernsthaftes dahinterstecken, kombinierte ich scharfsinnig. Wegen einem gebrochenen Zeh oder einer Blinddarmoperation hätte sie bestimmt kein solches Tamtam gemacht. Wenn es was Ernstes war, konnte es eigentlich nur eins... jetzt ging mir ein Licht auf. Ich glotzte Tanja aus aufgerissenen Augen an, aber sie wischte nur übereifrig den Tisch, vermied es, mich anzusehen, und schwieg darüber hinaus wie ein Grab. Ich verzog mich grübelnd in mein Zimmer.

Am Sonntag plagte mich die Neugier so sehr, daß ich meine angeborene Scheu vor körperlicher Arbeit überwand und bei Sabine anrief, um ihr nochmals meine Hilfe beim Renovieren anzubieten. Sie wären schon ganz gut vorangekommen, meinte sie, aber ich sollte trotzdem vorbeischauen, um Mick kennenzulernen. Das ließ ich mir nicht zweimal sagen und warf mich in die U-Bahn. Mangels Zeitung stülpte ich mir die Kopfhörer des Walkmans über die Ohren, hörte Genesis und gab mich müßigen Betrachtungen über dieses und jenes hin.

Diesem Mick, was war das überhaupt für ein Name, stand ich mit sehr gemischten Gefühlen gegenüber. Ehrlich gestanden, ich fürchtete um die junge Freundschaft zwischen Sabine und mir. Sicher würde bald dasselbe passieren wie mit Elisabeth, die ich schon seit Ewigkeiten nicht mehr gesehen hatte.

Sogar meine beste Freundin Heike schien ins Lager der Treulosen abgewandert zu sein. Warum ließ sie nicht mal ein Wochenende mit ihrem Schatziputzi sausen, um mich zu besuchen?

Mußten diese Weiber immer gleich Gott und die Welt zum Teufel schicken, wenn sie gerade 'nen Macker fest an der Angel zu haben glaubten, um sich erst wieder auf die guten alten Freunde zu besinnen, wenn die Kacke gehörig am Dampfen war?

Irgendwie hatten die Feministinnen in den Frauenbüchern schon recht, unter uns Frauen herrschte einfach viel zu wenig Solidarität. Hatte ich mich nicht selber auch so angepaßt verhalten oder womöglich noch schlimmer? Beschämt gestand ich mir ein, wie oft ich Max, Micha, Heike, wen auch immer, mit oberfaulen Ausreden abgespeist hatte. Reihenweise Verabredungen hatte ich kaltlächelnd platzen lassen, wenn mein Herr Liebhaber ganz überraschend Zeit für seine Mätresse erübrigen konnte.

Warum bloß benehmen wir Frauen uns so bescheuert, fragte ich mich. Vernachlässigen die Männer etwa ihre Freunde und Hobbys, wenn eine Frau in ihr Leben tritt? Nicht die Bohne! Die gehen selbstverständlich weiter in ihre Sportvereine, zum Stammtisch und auf Kneipentouren mit ihren Kumpels. Bloß wir sind blöd genug, alles sausenzulassen, damit wir dem Typen uneingeschränkt zur Verfügung stehen. So was wird mir nie wieder passieren, gelobte ich grimmig. Ich sah aus dem Fenster. Scheißwetter heute.

Überhaupt, grübelte ich weiter, wozu sollte ich mich in nächster Zeit mit einem Mann einlassen? Ich komm doch ganz ausgezeichnet zurecht, auch ohne diese Bande selbstgefälliger Egoisten. Ich schaffe es, für meine Existenz alleine aufzukommen, bin handwerklich nicht ungeschickt, kann sogar Reifen und Ölfilter wechseln, außerdem hab ich im Moment sowieso kein Auto. Notfalls bin ich sogar in der Lage, ein Bierfaß zu öffnen. Praktisch gesehen benötige ich keinen männlichen Beistand, um den Alltag zu bewältigen.

Was das Schöngeistige betrifft, so sagte ich mir, mit Freunden kann man sich sowieso viel angenehmer unterhalten als mit Liebhabern. Freunde hören einem zu und beziehen nicht alles auf sich. Man kann sie dreimal in denselben Film schleppen, ohne daß gemurrt wird, und sie helfen einem beim Umzug. Mangelt es einem von ihnen an Zeit oder Lust, so fragt man eben jemand anderen. In der Tat, ohne Männergeschichten wäre das Leben wesentlich unkomplizierter.

Da wäre da bloß noch das leidige Thema Sex. Hierzu sind Freunde ungeeignet, sofern man sie als Freunde behalten will. Aber für eine Frau wie mich müßte es doch genug Gelegenheiten geben, ein halbwegs erfülltes Sexualleben zu führen, ohne mich gleich in einen Strudel von Gefühlen reißen zu lassen. Zweifellos ist die Sache nicht immer ganz ungefährlich, siehe Alex, das Schulbeispiel, wie aus einem beabsichtigten one-nightstand ein handfestes Liebesdrama wird. Aber wer ist schon jeden Tag im Leben Herr seiner Gefühle, entschuldigte ich mich bei mir selber.

Ach ja, apropos Sex, da fiel mir ein, wo war denn eigentlich das echte, wilde Großstadtleben geblieben, dem ich nachgelaufen war? Ein paar lange Nächte in der Disco, das kann es doch nicht gewesen sein? Seitdem ich hier war, lebte ich solider als jeder buddhistische Mönch. Wird Zeit, mal wieder was für den Hormonhaushalt zu tun...

Verflixt! Beinahe hätte ich jetzt die Station verpennt. In letzter Sekunde sprang ich aus dem Zug.

Die Wohnung meiner Freunde lag ebenerdig in einem tristen, alten Berliner Mietshaus. Auch die Straße hatte nichts anzubieten, was das menschliche Gemüt erhellt hätte. Vielleicht lag es auch nur an dem ekligen, nieseligen Novemberwetter. In der Stadt war der Herbst wirklich gräßlich, fand ich. Alles war grau und schmutzig, und es roch auch nicht so gut wie daheim. Man wurde unweigerlich an den Tod erinnert. Dabei mußte ich schon wieder an Jean-Claude denken. Fröstelnd lief ich schneller.

Die Haustür stand offen. Im Gang roch es beißend nach Hund. Einer hielt hier 'nen Schäferhund in der Wohnung, hatte Sabine mir erzählt. Armes Vieh!

Musik drang durch die geschlossene Wohnungstür, eine Klingel gab es nicht mehr. Nachdem ich die Tür beinahe eingeschlagen hatte, wurde endlich geöffnet.

»Es ist so laut hier. Klopfst du schon lange?« erkundigte sich Sabine.

»Ich war schon fast durch.«

In der Bude herrschte ein gewaltiges Durcheinander, bestehend aus Farbeimern, Tapetenfetzen, Kartons, Bierkisten, Klamotten und schmutzigem Geschirr. Eine richtige Umzugsgemütlichkeit eben. Das große Zimmer befand sich in einigermaßen bewohnbarem Zustand. Um einen runden Tisch lungerten drei männliche Gestalten herum und lutschten an einem Joint von der Größe eines Susaphons. Eine anheimelnde Geruchsmischung aus Kaffee, Kiff und frischer Farbe durchzog die Wohnung.

Sabine hätte sich die Vorstellung Micks sparen können, man sah sofort, wer Mick war und warum er so hieß. Die Ähnlichkeit war atemberaubend. Ein Abziehbild von Mick Jagger in jungen Jahren saß da am Tisch und hob lässig die Hand zur Begrüßung. Ich fragte mich, wie es sich wohl mit diesem markanten Aussehen lebte und ob sich Sabine deshalb in ihn verknallt hatte.

»Hallo, Mick!« flüsterte ich vorsichtig. Sein Anblick hatte mich etwas aus der Fassung gebracht.

»Du bist also Eva, der aufgehende Stern am Literaturhimmel«, stellte Mick grinsend fest. Was in aller Welt hatte Sabine da für einen Stuß erzählt? Ich sah verlegen zur Decke. Sie war noch feucht vom Streichen.

»Die Freunde aus Stuttgart«, wies er auf die beiden anderen. »Das ist Robbi«, er deutete auf einen Menschen, der soeben im Begriff war vollends zuzuwachsen. Nur Augen und Nasenspitze ragten aus dem schwarzen Bartgestrüpp hervor. Borstiges Haupthaar wallte bis auf die Brustwarzen herunter, wo es sich mit den Barthaaren vereinte.

»Hallo«, brummte es darunter.

»Und das ist Ed.« Ed war klein, quirlig, hatte eine Igelfrisur und ein Lausbubengesicht, in dem ein Hauch von Spott lauerte. Er küßte mir übertrieben feierlich die Hand: »Bonjour, Madame!«

Sabine erschien mit einem Klappstuhl und einer frischen Kanne Kaffee. Ed erhob sich eifrig und besorgte eine Tasse für mich, Robbi reichte mir den Joint, und ich nahm einen vorsichtigen Zug. Meine Magennerven waren mehrheitlich der Meinung, daß der Stoff ganz klar zu stark war für den Nachmittag, und so gab ich das Gerät an Mick weiter.

»Faulpelze, kaum haben sie zwei Quadratmeter gestrichen, schon müssen sie wieder ein Päuschen einlegen und kiffen wie die Öfen!« beschwerte sich Sabine, aber es klang nicht besonders überzeugend.

Ed tätschelte ihr beschwichtigend die Wange.

»Keine Sorge, das wird schon, wir sind ja noch eine ganze Woche hier.«

Sie wehrte ihn ab und sagte zu mir: »Das ist es ja gerade. Wie soll man es so lange mit diesen Typen aushalten?«

»Wir können tauschen, du ziehst inzwischen zu Tanja«, bot ich ihr an.

»Nein, danke«, sie zog eine Grimasse, »dann doch lieber die hier.«

Sabine hatte Tanja erst einmal erlebt, aber da in Hochform. Das war etwa so abgelaufen:

Wir waren dabei, in der Küche einen kleinen Imbiß zu uns zu nehmen, ehe wir zu einem Kneipenrundgang starten wollten. Nach einem naserümpfenden Blick auf unsere Spaghetti gesellte sich Tanja zu uns, um uns beim Essen aufs trefflichste zu unterhalten. Sie schilderte uns detailliert, wie die Darmspiegelung verlaufen war, der sie am Nachmittag assistierenderweise hatte beiwohnen dürfen. Sie praktizierte zu der Zeit in der Urologie. Aus Trotz luden wir beide gleich noch eine zweite Portion auf unsere Teller und verspeisten sie mit demonstrativem Genuß. Mit dem abschließenden Hinweis, sie hätte heute *wieder* Kohlen raufholen müssen, weil ich wie immer die letzten verbraucht hätte, entschwand Tanja endlich grußlos. »Ist die immer so?« flüsterte Sabine. Und ich antwortete: »Nein, wir haben Glück, sie kann auch ekelhaft sein. Du hättest sie mal hören sollen, als sie noch in der Pathologie war.«

Die Kaffeepause währte leider nicht allzu lange, danach kratzte ich fast drei Stunden lang alte Tapeten von bröseligen Wänden und wurde erst erlöst, als Mick rief:

»He, ihr lahmen Krücken, wollen wir ins Kino gehen? Ratet mal, was gerade läuft?«

»Rocky 25.«

»Asterix!«

»Ein Lederhosenporno?«

»Nichts von alledem, sondern unser aller Lieblingsfilm… das Leben des…« Er hielt inne, als wartete er auf den Trommelwirbel.

»Brian!« schrien Robbi und Ed im Chor.

»Zum x-ten Mal!« stöhnte Sabine theatralisch.

»Kenn ich nicht«, gestand ich ehrlich.

»Waaas«, schrie Ed und sprang auf, »sie kennt den Film der Filme nicht! Das gibt's doch nicht. Du hast nicht gelebt, wenn du den nicht kennst!«

Das war ein überzeugendes Argument, also gingen wir. Hinter uns blieb das schiere Chaos zurück.

Es war eines dieser winzigen Programmkinos, versteckt in einem Hinterhof, die Einrichtung bestand aus zusammengewürfelten alten Sesseln und einer selbstgezimmerten Theke.

Der Film war eine Parodie auf die Sandalenfilme, reichlich skurril und übertrieben, nach dem ersten Schock mußte man einfach mitlachen, vorausgesetzt, man war nicht streng gläubig oder besaß trotzdem Humor, eine Kombination, die jedoch äußerst selten vorkommt.

Obwohl ich dem Land des praktizierten Katholizismus entstamme, hatte ich zu demselben ein eher lethargisches Verhältnis, weshalb ich Monty Pythons ketzerisches Werk unbeschwert auf mich wirken lassen konnte. Vielleicht hätte ich akustisch noch etwas mehr davon mitgekriegt, wenn mir Ed nicht das rechte Ohr ausgelutscht hätte. Wenn ihn nicht gerade irgendein Gag vom Sessel riß, kraulte er mir zusätzlich den Nacken, was mir eine wohlige Gänsehaut bescherte.

Ich fühlte mich rundum zufrieden. Wie erfrischend unkompliziert waren Sabines Freunde verglichen mit Tanjas Bildungssnobs, außer vielleicht diesem Carlo. Der hatte seit der Fete vor drei Wochen nichts mehr hören lassen.

Doch jetzt war durchaus nicht der passende Moment, an Carlo zu denken. Ed verstand einiges von der Kraulerei. Behutsam, aber zielstrebig tastete er sich in Regionen vor, bei deren unbedachter Berührung sich erst kürzlich ein gewisser Jemand gequetschte Eier eingehandelt hatte. Zum Zeichen meines Einverständnisses kuschelte ich mich gemütlich an ihn ran. Das mußte fürs erste genügen. Dem Alter, in dem ich meine Finger im Schutz dunkler Kinosäle in feuchte Hosenschlitze hatte wandern lassen, war ich endgültig entwachsen. Der Junge kapierte fix und verzichtete auf plumpe Zudringlichkeiten. So dunkel war es ja nun auch wieder nicht. Es fragte sich eigentlich nur noch, in welchem Bett wir heute noch landen würden, aber eigentlich war das egal. Hauptsache, man versäumt möglichst wenig im Leben, frohlockte ich in stiller Vorfreude.

Ich fühlte mich wie eine Katze vor dem Ofen und gab mich angenehmsten Fantasien hin.

Doch ein mißgünstiges Schicksal vergällte mir die Sache gründlich. Auf einmal fiel mir nämlich schon wieder Jean-Claude ein und gleichzeitig diese daheim leichtfertig abgegebene Versicherung, ich würde »mit Aids und so« schon aufpassen. Gegen meinen Willen kam ich verstärkt ins Grübeln.

Rock Hudson hatte es kürzlich erwischt, aber der war schwul gewesen. Jean-Claude war auch schwul. Und hatte Aids. Aber schwul schien Ed nicht zu sein, und wie ein Drogensüchtiger sah er auch nicht aus. Also, was soll's! Kannte ich etwa jemanden, der nicht schwul oder drogensüchtig war und trotzdem Aids hatte? Na bitte! Niemanden. Aber das mußte nichts heißen, bis vor ein paar Tagen hatte ich noch nicht mal einen Schwulen gekannt. Mit Statistik und Wahrscheinlichkeitsrechnung war dem Problem wohl nicht beizukommen. Außerdem passierte mir immer das, was sonst kaum jemandem passiert. Hatte ich nicht in jedem Supermarkt den Riecher, grundsätzlich genau die Kasse zu erwischen, an der gleich das Wechselgeld ausging?

Und was wußte ich schon von Ed? Vorhin auf der Fahrt hatte er mir erzählt, er habe sein Elektrotechnik-Studium abgebrochen und arbeite zeitweise im Betrieb von Robbis Vater, so lange, bis er sich wieder einen größeren Batzen Geld zusammengespart hatte. Das tat er seit Jahren. Er verschwand dann für einige Monate und zog in der Welt herum. Letztes Mal war er in Südamerika gewesen, davor in Asien. Na bitte, da haben wir's! Der hat sich bestimmt schon rund um den Erdball und zurück gevögelt.

Verdammt, verdammt, fluchte ich vor mich hin. Da kann man als Frau dank der Pharmaforschung und der sexuellen Revolution nun endlich über sein Geschlechtsleben frei bestimmen, hat sich mühsam von moralischen Zwängen befreit, kaum geht das eine Weile gut, da kommt so ein Scheißvirus daher und raubt einem das letzte bißchen Spaß am Dasein!

Mit größtem Unbehagen mußte ich an diesen Werbespot denken, in dem die Frau im entscheidenden Moment ein Kondom aus der Handtasche zaubert. Na Mahlzeit! Meine Erfahrungen mit diesen Dingern lagen schon einige Jahre zurück, und sie zählten nicht unbedingt zu meinen Lieblingserinnerungen.

Was also tun? Die ganze Angelegenheit ignorieren und so weitermachen wie bisher? Aber ich kannte mich gut genug, um zu wissen, daß ich mich bereits an dem Problem festgebissen hatte. Ich würde noch unterm Vögeln Todesängste ausstehen.

Also Verzicht üben. Aber diese Idee hatte so gar nichts Attraktives im Moment. Was würde ich dann mit Ed und dem angebrochenen Abend anfangen? Und auf die Dauer war das schon gar nicht praktikabel, ich wollte doch keine säuerliche alte Jungfer werden, na ja, Jungfer nun nicht gerade, aber trotzdem.

Da bliebe also nur noch die Möglichkeit, mir einen festen Macker anzulachen, ihn und mich vorher einem gemeinsamen Aids-Test zu unterziehen, um uns dann auf ewig die Treue zu halten. Danach stand mir momentan jedoch am allerwenigsten der Sinn.

Vielleicht, so kam mir der schlaue Gedanke, wurde dieser ganze Aids-Kreuzzug, mit Safer-Sex-Kampagnen und dem ganzen Rummel, nur von der Regierung und der Kirche geschürt? Die Kirche ist doch immer gleich dabei, wenn es gilt, Angst und Schrecken unter ihren Schäflein zu verbreiten. Heutzutage, wo die Horrorstories von Höllenfeuer und Verdammnis nicht mehr so recht ziehen, da kommt denen diese »Lustseuche« doch gerade recht, um die Leute wieder unter ihre Fuchtel zu kriegen. Gegen Sex und Schwule hatten die sowieso schon immer was.

Aber schon loderten die ersten Zweifel in mir auf. Immerhin war Aids eine Tatsache und keine Erfindung des Vatikans.

Die einen verdonnern einen zu Ehe und Treue, die anderen zum Kondom, das ist der ganze Witz, dachte ich resigniert und war immer noch keinen Schritt weiter. Vielleicht sollte ich diese Problematik mal im Emanzenkurs zur Diskussion stellen. Doch im Moment mußte ich mir wohl selber helfen.

Da saß dieser Ed ahnungslos und gab sich unbeschwerter Heiterkeit hin, während ich hier mit den jüngsten Problemen der Menschheit befaßt war. Diese Ignoranz! Typisch Mann.

Es gab also offensichtlich keine andere Lösung, es mußte so ein Gummiding her. Man kann's ja mal ausprobieren. Die Mißerfolge früherer Jahre waren garantiert zum Großteil auf die jugendliche Unerfahrenheit beider Beteiligten zurückzuführen, tröstete ich mich. Bestimmt würde das jetzt besser hinhauen, mit einigen Jährchen Praxis auf dem Buckel.

Ich entspannte mich wieder, da ich mich nun zu diesem Schritt der Vernunft entschlossen hatte, und seufzte tief auf. Ed verstand das falsch und küßte meinen Hals.

Doch da gab es ein weiteres Problemchen. Noch hatte ich so ein Ding nicht. Er vielleicht? Sollte ich mal fragen? Nein! Das wäre einfach zu peinlich, das brächte ich nicht fertig, nein, beim besten Willen nicht.

Es drauf ankommen lassen? Aber bei Männern kann man sich nicht unbedingt auf so was verlassen, in gewissen Momenten denken die doch sowieso nur mit dem ... aber das führt jetzt zu weit. Außerdem, sollte ich dann, wenn er keins hat, mittendrin die Nummer abbrechen? Das war mit Abstand die allerbeschissenste Idee! Dieser bedrohliche Virus beraubt einen jeglicher Spontaneität. Was sind wir doch für eine bedauernswerte Generation, fluchte ich insgeheim vor mich hin.

Ich mußte mir also schleunigst selber einen Pariser beschaffen, irgendwie. Das Klo! Dort hingen doch häufig diese Automaten. Jetzt wäre dort sicher am wengisten Betrieb, so könnte ich meine delikate Mission diskret erledigen. Umgehend schritt ich zur Tat, schälte mich langsam aus Eds Arm, ich mußte ohnehin dringend mal. Wie ich vermutet hatte, war das Klo menschenleer. Volltreffer! Dort hing er. Es gab sogar fünf verschiedene Sorten, die tollsten Variationen, bunt, extra dünn, schwarz mit Noppen, ja pfui Teufel! Ich entschloß mich für die Sorte »Natur«. Ich wühlte in meinem Geldbeutel herum, in sämtlichen Hosentaschen, überall. Ich fand kein

Markstück. Nicht ein einziges. Sollte die Renaissance meines Sexuallebens tatsächlich an einem simplen Markstück scheitern?

Aber noch gab ich nicht auf. Dann mußte ich eben an der Theke wechseln lassen. Nur daß an dieser Scheißtheke während der Vorstellung kein Mensch war. Na gut, dann warte ich eben bis zum Ende, sagte ich mir voller Überdruß und begab mich zurück auf meinen Platz. Ich versuchte krampfhaft, mich auf den Film und auf Ed zu konzentrieren und nicht mehr an diesen Mist zu denken.

»Always look on the bright side of live« sangen die Gekreuzigten im Chor von der Leinwand. Das war der Schluß, echt makaber. Die Insider im Kino sangen und pfiffen mit.

Das Licht ging an, wir räkelten uns und strömten wie Lava aus dem Raum.

»Kann mir jemand fünf Mark wechseln?« fragte ich in die Runde. Mick konnte. Wir standen im Gang herum.

»Einen Moment noch...«, murmelte ich und marschierte schnurstracks in Richtung Klo. Die Tür war offen, mindestens sechs Frauen tummelten sich wartenderweise davor. Auch das noch.

»He, Eva!« rief Ed mir hinterher. »Der Zigarettenautomat ist da vorne beim Eingang.« Du ahnungsloses Schaf!

»Ach so.« Das Ganze zurück.

»Laß uns hier abhauen, mir wird's zu eng«, nölte Sabine, »oder wolltest du noch aufs Klo?« fragte sie mich.

»Nein, da ist es mir zu voll«, antwortete ich wahrheitsgemäß.

»Du kannst von unseren Zigaretten rauchen«, bot Mick mir an.

»Ja, danke.« Ich verwahrte meine kostbaren Markstücke sorgfältig.

Draußen wurde debattiert, was nun angesagt sei. Mick schlug vor, zum Griechen bei ihnen um die Ecke zu gehen, wir waren einverstanden, alle hatten Hunger.

»Je öfter man diesen Quatsch sieht, desto besser wird er«, behauptete Ed auf der Rückfahrt. »Der totale Schwachsinn, aber gut. Wie hat's dir gefallen?«

Er schaute mich zweideutig an.

»Nicht schlecht«, sagte ich betont gleichgültig.

Mick parkte den Bus vor dem Haus, und wir gingen die zwei Häuserblocks zu Fuß. Ed hatte sich bei mir eingehängt.

»Was bedeutet eigentlich Ed?

»Ewald«, seufzte er.

»Auweia!« entschlüpfte es mir.

»Ganz recht. Ewald Watzlawic, so heißt wirklich kein normaler Mensch! Aber inzwischen hab ich meinen Alten großzügig verziehen.«

»Bist du mit Sabine verwandt?« fragte ich erstaunt.

»Sie ist meine Cousine. Ansonsten hätte ich sie geheiratet, das ist doch wohl logisch. Aber du weißt schon, die Blutschande...«

»Die gilt nur unter Geschwistern. Wahrscheinlich wollte sie dich sowieso nicht«, gab ich zu bedenken.

»Wie kann eine Frau mich nicht wollen?« Er warf sich in die Brust, wenn er sich streckte, war er mit Ach und Krach so groß wie ich.

»Na ja...jetzt, wo du's sagst.« Eingebildet sind diese Kerle ja überhaupt nicht.

Da war die Kneipe. Sie war klein und mit dem üblichen Kitsch vollgestopft, es war nicht viel Betrieb.

Ein nackter Liebesgott mit winzigem Pimmelchen glotzte uns aus trüben Marmoraugen an. Sabine mußte das bewußte Körperteil natürlich sofort antatschen, dabei entpuppte sich der vermeintliche Marmor als ordinäres Plastik.

Beim Essen gab Sabine einige Geschichten aus ihrem neuen Job zum besten. Sie trieb sich mit einem Schwarm anderer Mädchen in den Einkaufsmeilen herum und bot den Passanten kleine Zigarettenpäckchen an. Promotion nannte man das. Der Job hatte durchaus seine guten Seiten. Sabine zweigte ausreichend Dreierpäckchen für den Eigenbedarf ab, und die Bezahlung war nicht mal schlecht. Andererseits wurden die Mädchen regelmäßig von streitbaren Nichtrauchern zur Sau gemacht und mußten sich Vorträge über Raucherbeine und Lungenkrebs anhören. Obendrein folgten ihnen hartnäckige Schnorrer durch die ganze Stadt und bequatschten sie. Es war also stets für Unterhaltung gesorgt. Das wirklich Blöde an dem Job waren die lächerlichen Uniformen, die die ganze Bande je nach Zigarrettenmarke anzuziehen hatte. Mal liefen sie in schwarz-goldenen Overalls, mal im rot-weißen Cowboylook herum.

»Aber ich bin schon zufrieden, wenn ich nicht eines Tages als Kamel den Ku'damm rauflatschen muß«, tröstete sich Sabine. Diese Vorstellung veranlaßte uns zum Entwurf weiterer Kostüme.

Wir hatten solchen Spaß dabei, daß ich fast meine kleine Besorgung vergessen hätte, die noch ausstand. Man könnte es ja mal in diesem Klo versuchen.

Nach dem Essen, als Mick den Rest der zweiten Flasche Rotwein auf unsere Gläser verteilte, schien mir der rechte Augenblick gekommen, nochmals unauffällig den Abort aufzusuchen, auf der verzweifelten Suche nach einem die Liebesnacht rettenden Präservativ. Es war absolut entwürdigend. Ich tat mir selber leid. Zu allem Überfluß kam mir auch noch Sabine hinterher.

Fehlanzeige im Damenklo. Allmählich kotzte mich diese Sache total an. Ich war fast soweit, das Unternehmen sausenzulassen.

»Wie findest du Ed?« Sabine zwinkerte mir verschwörerisch zu, ehe sie in der Kabine verschwand.

»Recht witzig«, rief ich durch die Trennwand. Ob ich sie fragen sollte? Aber nein, junge Ehefrauen schleppten keine Pariser mit sich durch die Gegend, das hatten die nicht nötig. Ohne Zweifel ein Vorteil des Ehestandes, das mußte ich zugeben.

»Du kannst bei uns pennen, wenn du willst, klar?«

»Ja, danke, ich werd mal sehen...«, meinte ich ausweichend.

»Ich geh wieder.« Die Spülung rauschte, die Tür wurde geöffnet, ich hörte kurz den Wasserhahn, dann war sie endlich draußen. Mir blieb jetzt nur noch eine Chance: das Männerklo, und zwar schnell. Ein kurzer, aufmunternder Blick in den Spiegel, dann auf in den Kampf.

Vor der Tür horchte ich einen Moment. Es war still. Forsch drückte ich die Klinke, eine Entschuldigung auf den Lippen, falls doch einer dagestanden hätte. Es war alles leer, und ein

Automat hing drin. Bingo! Jetzt war flottes Handeln gefragt. Mein Markstück hatte ich schon längst in der Hand. Leider gab es die Sorte »Natur« nicht mehr, nur noch die mit den widerlichen Noppen und die Bunten. Ohne lange zu fackeln, zog ich ein Päckchen von denen. Warum nicht mal etwas Farbe an den Mann bringen, dachte ich übermütig, da ging die Tür auf. Der Grund meiner Bemühungen kam herein. Mein Anblick hier verschlug sogar ihm die Sprache, aber nur für einen Moment.

»Aber hallo! Du hier?« grinste er verwundert.

»Ich äh... ich suche eine Seife. Bei uns ist keine mehr.« Ich hatte schon um Klassen besser gelogen. Klammheimlich ließ ich den anrüchigen Gegenstand in meiner Hosentasche verschwinden. Mein Gott, hatte ich mich je in einer peinlicheren Situation befunden? Weit war es mit mir gekommen, wirklich weit, daß ich mich auf Männerklos herumtrieb, nur damit ich mal wieder zum Bumsen kam. Warum hatte ich nicht wenigstens jetzt den Mumm, ihm den Grund meines Hierseins zu erklären? Anscheinend war ich auch noch hoffnungslos verklemmt.

»Seife«, wiederholte er sarkastisch, »aha.« Er grinste bis zu den Ohren. »Und? Bist du fündig geworden?«

»Ja, nein, hier ist auch keine, also, ich geh dann wieder.« Flugs wollte ich mich aus dem Staub machen. Ed sah seine Chance gekommen. Er hörte auf zu grinsen und hielt mich an der Hand fest. Wir sahen uns kurz, aber intensiv in die Augen, mir wurden die Knie weich wie Götterspeise. Dann küßten wir uns geraume Zeit ziemlich wild, eng gegen die geschlossene Toilettentür gepreßt. Zugegeben, es gibt romantischere Orte für so was. Die Küsserei ging so lange gut, bis von draußen an der Tür gerüttelt wurde, wir aufgescheucht zur Seite sprangen und der Küchenjunge hereinflog. Er fixierte uns mit deutlicher Empörung und schimpfte irgendwas Griechisches, ich konnte mir schon denken, was. Jetzt zog ich es endgültig vor, von hier zu verduften.

Mein Äußeres war von der heftigen Umarmung etwas derangiert. Dieser Küchenbolzen glaubt jetzt bestimmt an einen Quicky auf dem Männerklo. Vielleicht hält er mich auch für eine gut geschminkte Tunte, dachte ich stillvergnügt.

Ich kam einigermaßen wiederhergestellt zum Tisch zurück, die ganze Bande war am Kichern. Auf den überstandenen Schrecken trank ich mein Glas in drei Zügen leer und beglückwünschte mich zum gelungenen Einkauf. War ich doch drum herum gekommen, meine brandneuen Safer-Sex-Prinzipien auf eine harte Probe stellen zu müssen.

Auf dem Heimweg kamen uns vier Glatzen in Lederklamotten entgegen. Besoffen grölten sie deutsches Liedgut durcheinander. Sie stierten uns blöde an und verpißten sich kommentarlos, offenbar sahen wir ihnen germanisch genug aus.

»Arschlöcher«, stellte Mick fest, als das Echo ihrer Springerstiefel verklungen war.

»Bei uns im SO 36 gibt's die kaum«, bemerkte ich, »da wohnen zu viele Ausländer auf einem Haufen, da trauen sie sich nicht hin.«

»Feige Schweine!« zischte Mick. »Mir haben sie zu Hause schon zweimal die Reifen aufgestochen.«

»Du solltest die Aufkleber runterreißen und ein Hitlerbild ins Heckfenster hängen«, schlug ich vor.

»Was ist SO 36?« wollte Ed wissen.

»Der hinterletzte Teil von Kreuzberg«, stichelte Sabine.

»Aus dir spricht der blanke Neid«, gab ich zurück, »aber sie hat recht. Es ist quasi das Zonenrandgebiet. Aber viel schöner als hier«, fügte ich boshaft hinzu.

Ed hatte sich vertraulich bei mir eingehakt. Den Fisch hätten wir an der Angel, dachte ich nun, da ich in jeder Hinsicht beruhigt meinem Vergnügen entgegenziehen konnte. Was für ein Aufwand das gewesen war. Wehe ihm, wenn sich das nicht rentierte! Wir blieben ein bißchen hinter den anderen zurück, weil wir uns gelegentlich dringend abknutschen mußten.

Da war die Kreuzung. Geradeaus ging es zur U-Bahn, rechts zu Sabines Wohnung. Ich sah auf die Uhr und dachte urplötzlich an mein gemütliches, ruhiges Zimmer. Vielleicht wäre jetzt sogar noch Glut im Ofen. Außerdem war mir gerade vorhin eine Idee für eine Geschichte gekommen. Ich blieb stehen.

»Ich werde mich hier verabschieden. Wenn ich mich beeile,

kriege ich die letzte U-Bahn noch«, hörte ich meine Stimme sagen. Manchmal kam ich bei mir selber nicht mit. Ich wußte nur, daß ich jetzt auf einmal lieber allein sein wollte.

»Du kommst nicht mehr mit?« Ed ließ meinen Arm los und sah mich fassungslos an. Ich schüttelte energisch den Kopf.

»Hab ich irgendwas Falsches gemacht?« Der arme Kerl! Konnte einem beinahe leid tun.

»Nein. Hat nichts mit dir zu tun. Ich will nur lieber nach Hause.«

»Soll ich mitkommen?«

»Nein. Ruf mich morgen an. Wir können uns morgen treffen. Jetzt will ich heim.« Ich drehte mich um, ließ den Betretenen ratlos auf der Straße stehen. Eilig lief ich dem blauweißen U-Bahn-Schild entgegen.

Schlagabtausch

Tanjas nörgelnde Fürsorge war manchmal kaum noch zu ertragen. Hin und wieder mußte ich sie energisch in die Schranken weisen. Sie besaß eine raffinierte Art, mich dezent zu aßregeln und darüber auszuhorchen, wo ich hinging, was ich vorhatte und wen ich traf. Gelegentlich war sie mehrere Tage weg, um ihren Modellkörper vor den Kulissen der entlegensten Winkel des Erdballs ablichten zu lassen. Sofort fühlte ich mich frei und unbeschwert. Wie ein Kettenhund, der Ausgang bekommen hat. Doch blöderweise, nach einigen Tagen ging es mir wieder wie dem Hund. Ich begann, mein Frauchen zu vermissen, schlurfte einsam und gelangweilt durch die leere Wohnung und verspürte eine uneingestandene Sehnsucht nach einem kleinen Wortgefecht.

War sie dann wieder da, wünschte ich sie meist noch am selben Tag zur Hölle. Das Zusammenleben mit Tanja war schon deshalb einigermaßen schwierig, weil niemand ihre Launen vorhersagen konnte. Manchmal war sie absolut unausstehlich, hatte ständig was an mir auszusetzen, egal was ich tat oder nicht tat. Dann, wundersamerweise, war sie auf einmal wie umgedreht. Gutgelaunt und gönnerhaft behandelte sie mich an diesen denkwürdigen Tagen wie eine mündige Person.

Oft trat diese gelöste Stimmung ein, nachdem Philipp dagewesen war. Das war mir ein Rätsel, denn sie war ihm etwa so herzlich zugetan wie einem Blumentopf, den man so gerade eben nicht verdursten läßt. Es mußte was anderes dahinterstecken, aber was?

Eines Abends war Tanja im Aufbruch begriffen und sah umwerfend aus. Elegant durchgestylte Klamotten und perfektes Make-up. »Wo gehst du denn hin?« erlaubte ich mir die Frage.

»Nachtwache.«

»Dermaßen aufgerüscht?« entschlüpfte es mir vorwitzig.

»Was soll das heißen?« kam es scharf zurück. »Kannst du dir diesen Gossenjargon nicht mal abgewöhnen?«

»Na ja, du siehst so schick aus, ich dachte zum Nachtdienst…«

»Das ist doch wohl meine Sache.«

»Ist ja gut! Ich sag ja schon nichts mehr.«

Zum Glück klingelte es in dem Moment, und Tanja ging öffnen. Es war Carlo, der unangemeldet in unser Idyll platzte.

»Oh, hallo mein Lieber«, säuselte sie überschwenglich und bot ihm ihr Wangenrouge zum Kuß. Ich verschanzte mich abwartend hinter meinem Käsebrot. Die unglückselige Party lag schon fast einen Monat zurück, ich hatte diese Bekanntschaft im Geiste schon abgehakt.

Gerechtigkeitshalber wurde ich auch geküßt. Er roch nach teurem Rasierwasser. Tanja wies ihm einen Stuhl zu.

»Setz dich doch, Carlo. Es ist furchtbar lieb, daß du vorbeischaust, nur leider hab ich gar nicht viel Zeit. Warum hast du nicht angerufen? Ach, das ärgert mich jetzt aber!« Sie flatterte um ihn herum, wobei sie nervös zur Uhr schielte. »Willst du trotzdem was trinken?«

Ohne ihre Frage zu beachten, ließ er sich neben mir am Tisch nieder und guckte sie spöttisch an.

»Laß dich nicht aufhalten, Tanja. Ich bin eigentlich Eva besuchen gekommen.«

»Eva?« Sie spie den Namen förmlich aus, ihre Augenbrauen schnellten in die Höhe.

»Das bin ich.« Feixend hob ich die Hand.

»Na, dann ist ja alles in Ordnung.« Sie schenkte uns ein bittersüßes Amarettolächeln, raffte ihre Siebensachen zusammen, wünschte uns kurz angebunden einen schönen Abend und rauschte ab, ganz gekränkte Hoheit. Wie die Erzherzogin Sophie im Sissi-Film

»Das war nicht sehr diplomatisch von dir«, kommentierte ich den bühnenreifen Abgang.

»Das sollte es auch nicht werden. Die Gute verträgt das schon mal«, versicherte er.

Insgeheim bebte ich vor Schadenfreude.

»Du magst sie nicht besonders«, stellte ich fest.

»Ich mag nicht, wie sie Philipp behandelt. Der arme Hund hat sich da in was verrannt.« Er zuckte die Schultern. In unserer kleinen Küche wirkte er noch größer als damals auf der Fete. Sein schlotteriger, weißer Pullover kontrastierte vorteilhaft mit seinem dunklen Haar und kaschierte den Ansatz eines Wohlstandsbauches, den er zweifellos langsam, aber sicher heranzüchtete.

»Aber wie geht's dir denn so?« Er umarmte mich kumpelhaft.

»Ich arbeite zur Zeit auf 'ner Behörde. Erst sollte der Job nur für zwei Wochen sein. Aber als sie merkten, was sie da mit mir für einen Riesenfang gemacht haben...«, ich reckte stolz das Kinn, »...da haben sie mir einen Vertrag bis April gegeben. Halbtags, bei freier Zeiteinteilung, super, was?«

»Da hast du echt Schwein gehabt. Ich sehe schon, du beißt dich durch.« Zustimmend schlug ich die Zähne in mein Käsebrot.

»Was hast du inzwischen getrieben?«

»Ich war drei Wochen in München, so ein Kurs für... ach, das ist uninteressant. Hat dir Tanja nichts davon gesagt?«

»Kein Sterbenswörtchen.«

»Ich hab ihr extra Grüße an dich bestellt, bevor ich gefahren bin.« Er blickte bekümmert drein.

»Hat sie halt vergessen.« Dieses Aas! Na warte!

»Typisch. Na, jetzt bin ich also wieder da, und ich büffele und büffele, es ist grauenvoll! Wo ich doch eigentlich ein stinkfauler Mensch bin. Aber mir bleibt nichts anderes übrig. Im Mai ist die Prüfung.« Er ächzte gequält.

»Hättest du dich nicht so lange in Italien herumgedrückt«, warf ich ihm erbarmungslos vor.

»Ich weiß, ich weiß«, wehrte er ab, »aber du kannst dir nicht vorstellen, wie schön es da ist, wie schnell dort die Zeit verfliegt...« Er verdrehte die Augen wie ein schmachtender Romeo.

»Doch, kann ich«, sagte ich mampfend.

»Hast du was vor heute abend?«

»Nichts, was nicht warten könnte«, gab ich zu.

»Wollen wir in 'ne Kneipe gehen?«

»Au ja. Wenn möglich eine mit 'ner vernünftigen Weinkarte.«

Nach meinen bisherigen Erfahrungen reichte das Weinangebot der hiesigen Lokalitäten von »Blanc de Blanc« bis zu

»Französischer Landwein«. Der Geschmack variierte von »neutral«, wenn man seinen Glückstag hatte, bis zu »Katzen-pisse« im ungünstigen Fall.

»Aha, Madame stellen Ansprüche. Aber das ist 'ne gute Idee. Mir fällt auch schon ein, wo wir hingehen.«

Wir fuhren nicht sehr lange.

Carlo war ein unterhaltsamer Mensch, und das Lokal war in Ordnung. Weder Szene- noch Spießertreff, einfach Kneipe.

Soviel ich seinen Erzählungen entnehmen konnte, befand sich Carlo momentan nicht in weiblichen Händen, jedenfalls nicht in festen. Das war mir angenehm. Freundinnen erweisen sich doch meist als größeres Hemmnis im Umgang mit männ-lichen Bekannten, auch wenn man keine verwerflichen Ab-sichten hegt.

»Was macht dein Studium?« fragte er.

Ich berichtete von dem Emanzenkurs, der war immer noch äußerst erbaulich. Fast jede Stunde uferte in chaotische Dis-kussionen aus.

»Letztes Mal haben zwei Frauen ihre Umfrageergebnisse zum Thema Hausarbeit präsentiert. Sie haben die Männer am OSI, Studenten und Dozenten, gefragt, an welcher Art der Hausarbeit sie sich zu wieviel Prozent beteiligen. Natürlich nicht die, die alleine leben.«

»Und was kam dabei raus?«

»Also, an erster Stelle lag das Kochen.«

»Das mach ich auch ganz gerne.«

»Ja, weil das die kreativste Seite der Hausarbeit ist«, be-lehrte ich den Unwissenden.

»Ach so.«

»Beim Kochen und Einkaufen ist die Hälfte der Männer da-bei, aber je niedriger die Arbeiten werden, desto düsterer sieht's aus. Bügeln tut kaum einer, und das Klo putzen – nicht ein einziger fühlt sich dafür zuständig!«

»Interessant«, grinste er.

»Interessant? Eine Sauerei ist das! Stell dir vor«, fuhr ich entrüstet fort, »nicht einer ist dabei, der den Putzdienst im Treppenhaus übernimmt. Dabei könnte er ja gesehen wer-den!«

Jetzt mußte ich mal Luft holen.

»Ich muß das alles selber machen«, wandte Carlo ein.

»Klar, weil es sonst niemand macht. Aber wie sieht's aus, wenn eine Frau bei dir lebt? Sei ehrlich, würdest du dich nicht auch um einiges drücken?« Ich sah ihn herausfordernd an.

»Das kommt drauf an. Wenn ich den ganzen Tag arbeite und sie wäre zu Hause...« Der tappte aber auch in jede Falle.

»Du meinst, du arbeitest *außer* Haus und die Frau arbeitet *im* Haus«, berichtigte ich giftig lächelnd. »Aber das ist ja was anderes. Die Umfrage unterstellte gleiche Bedingungen, also beide Studenten, beide im Beruf oder so.«

»Ja, also, vermutlich würde ich schon versuchen, mich vorm Kloputzen zu drücken. Wer täte das nicht?« gab er zu meinem Erstaunen zu. Diese freche Aufrichtigkeit brachte mich total aus dem Konzept. »Aber bei dir hätte ich da sowieso keine Chance, das sehe ich schon.«

Er hob mit versöhnlicher Geste sein Glas, und wir prosteten uns zu. Eigentlich wollte ich ihn noch darauf aufmerksam machen, was es für ein schreiendes Unrecht ist, daß Hausarbeit nicht bezahlt wird und sich nicht bei der Rentenberechnung auswirkt, aber ich beschloß, das auf später zu verschieben.

»Jetzt ließe ich mir das nicht mehr bieten, früher schon«, gestand ich. »Ich hab mal in 'ner WG mit zwei Typen gewohnt, da war die meiste Zeit ich am putzen. Aber nur, weil ich den Dreck nicht so lange sehen konnte wie die zwei.« Das Schlimmste dabei war, ich hatte nicht mal unter dieser schamlosen Ausbeutung gelitten.

»Du hast mit zwei Männern gewohnt?« entrüstete sich Carlo, »Abgründe tun sich auf!«

Wir bestellten nochmals Wein. Eine Flasche reicht bei zwei durchtrainierten Weintrinkern nirgendshin. Außerdem entstehen so keine Peinlichkeiten beim Bezahlen, jeder übernimmt eine, das schafft klare Verhältnisse. Natürlich tranken wir toskanischen Wein, einen 83er Vino Nobile di Montepulciano.

»Was tust du sonst noch, außer dem bißchen Studieren?« fragte er aufmüpfig. »Das füllt dich doch wohl nicht restlos aus, oder?«

Okay, es war an der Zeit, ihn in mein kleines Geheimnis einzuweihen.

»Darf ich mal was von dir lesen?« fragte er neugierig.

»Nein. Ja. Vielleicht.« Ich war mir nicht schlüssig, ob ich das wollte, und wechselte auf ein weniger heikles Terrain:

»Weißt du, was mir bei Tanja seltsam vorkommt?« fragte ich und fuhr ohne Pause fort: »Manchmal gibt sie ein irres Geld für irgendeinen Firlefanz aus. Neulich hat sie sich eine Designer-Stehlampe gekauft, ein abartiges Teil. Dabei bräuchten wir viel dringender eine Waschmaschine. Und dann wieder sieht es so aus, als hätte sie keine müde Mark übrig. Sie schiebt sogar ab und zu Nachtwache im Krankenhaus. Das müßte sie doch nicht nötig haben, bei ihrem Job als Model. Sie verdient doch sicher ein sattes Geld mit ihren Fotos und den Modeschauen. Ist doch komisch, oder?«

»Was ist daran komisch?« bemerkte Carlo trocken. »Die Kokserei ist nicht unbedingt das billigste Hobby.«

»Du meinst, sie nimmt das Zeug öfter, nicht mal bloß so zum Spaß, auf 'ner Fete?« Mir gingen ein paar Scheinwerfer auf. Hatte ich's doch geahnt!

»Ich weiß es sogar sicher. Philipp besorgt ihr das Zeug, der dämliche Trottel. Selbst ist sie sich zu fein dazu. Außerdem kann sie bei ihm Schulden machen.« Er knurrte ärgerlich vor sich hin. »Wie man sich bloß dermaßen verknallen kann!«

Jetzt war mir auch ihre Launenhaftigkeit kein Rätsel mehr, ebenso wie die regelmäßig aufziehende Schönwetterlage nach Philipps Besuchen.

»Starkes Stück. Und bei mir spielt sie den Moralapostel und macht blöde Bemerkungen, wenn ich mal 'ne Nacht nicht heimkomme…«, plapperte ich heraus, ehe ich mitdenken konnte. Eigentlich hatte ich das nicht erwähnen wollen.

»Soso, du treibst dich also nächtens herum«, hakte er prompt ein.

»Du kennst Tanja doch schon länger«, korrigierte ich den Kurs, »hat sie jemals einen Freund gehabt? Du weißt schon, nicht so wie mit Philipp. Richtig verliebt und so.«

»Nicht daß ich wüßte. Aber ich kenne sie erst, seit sie sich Philipp zum Schoßhund auserkoren hat.«

»Manchmal«, fuhr ich eifrig fort, denn Klatsch ist der reinste Balsam für die einsame Seele, »ist sie allerdings über Nacht weg. Ein Fototermin kann ja wohl nicht so lange dauern, oder? Und bei Philipp ist sie auch nicht, der hat schon öfter angerufen, als sie nicht da war.«

»Du bist überhaupt nicht neugierig«, stichelte Carlo amüsiert.

»Ja, zugegeben«, räumte ich ein. »Aber ein heimlicher Geliebter würde sie in meinen Augen wesentlich menschlicher machen. Sie ist der reinste Eisblock. Lediglich ihre ständig wechselnden Marotten versetzen sie in Begeisterung.«

»Marotten? Wie meinst du das?«

»Als ich einzog, war sie zum Beispiel gerade auf dem Psycho-Trip. Hatte so einen Selbsterfahrungskurs gemacht. Da stocherte sie in meinem Seelenleben herum wie im Kartoffelbrei, um mir irgendwelche Neurosen einzureden und wieder auszutreiben. Sie analysierte jeden Furz von mir, dichtete mir die tollsten Komplexe an, bis ich mir wie ein ganzes Neurosenbündel vorkam. Ich glaubte schon, ich lebe mit Freuds Reinkarnation zusammen!« Ich nahm einen Schluck.

Mein Klagelied erheiterte Carlo sichtlich.

»Du hast gut lachen!« maulte ich. Aber es tat gut, sich mal so richtig auszukotzen. Ich lamentierte munter weiter:

»Jetzt schwimmt sie auf der Biowelle. Prinzipiell hab ich ja nichts dagegen. Aber ich hab keine Lust, mich von einem Tag auf den anderen bloß noch von Vogelfutter zu ernähren. So was bedarf der langsamen Gewöhnung. Mein Magen liebt nun mal Spaghetti über alles. Und ihren Frischkornbrei, diese Pampe, den soll sie sich von mir aus in die Haare schmieren!«

Bei dieser Vorstellung mußten wir beide lachen.

»Bin gespannt, was als nächstes kommt«, stöhnte ich.

»Vielleicht tritt sie einer Sekte bei und will dich dann bekehren.«

»Darauf freue ich mich jetzt schon!«

»Ihr zwei seid ein nettes Pärchen«, feixte er. »Jedenfalls wird's dir nicht langweilig mit ihr, das ist doch auch was wert.«

»So kann man das auch sehen. Aber es nervt, wenn einen jemand alle paar Wochen umerziehen will. Was ich auch anstelle, sie hat immer einen zynischen Kommentar dazu auf Lager. Sie macht das so durch die Hintertüre, weißt du. Irgendwie bringt sie's immer wieder fertig, daß ich mir wie der Trampel vom Land vorkomme, während sie die Weltgewandtheit in Person ist.« Ich seufzte tief, Carlo schnaubte verächtlich.

»Die hat's gerade nötig! Ihre Fotos waren auch nicht von Anfang an das, was sie heute sind.« Er grinste zweideutig.

»Du meinst doch nicht etwa...?« Ich riß die Augen auf.

»O doch, genau das. So gut sieht sie nun auch wieder nicht aus, als daß sie aus dem Nichts zum Topmodell auserkoren wird. Model sein ist ein harter Job, es gibt viele, die nach oben wollen.«

»Woher weißt du das alles?« Ich konnte es kaum glauben.

»Das meiste sind Gerüchte, den Rest hab ich in einer schwachen Stunde aus Philipp rausgequetscht. Es ist ja auch nicht weiter tragisch, finde ich. Was ist heute schon ein nackter Hintern? Aber sie braucht jetzt nicht so zu tun, als wäre sie der liebe Gott. Laß dir bloß nichts gefallen von der!« befahl er energisch.

Ein nackter Hintern ist eine Sache, aber ein veröffentlichter nackter Hintern, noch dazu Tanjas, das gab mir zu denken. Innerlich triumphierte ich ob dieser Enthüllungen. Das waren schwere Geschütze, die ich mir für den wie auch immer gearteten Ernstfall aufheben wollte.

Eigentlich war mir schnuppe, was sie tat oder nicht, nur konnte ich ihre subtile Bevormundung nicht ertragen, und vor allem war mir Scheinheiligkeit höchst zuwider. Ich grinste in mich hinein.

»Vielleicht hätte ich dir lieber nichts sagen sollen...« Carlo kamen erste Bedenken wegen seiner Redseligkeit. Der Wein hatte ihm wohl die Zunge gelockert. Männer sind doch die allergrößten Tratschweiber!

»Von mir erfährt sie keine Silbe, darauf kannst du Gift nehmen«, versprach ich ihm.

Darauf stießen wir mit Verschwörermiene an.

»Was hat sie denn zu der Sache mit Laszlo gesagt?« fiel Carlo ein.

»Hör bloß auf«, stöhnte ich. »Gesagt hat sie nicht sehr viel.

Nur, daß sie sich mit mir blamiert hätte. Aber ihr anklagendes Antlitz tagelang!« Ich winkte ab.

»Kann ich mir vorstellen«, sagte er. Daran hatte ich so meine Zweifel.

Von der zweiten Flasche bekam ich das meiste ab, denn Carlo war ja der Fahrer.

»Du erinnerst mich an meinen alten Kinderarzt«, bemerkte ich mutig.

»Deinen alten ... oh, sehr schmeichelhaft!«

»Quatsch, nicht weil du so alt aussiehst. Als Kind kommen einem doch alle Erwachsenen alt vor. Nein, du hast so was Vertrauenswürdiges an dir.« Das war reinster Honig ums Maul.

»Oh, danke, ich fühle mich geehrt«, sagte er leicht verlegen.

Das toskanische Gesöff verleitete offenbar auch mich, Unsinn zu schwafeln.

Eine gelöste Atmosphäre breitete sich zwischen uns aus. Ich betrachtete seinen Charakterkopf im schwachen Licht. In zehn, zwanzig Jahren wird er aussehen wie der Patron eines Mafia-Clans, dachte ich vergnügt, aber das behielt ich für mich. Genug der Komplimente für heute. Nach einer Weile fragte ich:

»Heißt du wirklich Carlo?«

»Nein, ich heiße Ernst.« Er lachte. »Aber das ist ein tiefes, dunkles Geheimnis.«

»Ernst? Wie zum Teufel kommt man von Ernst auf Carlo?«

»Versuch mal einen Italiener dazu zu bringen, Ernst richtig auszusprechen. Außerdem hat mir der Name noch nie gefallen.«

»Wie wär's mit Ernesto gewesen?« schlug ich vor.

»Gefällt mir auch nicht. Carlo ist doch prima, oder?«

»Besser als Ernst bestimmt. Ernst ist fast so schlimm wie Ewald.« Der gute Ed! Nach dem mißglückten Auftakt hatten wir noch eine Serie ganz netter Abende verlebt.

»Wie kommst du jetzt auf Ewald?«

»Ach nur so. Fängt auch mit E an.«

»Aha«, meinte er verständnislos.

Ich riskierte einen Angriff und fragte ihn, ob wir mal wieder zusammen in den Talking-Heads-Film gehen könnten. Er stimmte lächelnd zu, und wir redeten noch ein wenig über Kino und Filme.

Als die Flasche leer war, entschieden wir, nach Hause zu fahren. Wie nach unserem letzten Ausflug setzte er mich brav vor der Türe ab, zum Schluß bekam ich einen brüderlichen Schmatz auf die Wange. »Und laß mich mal was von dir lesen«, rief er mir durchs Autofenster zu.

»Okay. Ciao!«

Schien ganz in Ordnung zu sein, dieser Carlo oder wie immer er heißen wollte.

Das Gespräch mit Carlo bewirkte im nachhinein, daß mich Tanjas Sticheleien weniger ärgerten. Ich hatte beschlossen, mich mit ihr, koste es, was es wolle, zusammenzuraufen.

Weihnachten rückte näher und damit die flitternde Konsumorgie, die in dieser Stadt jeden Rahmen sprengte. Am Ku'damm war es absolut nicht mehr auszuhalten. Trotzdem stürzte ich mich ab und zu ins Gewühl, besonders wenn ich mich einsam fühlte.

Ich ertappte mich viel zu oft dabei, wie ich in der Menge nach Alex suchte, gerade so, als ginge ich zu Hause übern Wochenmarkt. Ich jagte ein Phantom, und manchmal fand ich es sogar. Eine für ihn typische Handbewegung, seine Haltung des Kopfes, seinen Gang nahm ich an wildfremden Menschen wahr. Zigmal überholte ich Männer und starrte ihnen ins Gesicht, weil sie ihm von hinten ähnlich gesehen hatten. Einige glichen ihm im Profil, hatten seinen Mund, seine Nase, dieselbe Haarfarbe, niemals aber sah ich seine Augen, die fand ich noch immer unvergleichlich. Wie viele dieser Ähnlichkeiten meiner blühenden Fantasie entsprangen, läßt sich schwer sagen. Doch immer versetzten mir diese kleinen Kopien von ihm einen schmerzhaften Stich, und ich war enttäuscht, obwohl ich doch schon vorher gewußt hatte, daß er es nicht war.

Verdammt noch mal, ich hatte mir das wesentlich leichter vorgestellt, ihn aus meinem Leben zu streichen.

Jede Schwangere erinnerte mich zwanghaft an seine Frau. Ich rechnete selbstquälerisch nach, wie weit es wohl mit der Frucht seines Verrats gediehen war. Sicher, er hatte mir nie vorgemacht, daß da gar nichts mehr lief, aber eine Schwangerschaft anzuzetteln, das ging zu weit, fand ich.

Doch just diese Spezies verkehrte momentan munter und in Scharen in unserem Haushalt. Ursache dafür war Tanjas Hausarbeit über ein Thema, das diesen Umstand betraf. Es verging kaum ein Tag, an dem nicht mindestens eine Schwangere zu uns raufgekeucht kam. Vier Stockwerke in diesem bedauernswerten Zustand, eine Zumutung. Tanja kochte ihnen Fencheltee und ließ sie einen mordsmäßigen Fragebogen ausfüllen.

Nach der Abfuhr, die sie von Carlo erhalten hatte, war sie eine Weile ziemlich reserviert gewesen. Ich tat alles, um den Adventsfrieden zu wahren, was sie weidlich ausnutzte:

»Eva, sei ein Schatz, lauf und hol noch rasch die Wäsche vom Salon ab. Ich brauche dringend die schwarze Hose für heute abend.«

Dabei hatte ich den Berg schon allein hingebracht! Aber was soll's, ging ich eben.

»Ach Eva, könntest du mal ein paar Kohlen raufholen, ich hab gerade so furchtbar viel zu tun.«

»Okay, ich gehe. Auch wenn es schon das dritte Mal ist diese Woche.«

»Geh ein viertes Mal, und du wirst heiliggesprochen!«

Und Eva ging, bewaffnet mit zwei Eimern, Handschuhen und Taschenlampe.

Noch immer fürchtete ich mich halb zu Tode in diesem engen, feuchten Kohlenkeller. Das ohnehin zu schwache Licht ging automatisch aus. Man konnte nur nicht ahnen, wann. Je nach Lust und Laune brannte es fünf Minuten oder zehn Sekunden. Die ersten Male hatte ich keine Taschenlampe mit. Als das Licht ausging, war es dermaßen dunkel, eine solche greifbare Dunkelheit hatte ich noch nie erlebt. Dazu kamen der feuchte, moderige Geruch, der unebene, zum Stolpern einladende Boden und die Katzen, die sich bevorzugt in diesem Kellerloch herumtrieben. Sie konnten einen erschrecken, daß einem glatt das Blut gefror. Plötzlich sprangen sie von irgendwo runter, stießen schreckliche Laute aus oder, das war am grausigsten, sie berührten einen im Vorbeihuschen, ohne daß man sie vorher hatte wahrnehmen können.

Dies alles war besonders angenehm, wenn man unerwartet im Finstern dastand und sich die paar Meter bis zu dem verflixten launischen Lichtschalter in absoluter Schwärze vortasten mußte. Die Taschenlampe bewahrte mich inzwischen vor diesem ohnmächtigen Gefühl totaler Hilflosigkeit, und ich tröstete mich mit der Theorie: Wo so viele Katzen sind, da können wenigstens keine Ratten sein.

Nach dem Kohlenkeller war der schier endlose Weg nach oben, mit zwei übervollen Kohleeimern, die einem die Arme wie Kaugummi in die Länge zogen, das reinste Pläsier. Tanja wußte schon, warum sie sich, so oft es ging, um dieses Vergnügen drückte.

Ich half ihr beim Backen ihrer Öko-Plätzchen, was sie endgültig wieder versöhnlicher stimmte. Die meisten würde sowieso ich vertilgen, denn sie mußte ja auf ihr konstantes Gewicht achten, soweit man bei diesem ausgezehrten Körper überhaupt von Gewicht sprechen konnte. Manchmal fragte ich mich, wie ihre Organe überhaupt genügend Platz fanden.

Übermütig schlug ich vor, ein Blech Plätzchen mit Shit zu backen, das würde garantiert jede Adventsfeier beleben, aber damit hatte ich mich schon wieder zu weit aus dem Fenster gelehnt.

»Das ist verantwortungslos und kindisch. Außerdem ist Kiffen völlig out. Wir leben nicht mehr in seligen Flower-Power-Zeiten. Aber vielleicht hat sich das noch nicht bis zu euch rumgesprochen.« Mit »euch« meinte sie Sabine und Mick, die sie absolut nicht mochte.

»So? Was ist dann jetzt in?« fragte ich in aller Unschuld.

»Du könntest dir das Rauchen abgewöhnen, damit lägst du voll im Trend. In den USA laufen schon knallharte Nichtraucherkampagnen, die sind dort nicht so lasch wie bei uns. Da kriegt man als Raucher kaum noch einen anständigen Platz im Lokal.« Ein geschicktes Ablenkungsmanöver, das mußte selbst ich anerkennen.

»Aber du rauchst doch selber«, wandte ich ein.

»Ich bin dabei, es einzuschränken.«

Das waren Zukunftsaussichten, wie sie bedrohlicher nicht hätten sein können. Nichts ist so unausstehlich wie ein Mensch, der sich das Rauchen abgewöhnt. Höchstens noch ein Fotomodell auf Dauerdiät.

»Von mir aus, dann hör ich eben auf. Ich muß nicht unbedingt rauchen. Wenn's sein muß, kann ich damit Schluß machen, jederzeit«, tönte ich mutig. Die Idee war gar nicht so übel. Sabines und Micks Kettenraucherei veranlaßte mich seltsamerweise mehr und mehr dazu, mich von der Sucht abzukehren. Ich wollte niemals so abstoßend nikotinabhängig sein wie die beiden. Außerdem bekam man davon früher Falten. Vielleicht ließe sich durch sofortiges Rauchstopp das Verfallsdatum geringfügig hinauszögern.

»Also hören wir im neuen Jahr das Rauchen auf.« Tanja ergriff die Gelegenheit. Mist, es war ihr tatsächlich ernst damit!

»Gut, abgemacht«, sagte ich. »Auf den Schreck muß ich mir jetzt erst mal eine anzünden.«

Am nächsten Morgen ereilte mich ein lang ersehnter Anruf. Der Computer war da, der Typ wollte ihn am Nachmittag vorbeibringen. Ich konnte es kaum erwarten.

Ein junger Mensch mit einem Ohrring schleppte zwei Pakete herauf. Ich half ihm beim Auspacken, und er setzte die Maschine unter meinen Argusaugen in Betrieb. Nach einer knappen Stunde meinte er, jetzt müsse alles funktionieren.

»Und der ist wirklich für Sie?« fragte er zweifelnd. Es kam mir komisch vor, von einem Gleichaltrigen gesiezt zu werden.

»Na klar«, sagte ich kurz angebunden, »für wen denn sonst?«

»Nichts für ungut. Es ist nur selten, daß sich Frauen für Computer interessieren«, erklärte er verlegen lächelnd.

»Ja, es gibt immer welche, die aus der Art schlagen«, bemerkte ich gutgelaunt. »Im übrigen soll es auch Männer geben, die bei Software an seidene Unterwäsche denken.« Das gefiel ihm, er lachte laut. Die Neugier trieb Tanja aus ihren Gemächern.

»Was ist denn das für ein Teil?« fragte sie mißtrauisch.

»Das ist mein Computer.«

»Und was machst du mit dem?« wollte Tanja wissen.

»Ach so einiges«, warf ich lässig hin, »zum Beispiel könnte ich dir bei der Auswertung deiner Fragebögen helfen...«

»Das ist ja interessant. Das könntest du tatsächlich?« Sie pirschte sich etwas näher heran. »Stimmt, du hast ja so was Komisches studiert.«

»Wenn du willst, geb ich dir einen kleinen Einführungslehrgang, sobald ich selber durchblicke«, erklärte ich gönnerhaft.

Der Typ grinste noch immer: »Na, dann wünsche ich den Damen viel Spaß damit. Und wenn Sie Fragen haben, rufen Sie mich ruhig an.«

»Danke. Es wird schon hinhauen.« Der traute mir immer noch nicht ganz. Arroganter Macho! Leidet wahrscheinlich im Unterbewußtsein an seinen tief verwurzelten, antiquierten Rollenbildern, diagnostizierte ich messerscharf. Ein hoffnungsloser Fall.

»Wiedersehen, die Damen!« Fort war er.

Von Stund an ward ich nur noch auf dem Weg zur Verrichtung der Notdurft sowie zu hastigen, kargen Mahlzeiten außerhalb meines Zimmers gesehen.

Über Weihnachten fuhr ich zu meiner Familie. Meine Eltern wären sicher über die Maßen erzürnt gewesen, wenn ich mich nicht hätte blicken lassen. Und im geheimen freute ich mich sogar auf das Fest, es war trotz des vorhergehenden Rummels noch immer etwas Besonderes. Die ersten Tage verbrachte ich größtenteils damit, Ski zu laufen, nicht zu rauchen und besorgte Fragen zu beantworten. Für manche Leute schien es an ein Wunder zu grenzen, daß ich drei Monate Berlin an Leib und Seele unbeschadet überlebt hatte.

Das Nichtrauchen erforderte stärkste Willenskraft. Aber ich wollte Tanja den Triumph auf keinen Fall gönnen. Außerdem sah ich meinen Kampf gegen die Zigaretten in direktem Zusammenhang mit Alex. Sollte ich genug innere Stärke aufbringen, das Rauchen aufzugeben, so würde ich es auch schaffen, Alex endlich zu vergessen. Die Bedenken meiner Angehö-

rigen hatte ich nach abendfüllenden Diskussionen einigermaßen zerstreuen können, nur meine Mutter fing nach ein paar
Tagen noch mal an:

»Habt ihr's denn auch warm in eurer Wohnung?«

»Klar, jedes Zimmer hat einen Ofen.«

»Wie ist deine Mitbewohnerin, kommt ihr gut aus?«

»Ja, blendend. Sie hat immer viel zu tun.«

»Was macht deine Arbeit, kommst du voran?« Welche Arbeit? Ach so, die leidige Diplomarbeit.

»Prima, seit ich den Computer habe, geht das irre flott.«

Sie bügelte eine Bluse von mir, die ich nie anzog, dann ging
es weiter:

»Ich kann mir gut vorstellen, wie ihr da haust. Es wird aussehen wie in einer Hasch-Höhle!« Woher wußte sie, wie es in
einer Hasch-Höhle, was immer das sein sollte, aussah?

»Aber nein«, lächelte ich beruhigend, »Tanja ist die Ordnung in Person. Wir machen jede Woche sauber und rauchen
kein Haschisch.«

Nur Hasch-Höhlen sind schlampig, Koks-Salons sind tipp-
topp aufgeräumt.

»Immer wieder hört man, wie schlimm es in Berlin zugeht,
mit dem Rauschgift und so.«

»Ich bin aus dem Alter raus, in dem man auf so was rein-
fällt.«

Für sie waren Haschisch, Kokain und Heroin ein und dasselbe, nämlich Rauschgift.

»Hoffentlich.«

»Außerdem, schau, jetzt höre ich sogar das Rauchen auf, was
willst du noch mehr?«

»Abwarten, wie lange du das durchhältst«, meinte sie skeptisch und war schon bei einem anderen Thema:

»Dieser Frauenkurs, von dem du da erzählt hast, worum
geht es da?«

»Um Hausarbeit.« Das brachte mir einen erstaunten Blick
ein.

»Klingt ja ganz vernünftig. Es ist bestimmt kein Schaden,
wenn ihr studierten Damen auch ein bißchen was übers Kochen lernt.«

Als die Feiertage um waren, ließen sich ein paar Verabredungen nicht umgehen, zudem wollte ich gerne einige Leute wiedersehen. Mit Max traf ich mich im Weinlokal. Einen Besuch dort erforderte der Anstand, auch wenn das brandgefährliches Terrain war. Ich befürchtete, wenn ich Alex wiedersähe, wäre es um das Stückchen mühsam errungener Distanz hoffnungslos geschehen. Außerdem war da immer noch die Sache mit dem Auto. Nachtragend war er zwar noch nie gewesen, das mußte ich zugeben. Er hatte meine Temperamentsausbrüche stets toleriert, aber diesmal war ich vielleicht eine Spur zu weit gegangen, ich war mir da nicht ganz sicher.

Wir süffelten, und ich erzählte und erzählte. Max lauschte amüsiert und sagte nicht viel, wie immer. In Wirklichkeit redete ich völlig an ihm vorbei, denn zwei Tische weiter saß er, umringt von seinen Genossen. Sein Anblick hatte mich gleich beim Eintreten elektrisiert, beim Weintrinken hatte ich Mühe, nicht wie ein Aal zu zittern. Zwanghaft mußte ich immer wieder rüberschauen. Ab und zu guckte er zurück, einmal lächelte er sogar.

»Willst du Alex nicht begrüßen?« meinte Max nach einer Weile verwundert.

»Der soll ruhig herkommen, wenn er was will«, brummte ich gelassen, aber die Versuchung war groß. Nach einer halben Stunde kam er an unseren Tisch geschlendert und begann eine artige Konversation, wie es mir ginge, blablabla. Ich berichtete knapp, aber in rosigsten Farben über mein neues Leben. Mein Puls raste dazu. Alex gab den Kleinstadtklatsch der letzten drei Monate von sich, den ich schon von Max kannte. Nichts Weltbewegendes war passiert, womit ich gerechnet hatte. Ich verkniff mir die Frage nach seiner Familie. Von dem verbrannten Auto war nicht die Rede, auch nicht, als Max taktvollerweise für ein Viertelstündchen unseren Tisch verließ.

Alex verbreitete sich gelassen über Gott und die Welt und wurde nicht die Spur persönlich. Was hätte ich drum gegeben, wenigstens ein »Ich vermisse dich sehr« oder so was in der Richtung zu hören. Aber er sagte nichts dergleichen, und ich mußte ihn immer nur anschauen.

Wie, um alles in der Welt, hatte ich diesen Mann aufgeben können? Vielleicht hätte ich nur noch eine kleine Weile weiterkämpfen müssen... Reiß dich gefälligst zusammen, befahl ich mir. Dummes Huhn! Du bist schon wieder soweit, daß er bloß mit dem Finger zu schnippen bräuchte, und du würdest alles hinschmeißen!

Aber Alex schnippte nicht. Ziemlich abrupt verabschiedete er sich auf einmal mit einem lapidaren »Vielleicht sehen wir uns noch mal« und schlüpfte in den schützenden Kreis seiner Freunde zurück. Das war's dann.

Die zwei Abende vor meiner Abreise verbrachte ich wie so manche früher: Ich klapperte im Auto meines Vaters die Parkplätze sämtlicher Kneipen ab, auf der Suche nach seinem Wagen, um ein »zufälliges« Treffen herbeizuführen. Ich haßte mich dafür.

An den einschlägigen Plätzen fand ich sein Auto nicht. Es stand vor seinem hell erleuchteten Haus, an dem ich immer wieder langsam vorbeifuhr. Das Haus strahlte wohlige, beschauliche Festtagsgeborgenheit aus. Ein Nordmanntännchen mit Lichterkette funzelte im Garten vor sich hin. Was hatte ich hier bloß verloren?

Ich machte mich davon, ehe ich noch bemerkt wurde. Wie eine Diebin kam ich mir vor.

Der Januar war naturgemäß noch kälter als die Vormonate. Ein erbarmungsloser Ostwind fegte durch die Häuserschluchten. Den Landwehrkanal überzog eine dünne Eisdecke, die fahle Sonne konnte den Reif nicht von den kahlen Ästen lösen. Eine Schar Enten drängelte sich auf einer winzigen verbliebenen Wasserfläche. Ich fütterte sie mit patzigem Vollkornbrot aus dem Bioladen.

Ich war dem dringenden Gefühl, etwas frische Luft schnappen zu müssen, gefolgt und stand nun dick vermummt am Ufer im ausgestorbenen Park. Nicht mal die jugendlichen Schnüffler, die sonst immer hier saßen, um sich Pattex und ähnliches Giftzeug reinzuziehen, waren da. Die Wachtürme standen hoch und schweigend, alles war wie erstarrt, nur der Rauch aus den Kaminen stieg unablässig in den trüben Himmel. Eine

Ente machte laut »hahahaha«. Wenn das Wetter sich nicht bald änderte, gab es sicher demnächst Smogalarm.

Tanja weilte in südlichen Gefilden, um sich vor der tiefblauen karibischen See und dem malerischen Background ärmlicher Hütten und zerlumpter Menschen im Bikini der kommenden Saison vor der Kamera zu räkeln.

Noch immer krankte ich an den Nachwehen meines Weihnachtsbesuches. Die Begegnung mit Alex hatte mich in meinen Unabhängigkeitsbestrebungen wieder genau an den Start zurückgeworfen. Wie beim Monopoly. Gehe zurück auf Los.

Ich ließ mich hemmungslos treiben und schaukelte mich in eine melancholische Stimmung hinein. Dabei gab es keinen besonderen Grund, dies gerade jetzt und hier zu tun, aber man kann sich an seiner Traurigkeit auch grundlos erfreuen.

Warum war er jetzt nicht hier? So allein, wie ich mich fühlte, hätte ich ihn dringender denn je gebraucht. Alles hätte ich ihm verziehen, wenn er nur da gewesen wäre. Wieso hörte er meinen Notruf nicht, konnte er nicht wenigstens dies eine Mal meine Gedanken lesen, sich ins Flugzeug setzen und bei mir sein?

Dieses Stimmungstief war mir unverständlich. Soeben hatte ich eine Sammlung Kurzgeschichten versandreif zusammengestellt, eigentlich war das doch ein Anlaß, um erfreut aufzuatmen. Aber ich empfand nur Leere und Sinnlosigkeit.

Jetzt lief ich also hier vor der Mauer herum und heulte. Was hatte ich überhaupt in dieser Riesenstadt zu suchen, wo ich die meiste Zeit nur allein war? Wieder lachte eine Ente laut und dreckig »hahaha«. Mistviecher, euch werd ich noch mal füttern! Ah, ich tat mir so richtig schön leid.

Es wurde langsam zu kalt, um draußen zu trauern, also ging ich nach Hause und leistete mir eine mittelschwere Orgie des Selbstmitleids. Ich vergrub den Kopf in jenem blauen Pullover. Dieser Duft gab mir den Rest. Dazu hörte ich »So far away from you« von der Dire-Straits-LP, ein Geschenk von Alex, und starrte durch Tränenschleier auf das einzige Foto von ihm, das ich besaß. Auf dem Bild trug er den blauen Pullover und lächelte verhalten. Ich trauerte um ihn, als wäre er tot, aber für mich war er das ja auch.

Zusammengekauert und schlotternd hockte ich vor dem warmen Ofen und heulte und heulte. Um das Maß voll zu machen, legte ich nach einer Weile Ludwig Hirsch auf. Wer sich in einem solchen Zustand beim Anhören dieser Platte nicht aufhängt, besitzt ein bemerkenswertes Durchhaltevermögen.

Es war schrecklich. Entwürdigend geradezu. Zum Glück sah mich niemand.

Wie lange ich so rumsaß, weiß kein Mensch, aber auf einmal kriegte ich irgendwie Hunger.

»Was hängst du hier herum und plärrst einem Mannsbild hinterher, das dich gar nicht verdient?« sagte ich halblaut zu mir und ermahnte mich in Gedanken: So geht das nicht weiter. Etwas mehr Haltung bitte! Du führst dich auf wie eine hysterische Gans. Das hast du nicht nötig. Die Sache ist aus und vorbei, sieh das endlich ein. Und obendrein gilt es zu bedenken, daß er nicht der einzige Mann auf der Welt ist.

Ich schneuzte. Zwei Packungen Tempos hatten schon dran glauben müssen. Ich legte die Talking Heads auf und schneuzte nochmals. Dann nahm ich Pullover, Foto und die verrotzten Tempos, schniefte, öffnete die Ofentür und stopfte alles in die leuchtend rote Glut. Ein paar Holzscheite warf ich hinterher, damit's richtig schön loderte. Fasziniert beobachtete ich Alex' symbolische Hinrichtung durch die offene Ofentüre. Rauch drang ins Zimmer, der Pullover stank. Dabei war er doch aus Kaschmir.

Ich schloß die Klappe und merkte, daß mein Magen inzwischen laut knurrte. Immer noch schniefend begab ich mich in die Küche und inspizierte die Vorräte. Sie reichten aus für Tortellini mit Kräuter-Sahnesoße und Burgundersalat. Mit verbissener Hingabe kochte ich mir ein einsames, festliches Mahl, während drüben die Verbrennung vonstatten ging. Ich deckte den Tisch sorgfältig und stellte sogar eine Kerze drauf. Dann speiste ich mit dem Hunger der Verzweiflung. Dazu soff ich eine ganze Flasche Chianti. Vom Pullover war inzwischen nichts mehr übrig, nur noch graue Asche. Eine einzige Frage beschäftigte mich jetzt noch: Was taten eigentlich Frauen in meiner Lage, die nur Zentralheizung hatten?

Die folgenden Wochen führte ich ein recht ruhiges Leben. Abends fiel es mir schwer, mich zum Ausgehen aufzuraffen. Draußen war es so dunkel und kalt. Also blieb ich zu Hause, schrieb endlich mal an meiner Diplomarbeit oder hockte vor der Glotze. Das Nichtrauchen hatte ich bis jetzt durchgehalten. Tanja übrigens auch, was ich ihr gar nicht zugetraut hätte, doch das beruhte auf Gegenseitigkeit. Wir belauerten uns wie die Raubtiere, um ja mitzukriegen, welche von uns als erste das Handtuch warf.

Sabine traf ich jede Woche in unserem Emanzenkurs. Wir bekamen eine Zwei für unser Referat. Das Thema lautete »Bedeutung und Maßstab von Sauberkeit und Körperhygiene in einer Beziehung« oder so ähnlich. Schon nach kurzer Zeit artete das Ganze in eine leidenschaftliche, uferlose Diskussion aus, in deren Verlauf weder Sabine noch ich zu Wort kamen. Aber es kamen Dinge zutage! Die meisten Männer waren anscheinend richtige Saubären. Kaum lebten sie länger mit einer Frau zusammen, hielten sie es anscheinend nicht mehr für nötig, sich regelmäßig zu waschen und ihre Klamotten zu wechseln.

Von Mick sah ich wenig, er verzog sich oft tagelang in sein »Atelier«. Sabine und ich gingen ab und zu ins Kino oder verkehrten in sogenannten Szene-Treffs mit spartanischer Einrichtung und ohrenbetäubender Musik.

Carlo meldete sich von Zeit zu Zeit telefonisch, offenbar hatte er wirklich viel zu tun. Die Angelegenheit mit ihm schleppte sich zäh dahin. Manchmal überlegte ich, ob ich vielleicht in Carlo verliebt war, und falls nicht, ob ich mich in ihn verlieben sollte. Aber bis jetzt hatte mich die Liebe oder das, was ich dafür gehalten hatte, immer wie ein Blitzschlag getroffen, heftig und unverkennbar. Also konnte das mit Carlo nichts von Bedeutung sein. Wer kann sich schon auf Befehl verlieben? Er war einfach ein guter Kumpel, so wie Max oder Micha.

Du mußt aufpassen, sagte ich mir, daß du nicht auf den erstbesten reinfällst, nur weil du einen Alex-Ersatz suchst. Keine halbherzigen Affären bitte, das hast du nicht nötig. Und wenn, dann nur ein Verhältnis auf rein sexueller Basis, so wie das mit Ed. Aber dazu schien mir Carlo nicht der Typ zu sein. Sex und Freundschaft, das paßt nicht gut zusammen, also lassen wir das mit dem Sex bei Carlo lieber, beschloß ich.

So manchen Abend verbrachte ich bei Boris und Jean-Claude. Nachdem mir aufgefallen war, daß die beiden fast immer nur belegte Brote aßen, hatte ich angeboten, ab und zu für uns drei zu kochen.

Mit Tanja machte das Kochen und Essen keinen Spaß. Erstens war sie nicht gerade umgänglicher geworden, seit sie nicht mehr rauchte, und ich ging ihr tunlichst aus dem Weg. Zweitens litt sie sage und schreibe an Gewichtsproblemen. Sie war zwar nach wie vor zaundürr, hatte aber angeblich seit ihrem Karibik-Trip zwei Kilo zugenommen. Mir war schleierhaft, wo.

Das Problem war, sie stand mit achtundfünfzig Kilo und einsachtzig Körpergröße im Katalog der Agentur. Wenn ihre enorme Gewichtszunahme ruchbar würde, gäb's Ärger, es sei denn, sie würde gleichzeitig ein bißchen wachsen. Sie fing bereits an, ihre Mahlzeiten heimlich wieder auszukotzen. Für eine leidenschaftliche Esserin wie mich war das der Gipfel der Perversion.

Ich erklärte Boris, daß ich gerne koche, wenn die Leute auch gerne essen. Das taten sie beide. Die Koch- und Freßorgien fanden immer in ihrer Wohnung statt, schon wegen der grantigen Tanja. Jean-Claude war mein Zauberlehrling, er war für die niederen Arbeiten zuständig.

Häufig ertappte ich mich, wie ich ihn verstohlen beobachtete, als wäre er ein Maikäfer in einem Schuhkarton. Man könnte das Interesse schon als wissenschaftlich bezeichnen, das mich zu ihm hinzog. Wie fühlt, denkt, lebt ein Mensch, der den nahen Tod vor Augen hat? Ich schämte mich meiner Pietätlosigkeit, aber gleichzeitig fesselte mich dieser Gedanke auf makabre Weise. Dabei mochte ich den Typen mit seinem Sprachtick wirklich. Ich wollte gar nicht dran denken, was sein würde wenn... Aber es war ihm kaum was anzumerken, und so vermied ich es sorgfältig, in Gegenwart der beiden über Krankheiten, Tod oder gar Aids zu sprechen.

Offenbar ging es Jean-Claude gesundheitlich noch nicht

schlecht. Das einzige, was mir auffiel, war, daß er kaum Alkohol trank. Eigentlich wirkte er sogar recht ausgeglichen. Lediglich wenn Boris ihn bemutterte, reagierte er brummig.

Ich war mir fast sicher, daß die beiden längst wußten, daß ich es wußte. So feige dieses Versteckspiel war, es war mir irgendwie trotzdem lieber. Ich zerbrach mir nämlich häufig den Kopf darüber, wie man reagiert, wenn einem jemand unverblümt ins Gesicht sagt, daß er Aids hat.

Eines Abends rief mich der Mensch an, der mir den Computer gebracht hatte, und fragte, wie ich damit zurechtkäme. Gehörte das bei denen zum Kundenservice? Ich versicherte ihm, alles sei in bester Ordnung, er brauche sich da gar keine Sorgen zu machen. Deswegen rufe er auch nicht an, meinte er, er wolle mir ein Angebot machen. Diese Worte kamen mir irgendwie bekannt vor, und ich fragte mißtrauisch, was es denn gäbe.

»Die Sache ist die«, begann er, »mein Boß und ich vertreiben auch Software, die wir selber geschrieben haben. Das Geschäft läuft ganz gut, und wir haben inzwischen gar nicht mehr genug Zeit, allen Kunden das Programm genau vorzuführen. Wir suchen Leute, die das für uns übernehmen könnten.«

»Und wieso gerade ich?«

»Eine Frau macht sich besonders gut bei so was.«

»Aha. So nach dem Motto, wenn sogar eine Frau das kann, kann es ja wohl nicht so schwer sein.«

»Nein, so war das natürlich nicht gemeint. Es handelt sich um Programme für Ärzte. Zur Abwicklung ihrer Abrechnung mit Patienten und Krankenkassen.«

Ärzte!

»Was zahlt ihr denn dafür?«

»Wir dachten so an fünfzig Mark für eine Präsentation. Dauert 'ne gute Stunde.«

»Erfolgsunabhängig?«

»Selbstverständlich. Ich könnte mal mit dem Boß reden, vielleicht ließe er noch eine Provision bei Geschäftsabschluß springen. Am besten, er ruft Sie selber an, dann können Sie die Details klären. Aber grundsätzlich wären Sie bereit?«

»Hm. Mal sehen. Kommt auf die Bedingungen an.«

»Na gut. Wäre schön, Sie in unserem Team zu haben. Überlegen Sie sich's.«

»Mach ich. Wiedersehen.«

Vierundzwanzig Stunden später rief tatsächlich ein Herr Vogel an. Er begann mit sechzig Mark für die Vorführung und zwei Prozent Erfolgsprovision, und wir wurden bei siebzig Mark und zweieinhalb Prozent einig.

Ich versprach, noch in dieser Woche vorbeizukommen.

»Freut mich. Sie ruinieren mich zwar, aber was soll's.« Ich legte auf und hüpfte vor Vergnügen.

Das war ein echter Glücksfall in finanzieller Hinsicht. Manchmal kann man so ein Studium tatsächlich zu was gebrauchen, stellte ich triumphierend fest. Mein Behördenjob würde im April sicher nicht nochmals verlängert werden. Da gab es irgendeine idiotische Vorschrift, die es nicht zuließ, Aushilfskräfte monatelang am Stück zu beschäftigen.

Um diese neue Erwerbsquelle gebührend zu feiern, lud ich Sabine und Mick zum Essen zu mir ein. Natürlich auch Tanja, aber wie immer, wenn ich irgend etwas mit ihr zusammen vorhatte, hieß es:

»Ich weiß noch nicht, ob ich Zeit habe.«

Sie mochte meine Freunde nicht. Sie waren ihr zu wenig intellektuell und zu kindisch. Die Aversion beruhte auf Gegenseitigkeit, aber für einen Abend würden sie sich ja wohl mal zusammenreißen können.

Thymian- und Knoblauchdüfte durchzogen die Wohnung schon seit Stunden, so ein Fond braucht seine Zeit, um einzuköcheln. Die Lammkeule hatte mir die Türkin aus dem Laden um die Ecke organisiert.

Ein Wunder geschah, Tanja nahm tatsächlich an unserem Essen teil, wenn auch nur mit einer Portion, groß genug für einen Kanarienvogel. Sie entschuldigte sich aber gleich hinterher, sie habe noch in ihrem Zimmer zu tun. Darüber war keiner von uns traurig.

Als sie aufstand, zwinkerte ich Mick zu. In dem infantilen Übermut, den uns gewisse Leute nachsagten, hatten wir eine kleine Gemeinheit vorbereitet. Tanja war kaum draußen, als mich Mick laut und deutlich aufforderte:

»Los, rück das Pulver raus, Eva. Nach so einem Essen brauche ich was für meine Nase.«

Während ich eine kleine Silberdose hervorzauberte, horchte ich angestrengt auf das Zuschnappen von Tanjas Zimmertür. Sie klemmte ein bißchen, man hätte das hören müssen. Aber nichts tat sich.

»Brauchst du ein Röhrchen zum Schnupfen?« fragte ich Mick laut und überdeutlich.

»Nein, danke, ich schaff das so.«

»Paß aber auf, das Zeug ist rar.«

Ich wettete mit mir selbst, daß Tanjas Pupille jetzt am Schlüsselloch klebte.

»Du auch?« fragte ich Sabine.

»Aber sicher«, grinste sie. Hoffentlich konnten die zwei sich beherrschen.

Jeder von uns nahm eine Prise des weißen Pulvers aus dem Döschen, gab es vorsichtig auf den Handrücken und schnupfte es hörbar durch die Nase.

»Aah, köstlich!« strahlte Mick.

»Nimmst du das jetzt regelmäßig?« fragte Sabine krampfhaft bemüht, nicht zur Tür zu schielen. Sie lachte schon eine Spur zuviel.

»Ja, es ist eine üble Angewohnheit, aber jetzt, wo ich nicht mehr rauche...«, sagte ich vernehmlich und äugte meinerseits gespannt zur Tür. Nichts regte sich.

Nach einigen »Ahs« und »Ohs« wandten wir uns wieder unverfänglicheren Themen zu. Nur nicht zu auffällig vorgehen. Die Dose blieb auf dem Tisch, für alle Fälle.

Es war mir klar, lange hielt Tanja das nicht aus. Unter dem Vorwand, sich was zum Trinken holen zu müssen, kam sie hereingeschossen. Verdächtig schnell fiel ihr Blick auf das Döschen. Anklagend wie ein Inquisitor fixierte sie jeden von uns.

»Was macht ihr da?« Ihr Blick saugte sich an der offenen Silberdose fest. Das war verständlich. Unterstellte man, daß tatsächlich das drin war, was Tanja glaubte, dann lag eine annähernd vierstellige Summe in Pulverform auf dem Küchentisch.

»Wir schnupfen«, antwortete ich leichthin. Ausgerechnet jetzt mußte Sabine niesen.

»Willst du auch mal?« fragte Mick einladend und schob ihr die Dose rüber. »Ich darf doch, Eva«, nickte er scheinheilig zu mir rüber.

»Aber sicher doch. So lange der Vorrat reicht. Nur zu.«

Sie sah uns der Reihe nach irritiert an.

»Was ist das für Zeug? Wo habt ihr das her?«

»Von meinem Vater«, antwortete ich. Das war die schonungslose Wahrheit.

»Du spinnst wohl!« Sie funkelte mich wütend an. »Willst du behaupten, dein Vater schickt dir das Zeug einfach so mit der Post? Laß dir was Besseres einfallen!«

Daß sie so einfach anbiß, hätte ich nicht zu träumen gewagt.

»Tja, wenn du mir nicht glaubst...« Ich zog eine Schnute. Sabine war schon ganz rot im Gesicht.

»Aber probier doch wenigstens mal«, forderte ich sie lächelnd auf.

Man konnte ihr ansehen, wie sie mit sich kämpfte. Aber dann schienen ihr doch Zweifel zu kommen.

»Das ist doch kein Koks, oder? Ihr wollt mich doch verarschen.«

»Natürlich ist das kein Koks«, gab ich empört zurück, »es ist was völlig anderes. Na los, nimm schon!«

Ich nahm etwas Pulver zwischen zwei Finger und hielt es ihr rüber. Dabei fiel natürlich ein Teil auf die Tischdecke. Ich wischte achtlos mit dem Ärmel drüber. Als alte Kokserin konnte Tanja kaum ertragen, sehen zu müssen, wie ich mit dem Zeug, was immer es war, herumsaute. Automatisch streckte sie mir ihre Hand entgegen, und ich plazierte ein Häufchen auf ihrem Handrücken.

»Was ist es denn? Crack?«

»Probier's!«

»Habt ihr kein Röhrchen?«

»Nee, nimm's so. Ist ja genug da«, meinte ich gönnerhaft.

Das gab's doch nicht! Spätestens jetzt hätte sie doch was merken müssen. Sabine und Mick kicherten haltlos. Tanja zog die ganze Ladung auf einmal hoch. Sofort begann ihr linkes Auge zu tränen. Es war eine anständige Portion gewesen, und das Zeug war höllisch scharf.

»Verflucht! Wollt ihr mich umbringen?« Sie rieb sich das Auge und japste nach Luft. »Was ist das?«

»Na, was wird's schon sein«, brummte ich. »Schnupftabak. Was dachtest du denn?«

»Der ist doch braun!« preßte sie unter Tränen hervor. Keine Ahnung, diese Nichtbayern.

»Nicht unbedingt. Es gibt auch weißen. Der ist etwas intensiver.«

»Ich merk's.«

»Tut gut, was? Willst du noch mal, fürs andere Nasenloch?«

»Nein, danke, ich will mich nicht vergiften.«

Sie nieste ein paarmal, sah uns wütend an und zischte im Hinausgehen:

»Mein Gott, seid ihr kindisch!«

Es wurde ganz zögernd wärmer, und Sabine und ich nahmen unsere nächtlichen Pirschgänge durch die Szene wieder auf. Mick war immer seltener dabei, und Sabine begann, sich bei mir über ihn zu beklagen. Er sei ein Stubenhocker, eifersüchtig, besitzergreifend und teile ihre Interessen nicht.

»Nicht mal auf die Anti-Reagan-Demo wollte er mitgehen! Er ist überhaupt völlig desinteressiert an allem, außer an seinen Scheißbildern.«

»Schließlich will er diese Aufnahmeprüfung bestehen«, verteidigte ich ihn. »Und seine Bilder sind nicht Scheiße.«

»Mag sein. Aber manchmal geht er mir dermaßen auf den Zeiger! Du solltest mal sehen, wie schlampig der ist. Alles läßt er überall rumliegen, bis ich es aufräume.«

»Du willst mir doch nicht erzählen, daß dich solche Lappalien stören!«

Ich mochte Mick. Sein Pech war, daß Sabine mit ihren einundzwanzig Jahren noch nicht wissen konnte, daß sie beim Rest der Männerwelt überhaupt nichts versäumte.

»Am liebsten würde ich ausziehen«, sagte Sabine.

»Das würde ich mir überlegen«, riet ich ihr. »Und eins kannst du mir glauben, so was wie Mick findest du so leicht nicht mehr. Schau dich doch mal um, was für Schrott rumläuft!«

Jetzt streiften wir schon fast ein halbes Jahr durch den Großstadtdschungel, und ich hatte noch nicht einen einzigen tollen Mann aufgerissen.

Wir ließen das Thema für den Abend fallen, aber ich hatte kein gutes Gefühl, was die beiden anging.

Und prompt zwei Wochen später wollte Sabine mit aller Gewalt mit mir ins Blue Note gehen, obwohl ich in dem Moment keine sonderliche Lust auf überlaute Musik hatte. Aber sie drängte darauf, und so zottelte ich halt mit. Da hing ein smarter Typ herum, so um Mitte Dreißig. Er begrüßte Sabine mit Küßchen und wurde mir als Erik vorgestellt. Er war der Boß dieser Agentur, bei der Sabine jobbte. Ich sah Erik und sah Sabine und wußte sofort, was Sache war.

Er sah aus, als sei er einem Bacardi-Werbespot entsprungen. Solarium- oder südseegebräunt, eine dieser protzigen, klobigen Uhren, deren Name mit »R« beginnt, am Handgelenk, immer einen coolen Spruch auf der Lippe, die Typen mag ich! Ich gestehe es nur ungern, aber er erinnerte mich ein klein wenig an Alex, aber nur ein ganz klein wenig. Alex hätte nie so eine scheußliche Uhr getragen.

Und wetten, er fährt 'nen Porsche, dachte ich boshaft.

»Was für ein Auto fährst du?«

»Golf Cabrio. Warum?«

»Ach, nur so.«

Sabine schien von ihm tief beeindruckt. Armer Mick. Ob er es wohl schon wußte? Das hohle Gefasel von dem Typ ging mir auf die Nerven, und ich gab einsilbige Antworten, als er eine Unterhaltung anleiern wollte. Daß ausgerechnet Sabine mir so einen Sunnyboy vorführen mußte.

Bald darauf verabschiedete ich mich ziemlich kurz angebunden. Meine Laune war hinüber, und ich fuhr nach Hause.

»Oh, daß du schon da bist? Eine Heike hat für dich angerufen«, teilte mir Tanja mit. Sie war seltsamerweise gar nicht

besonders sauer auf mich wegen der Sache mit dem Schnupftabak.

»Danke. Ich werd sie zurückrufen. Ist ja noch nicht spät.«

Auf solche Kleinigkeiten mußte man inzwischen achten. Ich
konnte eine angehende Karrierefrau nicht mehr so einfach
mitten in der Nacht rausklingeln.

Aber sicherlich würde mich ein Tratsch mit Heike aufmun-
tern.

»Was macht der Gebißreiniger?« fragte ich zur Begrüßung.

»Oh, wie schön, daß du noch anrufst«, freute sie sich. »Weißt
du, ich habe dir etwas Wichtiges zu erzählen, du sollst die erste
sein, die es erfährt.«

»Schon 'ne Gehaltserhöhung gekriegt?«

»Nein.« Pause.

»Na, rück schon raus.«

»Ich heirate!«

Das saß. Mir blieb beinahe die Luft weg.

»Ach du Scheiße!«

»Nein, nein, ich bin nicht schwanger, nicht daß du
denkst...«, mißverstand Heike meine unkontrollierte Bemerkung. »Rolf und ich heiraten aus Liebe, sozusagen.« Sie räusperte sich verlegen.

»So mit Kirche und weißem Kleidchen?« fragte ich sarkastisch.

»Ja, wenn schon, dann richtig.« Ich sah sie deutlich vor mir,
Heike im Brautkleid, eine Horrorvision.

»Na dann, herzlichen Glückwunsch!« preßte ich mühsam
hervor.

»Danke. Aber sehr erfreut klingt das nicht!«

»Doch, doch, ich kann's nur nicht so zeigen«, versicherte ich
eiligst.

Mir fiel so allerlei dazu ein. Aber sparte mir das. Offensichtlich kam jede Hilfe zu spät, und schließlich war sie ja alt genug,
ihr Leben selber zu verpfuschen. Es kam noch schlimmer:

»Ich hätte gerne, daß du meine Trauzeugin wirst.«

»Was, ich?!«

»Ja, du. Du bist doch meine beste Freundin, oder?«

»Doch, schon.«

»Na also.«

»Aber meine Einstellung zur Ehe ist nicht gerade die positivste, wie du sicher noch weißt. Außerdem kenne ich deinen, deinen…«, das Wort »Mann« wollte mir einfach nicht von der Zunge, »…Rolf ja gar nicht.«

»Das macht nichts. Du sollst ja *meine* Trauzeugin sein. Aber wenn du nicht willst…« Schon war sie eingeschnappt.

»Doch, doch. Entschuldige, aber das hat mich jetzt etwas überrumpelt!«

»Du kannst es dir ja noch überlegen. Aber ich würde mich freuen.«

»Kann ich so was überhaupt? Ich war schon jahrelang in keiner Kirche mehr.«

»Da ist nicht viel zu machen. Nur dastehen, 'nen soliden Eindruck machen und am Schluß unterschreiben.«

»Einen soliden Eindruck. Ich?«

»Das wirst du doch ausnahmsweise mal schaffen.«

»Wann soll die Fete denn steigen?« Vielleicht hatte ich ausgerechnet da gerade keine Zeit.

»So Ende Mai. Ganz genau wissen wir es noch nicht.« Mir fiel nichts ein, was mich Ende Mai ausreichend beschäftigen könnte, um ihr Ansinnen glaubhaft abzulehnen. Überdies fühlte ich mich auch ein wenig geschmeichelt, daß sie mich für dieses hohe Amt erwählt hatte.

»Den Schock muß ich jetzt erst mal verdauen.«

»Ja, tu das«, rief sie voller Elan. »Ich melde mich wieder. Tschühüs!«

»Tschüs«, murmelte ich und legte auf.

So was soll einen nicht umhauen. Die eine betrügt gerade ihren frischgebackenen Ehemann mit einem ausgemachten Unsympathen, die andere kann's nicht erwarten, sich ins Unglück zu stürzen. Und mittendrin ich – frustrierte Exgeliebte eines verheirateten Mannes.

»Täusche ich mich, oder starrst du mich schon den ganzen Abend an?« fragte ich Tanja.

»Ja, das stimmt«, gestand sie überraschenderweise sofort. »Ich überlege gerade, ob du dich dafür eignen würdest.«

»Wofür?«

»Meine Agentur vergibt einen Auftrag, Werbeaufnahmen. Ja...«, sie musterte mich wieder eingehend, »ich denke, du wärst der Typ dafür.«

»Werbefotos? Das ist nichts für mich.« Ich sah mich bereits vom Titelblatt der Cosmopolitan lächeln. »Du hast selber gesagt, ich wäre zu klein und zu fett dafür.«

»Es geht nicht um Mode.«

»Ach so. Um was dann?«

»Ein Medikament, glaube ich, oder irgendein Schlankheitsmittel, so genau weiß ich es auch nicht.« Sie sah mich immer noch prüfend an.

»Ich soll wohl als negatives Beispiel für ein Vorher-nachher-Foto herhalten? Nein, danke.« Von uns beiden besaß immer noch *ich* die normale Figur.

»Nein, um Gottes willen. Sei nicht gleich so empfindlich. Es ist nichts Derartiges. Was traust du mir zu? Sie suchen nur jemanden, der gesund und natürlich aussieht, und das tust du ja eigentlich. Wenn du nicht gerade am Vortag gesoffen hast.« Nonchalant überhörte ich diese Frechheit.

»Was muß ich da tun?«

»Das ist ganz easy. Du stehst da mit dem Löffel in der Hand und nimmst das Zeug, oder du lächelst glücklich, weil du drei Pfund abgenommen hast, irgend so was, keine große Sache.«

»Aha. Das klingt in der Tat einfach. Was zahlen die mir?«

»So zwischen hundert und zweihundert Mark, denke ich. Je nachdem, wie viele Fotos es sind und wie lang es dauert.«

»Aber du kriegst doch immer wesentlich mehr.«

»Erstens bin ich keine Anfängerin, außerdem ist mein Typ zur Zeit sehr gefragt. Und Modefotos sind was ganz anderes, da muß man schon ein bißchen mehr bringen.«

Jetzt wußte ich Bescheid. Sie grinste versöhnlich. »Aber für dich wäre das doch ein netter Job. Es dauert höchstens eine Stunde. Ich schätze, Frank nimmt dich im Studio auf. Soll ich ihn anrufen?«

Ich kannte diesen eingebildeten Fatzke flüchtig und mochte ihn nicht leiden. Aber das mußte ich ja nicht unbedingt.

»Von mir aus. Vielleicht wollen sie mich ja gar nicht.«

»Deshalb frage ich ja Frank. Er soll dich mal anschauen, ob du in Frage kommst. Ein Fotograf kann das besser beurteilen.«

Fleischbeschau also. Dabei hätte ich das gar nicht nötig gehabt. Die Sache mit dem Computerladen ließ sich bestens an. Letzte Woche hatte ich ganz locker drei Präsentationen durchgezogen. Und Vogel zahlte stets jammernd, aber prompt, ohne Steuerkarte und all den Firlefanz. Wenn das so weiterging, würde mein Konto bald blühen und gedeihen. Doch es war meine schnöde Eitelkeit, die mich ins Verderben riß.

»Eigentlich brauche ich das Geld im Moment gar nicht so dringend«, wandte ich zögernd ein, »aber mich interessiert es, wie es in so einem Studio zugeht. Also ruf von mir aus Frank an.«

Am nächsten Abend rückte Frank mit seiner gesamten Fotoausrüstung, Lampen und aufklappbaren Schirmen an. Tanja schminkte mich. Die Prozedur nahm kein Ende.

»Jede Frau ist schön, bei manchen dauert es nur was länger«, frotzelte sie. Ich konnte nichts sagen, weil sie mir gerade die Lippen anpinselte. Wie das kitzelte!

Als ich endlich in den Spiegel sah, hätte ich mich beinahe nicht wiedererkannt. Ich blickte mir aus verführerisch bemalten Augen entgegen, und die scharf konturierten Lippen glänzten schon beinahe unanständig.

Sie stellten mich vor die weiße Wand in Tanjas Zimmer, und Frank fotografierte mich von allen Seiten, mit verschiedenen Klamotten und Gesichtern. Ich kam mir reichlich dämlich vor.

»Erst auf dem Foto kann ich richtig sehen, wie du wirkst«, erklärte er. »Außerdem ist es gut für dich, wenn du ein paar Probeaufnahmen von dir hast. Die hier schenke ich dir.«

»Danke.«

»Du solltest dir eine Mappe zusammenstellen. Das kann ich dir gelegentlich machen, wenn du willst. Zum Freundschaftspreis.«

»Ich habe nicht vor, groß in dieses Geschäft einzusteigen.«

»Das sagen sie alle am Anfang. Jetzt lächle etwas freundlicher. Und den Kopf hoch, sonst hast du ein Doppelkinn.« Unverschämtheit!

Bereits am nächsten Tag rief er an:

»Du kommst gut raus auf den Fotos. Für den Job könnte man dich nehmen, willst du?«

»Okay, ist gebongt.« Ich seufzte. Worauf ließ ich mich da wieder ein? Tanja zeigte unverhohlene Freude.

»Du wirst sehen, es macht dir Spaß.«

Als dann der Termin bevorstand, war ich doch etwas aufgeregt. Außerdem wußte ich noch immer nicht genau, wofür ich da Modell stehen sollte. Was, wenn sich das Ganze irgendwie als Schweinerei entpuppte? Tanja beruhigte mich.

»Du kennst doch Frank schon. Bleib ganz cool. Es ist nicht anders als neulich hier. Also dann, toi, toi, toi!«

Das Studio befand sich in einer großen, hellen Altbauwohnung in Charlottenburg. Frank teilte es mit zwei Kollegen. Außer ihm war da noch Conni, sie nannte sich »Visagistin«, und ein Typ namens Leo, der wohl das Mädchen für alles war. Conni schminkte mich zurecht. Ich fühlte mich wie ein Starmodel.

»Viel müssen wir da nicht tun«, meinte sie und fuhrwerkte mit einem riesigen Pinsel in meinem Gesicht herum. Das »nicht viel« dauerte aber doch eine halbe Stunde. Anschließend kämmte sie mir die Haare und drehte sie auf Heißwickler.

»Na dann, viel Spaß«, kicherte sie, als ich endlich fertig war. Ich mußte mich umziehen, ein Rock und eine weiße Spitzenbluse lagen für mich bereit. So was würde ich im normalen Leben nicht mal anziehen, um den Müll runterzutragen. Fertig aufgerüscht ging ich rüber zu Frank. Ich sah zum Kotzen aus. Wie die Unschuld vom Lande. Diese Frisur!

»Fertig? Laß sehen. Ja, in Ordnung, das paßt.« Er stellte mich vor eine Stellwand mit einer Fototapete, Laubwald im Herbst. Dann drückte er mir die Packung in die Hand. Es war ein Tee, soviel ich erkannte, aber ich kam nicht dazu, genau nachzulesen, welche Wunder der bewirken sollte.

»Soll ich Musik anmachen, damit du lockerer wirst?«

»Meinetwegen«, sagte ich, »aber ich bin auch so locker.« Der Rock war mir zu weit und wurde hinten mit einer Nadel fixiert.

»Also, wir fangen mit der letzten Aufnahme an, das ist die einfachste. Du hältst die Packung hoch, ja so, genau, und lächelst hierhin...«, er deutete auf einen imaginären Punkt neben sich. Das klappte ganz prima. Vielleicht würde ich schon bald Tanja Konkurrenz machen. Cosmopolitan, Vogue – here I come!

Er verknipste einen ganzen Film, bis ich in allen Variationen gelächelt hatte. Zwischendurch puderte mir Conni das Gesicht ab. Die Lampen strahlten unangenehm heiß.

»Das wäre im Kasten«, grinste Frank zufrieden. »Du hast Talent, Mädel. Jetzt Numero zwei. Leo, hast du die Schüssel vorbereitet?«

Wie? Was lief denn jetzt ab? Frank wandte sich wieder an mich:

»Stell dir vor, du hast Probleme, du kannst nicht aufs Klo, verstehst du? So ein Gesicht brauche ich jetzt von dir.«

»Ich kann was nicht?«

»Aufs Klo. Scheißen.«

»Wieso kann ich das nicht?«

»Na, weil dieses Zeug dafür da ist, daß du es wieder kannst!«

»Wie bitte?!«

Leo entfernte den Laubwald, schleppte ächzend eine brandneue rosa Kloschüssel heran und plazierte sie vor einer grauen Wand.

»Was soll das heißen? Ich soll doch nicht... nein, das kannst du nicht von mir verlangen!«

»Jetzt stell dich nicht so an. Kannst du nicht lesen? Abführtee steht da drauf!«

Ich kriegte zuviel. Am liebsten wäre ich Frank ins Gesicht gesprungen. Aber der konnte ja vermutlich nichts dafür. Das war Tanja, diese falsche Schlange, dieses hinterfotzige Miststück!

Was war nun zu tun? Sollte ich den ganzen Krempel hinschmeißen und abhauen? Gute Lust hatte ich ja. Aber das wäre erst recht ein Triumph für Tanja gewesen.

»Soll ich mich etwa da drauf setzen?« erkundigte ich mich zaghaft.

»Jaaa!« rief Frank mit übertriebener Begeisterung, »sie hat's kapiert!« Dieses Chauviarschloch, der Teufel soll ihn auf der Stelle holen und Tanja gleich dazu!

»So, Eva, jetzt probieren wir das mal. Am besten schräg, im Dreiviertelprofil, damit man noch was von der Schüssel sieht...«

Mir wurde schlecht vor Wut. Na warte, Tanja, schwor ich, sobald das hier vorbei ist, fahr ich auf der Stelle heim und murks dich ab!

Mit hochrotem Kopf verließ ich das Studio und stapfte ziellos durch die Straßen, geladen wie eine Rakete. Auf einmal kam mir die Gegend bekannt vor. Das war doch Elisabeths Straße. Bei der war ich schon ewig nicht mehr gewesen. Mal sehen, dachte ich, vielleicht ist sie zu Hause und kocht mir einen Tee zum Abreagieren.

Elisabeth war zu Hause und in scheußlicher Stimmung, fast noch schlimmer als ich. So verzichtete ich lieber darauf, ihr meine Story aufzutischen. Während sie Tee zubereitete, weihte sie mich in Ingos neue Schandtaten ein. Schuleschwänzen, Schwarzfahren mit der U-Bahn, Ladendiebstahl, das kannten wir schon alles, und Elisabeth hatte solchen kleinen Unkorrektheiten bisher keine übergroße Bedeutung beigemessen. Aber die Sache mit den komischen weißen Pillen, die sie bei ihm gefunden hatte, die machte ihr zu schaffen. Auch daß er in letzter Zeit verdächtig viel Geld ausgab. Vermutlich dealte er, aber zugeben würde er das bestimmt nicht.

»Ich weiß nicht, was ich tun soll, ich komm nicht an ihn ran. Ich versuch's mit Reden, mit Strafen, aber er baut immer wieder Scheiße.«

»Was ist eigentlich mit seinem Vater?« fragte ich.

»Der lebt jetzt in der Nähe von Freiburg. Was will der schon ausrichten?«

»Ich weiß auch nicht«, gab ich zu. Meine Erfahrungen mit der Erziehung von Halbwüchsigen waren äußerst begrenzt.

»Aber ich werde ihn trotzdem anrufen. Vielleicht stecke ich Ingo in den Ferien zu ihm, ob's ihm paßt oder nicht!«

»Ingo oder seinem Vater?«

»Beiden.«

»Ja«, stimmte ich zu, froh über diese Perspektive, »vielleicht sollte Ingo wirklich mal für 'ne Weile raus aus Berlin.«

»Das kann ich dir sagen«, stöhnte Elisabeth, »hier ein Kind aufzuziehen, das ist ein Scheißjob. Die verteilen den Stoff schon beinahe im Kindergarten. Wegen 'nem bißchen Kiffen würde ich ja nichts sagen. Aber die Kids nehmen alles, was ihnen unterkommt. Die ganze Drogenaufklärung, alles fürn Arsch!«

Ich fühlte mit ihr, sie tat mir leid. Aber viel Tröstliches wußte ich ihr auch nicht zu sagen.

»Wie läuft's bei dir so?« fragte sie mich, wohl mehr um sich selbst von dem leidigen Thema abzulenken. Ich berichtete von meinen diversen Jobs, von Tanjas Marotten, von Sabine und Mick und von Carlo.

»Was macht die Schriftstellerei?«

Da hatte sie einen wunden Punkt getroffen, und das ausgerechnet heute. »Na ja«, zögerte ich, »also, vor einigen Wochen hab ich ein Manuskript weggeschickt, an vier Verlage. Eine Absage hab ich schon, die anderen lassen nichts hören.«

»Hm. Na, vielleicht dauert so was länger. Was war es denn, was du hingeschickt hast?«

»Ein paar Kurzgeschichten.«

»Aha. Vielleicht solltest du besser einen Roman schreiben.«

»Ich kann's ja mal versuchen«, antwortete ich salopp. Elisabeth war schon immer gut im Gedankenlesen.

»Und was machen die Männer?« Sie grinste spöttisch. »Schon den Traumprinzen gefunden?«

»Der kann mir gestohlen bleiben«, sagte ich aus tiefster Überzeugung. »Ich komm ohne den viel besser zurecht, ehrlich.«

Bald darauf ging ich, denn sie erwartete ihre Bauchtänzerinnen.

Die ganze Heimfahrt überlegte ich, was ich Tanja zu Hause alles an den Kopf werfen würde. Die Auswahl reichte von »du niederträchtiges Weibsstück« bis zu ihrer Designerkaffeekanne samt Tassen.

Aber ich hatte nochmals Pech, sie war nicht da. Statt dessen rief Sabine an.

»He, warst du neulich sauer, oder warum bist du so plötzlich verschwunden?« fragte sie hinterhältig.

»Mir haben gewisse Leute im Lokal nicht sonderlich gefallen«, klärte ich sie auf.

»Du meinst Erik.«

»Erraten.«

»Okay, konnte ich ja nicht wissen, daß du so eine Tugendwächterin bist!«

»Das hat damit nichts zu tun. Der Typ ging mir einfach auf den Keks. Außerdem finde ich's wegen Mick beschissen!«

»Lieber Himmel, was ist denn dir über die Leber gelaufen?«

»Gar nichts.«

»Das merke ich. Eigentlich wollte ich dich zu Micks Geburtstagsparty einladen.«

»Soso«, brummte ich schlechtgelaunt.

»Hör mal«, meinte sie beschwichtigend, »das mit Erik ist was ganz anderes. Ich will Mick nicht verlassen, und er hat auch keine Ahnung davon. Irgendwie liebe ich ihn doch noch. Ich seh das Ganze halt nicht mehr so durch die rosa Brille wie am Anfang.«

»Dann solltest du die Brille bei Erik aber auch abnehmen!«

»Wie meinst du das?«

»Der Typ ist doch hohl!«

»Woher willst du das wissen? Du kennst ihn doch gar nicht.«

»Ich kenn seine Sorte zur Genüge!«

»Ah Scheiße, ich hab's vergessen, Madame ist ja schon älter als der liebe Gott! Jetzt hängt sie wieder ihre mannigfaltige Lebenserfahrung raus.«

»Werd nicht zynisch. Außerdem hab ich keine Lust, mich mit dir wegen diesem...«, ich beherrschte mich gerade noch, »...Typen zu streiten.«

»Ich dachte, du wärst meine Freundin.«

»Solange du mir diesen Erik vom Leib hältst.«

»Also gut, lassen wir das. Kommst du zu unserer Fete am Samstag?«

»Meinetwegen. Was kann ich Mick schenken?«

»Ach ja, wir wollen ihm einen CD-Player kaufen, seine Eltern, ich, ein paar Freunde, willst du dich beteiligen?«

»Geht in Ordnung!«

»Also dann, bis Samstag!«

»Ciao! Und sei nicht so eklig zu Mick.«

»Ja, Mama.«

Tanja hatte ein Riesenglück, daß sie mir an diesem Abend nicht mehr begegnete.

Dafür sah ich sie am nächsten Morgen beim Frühstück. Mein Bürojob war seit einer Woche beendet, ich konnte wieder wunderbar ausschlafen und gemütlich den Vormittag bei Tee und Zeitung vergammeln. Ich zog es vor zu warten, bis sie die Frage stellte, und da war sie auch schon:

»Na, wie ist es denn gestern gelaufen?«

Ich sah sie prüfend an. Wußte sie es, oder wußte sie es nicht? Egal.

»Och, ganz gut. Frank meinte, für eine Anfängerin wäre ich gar nicht schlecht.«

Männer!

Micks Fete bescherte mir einen glühenden Verehrer. Der Mensch trug den klangvollen Namen Rüdiger und war Sabines Bruder. Anscheinend sollte es zur Gewohnheit werden, daß ich meine Männerbekanntschaften aus dieser Familie rekrutierte. Während der Fete hatte ich ihn nicht sonderlich beachtet, denn es waren viel markantere Vögel aus Sabines und Micks Bekanntenkreis zugegen, auch Robbi und Ed. Letzterer war mir besonders willkommen, denn das bedeutete mal wieder eine lebhafte Nacht zu zweit. Sabine, dieses scheinheilige Stück, hatte vorher keine Silbe von Ed erwähnt. Soweit ist es mit mir schon gekommen, daß ich die Typen zum Bumsen aus Westdeutschland einfliegen lassen muß, dachte ich.

»Warum bist du noch nicht auf Tour?« Ich ließ mir meine Wiedersehensfreude in keinster Weise anmerken.

»Weil ich noch nicht genug Geld beisammenhabe. Außerdem gefällt mir Berlin. Gibt prima Frauen hier.« Er grinste mich auf seine unverschämte Art an, und ich zog eine Grimasse.

»Hast du Größeres vor?«

»Wie man's nimmt. Ich will Nordamerika und Kanada abklappern. Möglichst ein ganzes Jahr lang. Dazu brauch ich ein Auto. Am liebsten hätte ich so einen dicken, alten Amischlitten. Das kostet natürlich eine Kleinigkeit mehr als ein Asien-Trip.«

»Verstehe. Woher nimmst du das Auto? Mietest du eins?«

»Nein, zu teuer. Ich kenn 'nen Typen, der arbeitet zur Zeit drüben, der will mir eins besorgen, wenn's soweit ist. Erst muß ich 'ne ganze Stange Geld ranschaffen. Aber im Herbst werde ich soweit sein. Der Sommer ist in Deutschland ja auch ganz nett.«

»Find ich prima, das mit dem Auto und so.«

»Komm doch mit!«

»Nein, danke, keine Kohle«, seufzte ich. Ich konnte froh sein, daß ich endlich schuldenfrei war und allmählich etwas Land sah.

»Geld ist nicht alles!«

»Witzbold. Außerdem weiß ich nicht, ob das was für mich wäre. Nein, ich glaube nicht. Ich bin eher ein seßhafter Typ.«

»Das glaubst du doch selbst nicht.«

»Dann eben nicht.«

Sabine kam mit diesem schönen Menschen auf uns zu.

»Hi, Eva, das ist Rüdiger. Mein großer Bruder.«

»Du hast einen Bruder?« Da erfuhr man plötzlich Dinge...

»Hallo, Eva. Von dir hab ich schon viel gehört.« Rüdiger gab mir artig die Hand. Sie fühlte sich etwas feucht an. Irgendwie paßte er nicht so recht in diesen Chaotenhaufen.

»Hallo, Rüdiger«, sagte Ed und verkrümelte sich auf der Stelle. Notgedrungen unterhielt ich mich mit Sabines Bruder. Höflich, wie ich nun mal erzogen bin, konnte ich ihn ja nicht auch einfach stehenlassen. Viel hatte er allerdings nicht zu sagen, obwohl er pausenlos redete.

»Ich mußte doch mal herkommen, um zu sehen, wie mein Schwesterchen so haust«, erklärte er.

»Und?« fragte ich, wenig neugierig auf sein Urteil.

»Na, so ungefähr hab ich mir das schon vorgestellt.« Er blickte sich abschätzend um.

Er war der typische »nette Junge von nebenan«. So einer, den Mütter sonntags hinter dem Rücken ihrer Töchter zum Kaffee einladen, um sie an ihn loszuwerden. Seinen Job gab er vage mit »Außendienst« an. Ich bohrte nicht länger nach, weil mich das nicht die Bohne interessierte. Vielmehr überlegte ich, wie ich Brüderchen möglichst bald wieder entrinnen konnte. Eine Horde Mädels kam an, es waren die aus Sabines Werbetruppe. Und sie hatten ihren Boß mitgebracht. Das war ein dicker Hund! Sabine schleuste eiskalt ihren Lover auf Micks Geburtstagsparty ein. Mick war die meiste Zeit mit seinem neuen CD-Player beschäftigt.

»He, Mick, wird heute nichts geraucht?« erkundigte ich mich verwundert. Noch kein einziger Joint war mir bislang begegnet.

»Psst! Sabine will nicht, daß Rüdiger was von der Kifferei mitkriegt. Er steckt das bloß sofort der Mama daheim. Vielleicht später, wenn das Baby in der Heia ist.«

»Ach so, alles klar.«

Wie auf jeder Fete hingen jede Menge Leute in der Küche rum. Ich tratschte mich so nach und nach durch die verschiedenen Grüppchen. Ziemlich spät am Abend, die ersten gingen schon, griff ich mir Ed und schlug vor, von hier zu verschwinden und einen kleinen Gang durch die Gemeinde zu wagen. Das Auftauchen von Erik hatte mir irgendwie die Stimmung vermiest.

Wir wollten uns gerade unauffällig verdrücken, da kriegte Rüdiger Wind von der Sache und heftete sich an unsere Fersen. Jetzt war's eh schon Wurst, also nahmen wir Robbi auch noch mit, der sich eins der Zigarettenmädels aufgerissen hatte.

Wir waren alle mehr oder weniger angesoffen, besonders Rüdiger, er schien nicht viel zu vertragen. Das hinderte uns aber nicht daran, in jeder Kneipe ein kleines Bierchen zu uns zu nehmen. Drei hatten wir schon hinter uns, da fand ich mich in einem Laden wieder, der mir schon von außen nie sonderlich gefallen hatte. Weiß der Teufel, wie wir da hineingeraten waren. In einer Traube hingen wir an der Theke. Das Publikum war nicht unbedingt vom Feinsten hier, besonders diese vier Typen da neben uns mit den kahlgeschorenen Schädeln und den Lederstiefeln, die gefielen mir überhaupt nicht. Als langjährige Bedienung hatte ich einen Instinkt entwickelt, der mir frühzeitig signalisierte, wenn's Stunk gab. Im Moment schrillten bei mir sämtliche Alarmglocken. Prompt fing auch schon einer von den Glatzen an rumzustänkern.

»Wir trinken aus und verduften«, wisperte ich Robbi und Ed zu.

»Hier schmeckt mir das Bier nicht mehr.«

»Mir auch nicht.«

Ohne auf die Pöbeleien zu reagieren, leerten wir unsere Gläser. Die Zigarettentussi mußte noch aufs Klo.

»Muß das hier sein? Wir sollten besser gehen«, meinte Robbi zu ihr mit Blick auf die Jungs, die uns fixierten wie der Hund den Knochen.

»Ich muß aber ganz dringend«, jammerte sie kläglich. »Ihr könnt ja draußen warten.«

»Denkst du, wir lassen dich allein in dem Schuppen?« gab

Robbi entrüstet zurück. Ausgerechnet jetzt mußte der den Ritterlichen raushängen.

»Aber mach schnell«, mahnte ich. »Ich komm lieber mit.« Am Ende trödelte die sonst wer weiß wie herum. Sie beeilte sich tatsächlich, aber wir kamen trotzdem zu spät. Als wir wieder um die Ecke bogen, hatten die Kerle unsere Jungs bereits in der Mache. Es sah gar nicht gut für sie aus. Einer hatte Rüdiger am Schlafittchen, Ed hing einem Zweizentnertypen vor der Brust, nur zwischen Robbi und seinem Gegenüber stand die Sache noch unentschieden. Aber da war ja noch Arschloch Nummer vier, das genüßlich grinsend auf seinen Einsatz wartete. Der Rest des illustren Publikums verfolgte die Rangelei mit gierigen Blicken, kein Zweifel, auf wessen Seite die standen.

»O Scheiße!« stöhnte ich aus vollem Herzen. Meine Begleiterin fing an, hysterisch zu schreien. Am liebsten hätte ich dasselbe getan, aber das würde uns im Moment nicht groß weiterhelfen. Ein Glück, ich hatte noch nicht so viel getrunken, wie es die Uhrzeit eigentlich vermuten ließ. Vielleicht war es genau das richtige Quantum. Seine besten Einfälle hat man ja bisweilen unter mäßigem Alkohol- oder Drogeneinfluß. Da hing ein Feuerlöscher an der Wand, so wie das eben Vorschrift ist in einem ordentlichen Lokal. Ich überflog die Gebrauchsanweisung: »Sicherungsstift ziehen, Schlauch fassen, Taste drücken.« Klang gar nicht mal so kompliziert. Jetzt griff ich mir den Apparat. Ganz schön schwer, das Trumm! Lieber Gott, laß das Ding funktionieren! Ich richtete den kurzen Schlauch mitten ins Getümmel, zog den Stift und drückte ab.

Es funktionierte. Und wie. Es entstand prompt ein Riesentumult. Ich sprühte wie eine Besessene. Den Dicken traf es als ersten voll ins Gesicht, er ließ Ed augenblicklich wie einen Sack fallen. Alles war am Johlen und Rumbrüllen, aber keiner traute sich in meine Nähe. Hätte ich auch keinem geraten! Die vier Typen waren für den Moment außer Gefecht, wohl hauptsächlich wegen des Überraschungseffekts. Auch der Wirt hinterm Tresen kriegte seinen Anteil ab. Sollte er doch in Zukunft besser drauf achten, wen er in seine Kneipe läßt.

Die ganze Schlacht dauerte nur wenige Sekunden. Während

ich wahllos weißen Schaum in die Runde spritzte, brüllte ich wie am Spieß:

»Los doch, raus mit euch! Verschwindet schon!«

Vorsichtshalber zielte ich jetzt mal auf die anderen Gäste, die ihren Schrecken überwunden hatten und sich eben anschickten, ihren eingeschäumten Kumpanen zu Hilfe zu eilen. Was dieses Zeug für eine Sauerei im Lokal anrichtete!

Ed, wieselflink, war als erster hinter mir, Robbi mußte den geschockten Rüdiger hinter sich herzerren. Der konnte nichts sehen, er hatte im Getümmel 'nen Strahl abgekriegt. Das Mädchen war schon draußen und kreischte Unverständliches von der Tür her.

»Los, raus jetzt!« Ed entriß mir den Feuerlöscher, dessen Druck schon merklich nachließ. Er schmiß das Ding bis hinter die Theke, wo es gleich drauf gräßlich klirrte. So viel Kraft hätte ich ihm gar nicht zugetraut. Er packte mich am Arm, und ab ging's.

Wir fetzten die Straße entlang, ohne uns umzudrehen. So schnell war ich schon lange nicht mehr gerannt. Endlich zahlte sich aus, daß ich nicht mehr rauchte, von gelegentlichen Joints mal abgesehen. Erst nach einigen hundert Metern blieben wir japsend stehen. Niemand folgte uns. Sie waren wohl zu beschäftigt im Augenblick.

Ed rang nach Luft. »Mensch, das hätte aber auch schiefgehen können.«

Rüdiger rieb sich die tränenden Augen und keuchte:

»Was ist das bloß für Zeug, davon wird man ja blind!«

»So schlimm wird's schon nicht sein«, fuhr ihn Ed an und murmelte leise vor sich hin: »Waschlappen.«

»Das stinkt barbarisch.« Robbi roch an seinem Pullover.

»Sorry. Nächstes Mal ziele ich besser«, giftete ich atemlos zurück. Was dachten die sich eigentlich? Anstatt mir dankbar, daß noch alle ihre Zähne im Mund hatten, die Füße zu küssen, meckerten sie der Reihe nach rum.

»Das sollte keine Kritik an dir sein, Eva«, lenkte Robbi ein, »das war 'ne saugute Aktion. Wer weiß, wie wir jetzt ohne dich aussehen würden!« Endlich klopfte mir mal einer auf die Schulter.

»Ja, bestimmt einiges älter«, gab nun auch Ed zu. »He, Frau, dich kann man ja wirklich zu was gebrauchen. Wo hast du denn *den* Trick gelernt?«

»Als ich noch für den KGB tätig war«, grinste ich.

Das Zigarettenmädchen sagte gar nichts, sie kriegte noch immer keine Luft wegen der Rennerei.

Wir gingen nach Hause, einen großen Bogen um die bewußte Kneipe schlagend.

Auf einmal hatte ich Rüdiger am Ärmel hängen.

»Ich danke dir für unsere Rettung«, meinte er feierlich. »Also ehrlich, so eine Frau wie dich hab ich noch nie getroffen.«

»Ich auch nicht«, antwortete ich überheblich.

Robbi und Ed blieben nur übers Wochenende, Sabines Bruder hielt es eine ganze Woche aus, obwohl er sich die meiste Zeit mit seiner Schwester in den Haaren lag. Er war sehr ordnungsliebend, weshalb er an ihrer Haushaltsführung begreiflicherweise so einiges auszusetzen hatte. Sabine dagegen regte es furchtbar auf, daß er morgens fast eine Stunde im Bad zubrachte. Rüdiger war es zu verdanken, daß die Feuerlöscherstory die Runde machte und dabei mehr und mehr heroische Dimensionen annahm.

An seinem letzten Abend stand Rüdiger mit einem niedlichen Biedermeiersträußchen vor unserer Wohnungstüre, was Tanja zu einem vielsagenden Grinsen veranlaßte. Er wollte mich zum Essen einladen. Scharfsinnig registrierte Tanja sofort die mäßige Begeisterung in meinem Gesicht, und das gemeine Luder schnitt mir den Rückweg ab, ehe ich zu Wort kam:

»Eva und ich wollten nur einen langweiligen Fernsehabend verbringen. Aber wenn ihr zwei zum Essen gehen wollt, da will ich natürlich nicht im Wege stehen.« Das war eine faustdicke Lüge. Wann sahen wir schon mal gemeinsam fern? Fernsehen war in ihren Augen proletenhaft.

Mir blieb keine Wahl, ich warf mich widerstrebend in meine Ausgehklamotten, und wir fuhren los. In seinem Porsche. Auch das noch. Ich hasse es, drei Zentimeter über dem Asphalt zu sitzen, gar nicht zu reden vom Geräuschpegel in diesem Fahrzeug.

Es gab da ein Lokal am Havelsee, von dem hatte ich schon gelesen, nicht ganz billig, aber was soll's. Soviel ich verstanden hatte, war ich ja eingeladen.

Es war das ideale Restaurant für ein Dinner for two. Weiches Kerzenlicht, ein kleiner Tisch, dezente Musik und Blick auf den See. Fehlte nur noch der Sternenhimmel, aber zum Glück hatten wir regnerisches Aprilwetter. Das alles erinnerte mich schmerzhaft an meinen letzten Abend mit Alex, und ich hing für einen Moment wehmütigen Gedanken nach, während Rüdiger sich die größte Mühe gab, mich charmant zu unterhalten.

Er erzählte mir von seinem neu durchorganisierten Vertriebsnetz. Er handelte mit Kochgeschirr, Pfannen, Bräter, Töpfe aus einem angeblich ganz tollen Material, wie er mir begeistert versicherte. Ich erfuhr, wie effektiv er die Messen durchzog, daß er vor einem Monat ein neues Apartment in Stuttgart in Besitz genommen hatte und wie zufrieden er mit seinem Auto war. Alles hochinteressant für mich, wie man sich unschwer vorstellen kann.

Wenigstens sah er passabel aus. Er hatte Sabines dunkles Haar und die gleichen schrägen Augen. Ansonsten entdeckte ich wenig Gemeinsames.

Er drückte sich wesentlich gewählter aus als sie, seine Manieren ließen nichts zu wünschen übrig. Ein prächtiger junger Mann und unübersehbar total verliebt in mich.

Da man nicht stundenlang über Bratpfannen sprechen kann, redeten wir auch über Sabine und Mick.

»Ich war total gegen diese Frühehe. Aber was will man machen? Des Menschen Wille...« Er lächelte nachsichtig.

»Sie werden's schon schaffen«, gab ich optimistisch zurück.

»Ich hoffe es. Aber ich finde, für eine Ehe sollte man vorher eine solide Basis schaffen.«

»Haben sie die nicht?« fragte ich hinterhältig.

»Woher denn? Beide verdienen nichts, keiner hat einen vernünftigen Beruf. Das muß doch einfach schiefgehen.«

Nichts anderes hatte ich erwartet.

»Sie lieben sich. Ist das keine solide Basis?«

Er sah mich entzückt an.

»Ihr Frauen seid doch hoffnungslos romantisch. Aber das ist ja gerade das Schöne an euch.«

Blödmann, dachte ich. Ich kann's nicht leiden, wenn man mir mit »ihr Frauen« kommt. So behielt ich während des exquisiten Menüs meinen Oppositionsstandpunkt bei, was ihn aber nicht im geringsten abschreckte.

»Du hast so was Widerspenstiges an dir, das gefällt mir.« Und du hast was von einem Billigyuppie an dir, das gefällt mir nicht, wollte ich am liebsten entgegnen, aber ich konnte mich eben noch bremsen. Eigentlich war er ja ganz nett. Ein bißchen zu konservativ, aber er meinte es sicher nur gut. Warum konnte ich mich zur Abwechslung nicht mal in so einen Mann verlieben? Warum immer in die, die gerade nicht zu haben waren? Ich beschloß, ein bißchen netter zu ihm zu sein. Schließlich hatte er mich eingeladen, und die Rechnung war gesalzen ausgefallen, was er ohne mit der Wimper zu zucken weggesteckt hatte. Natürlich zahlte er mit Plastik.

Er schlug vor, noch woandershin zu gehen, und ich schleppte ihn ins Basement. Mir war klar, daß er dort auffallen würde wie ein Punker auf dem Opernball, aber heute hatte ich meinen boshaften Tag. Sie spielten Funk.

Das veranlaßte Rüdiger dazu, sich in unkontrollierten Zuckungen über die winzige Tanzfläche zu bewegen. Er gab sichtlich sein Bestes. Ich beachtete ihn gar nicht und tanzte mich erst mal richtig aus. Danach war ich in gnädigerer Stimmung und beendete das grausige Spiel, indem ich ihn freundlich ersuchte, mich nach Hause zu bringen. Auf der Fahrt bat er, mich mal wieder besuchen zu dürfen. Ich stellte mich doof.

»Wieso mich? Wenn, dann besuchst du doch sicher deine Schwester.«

»Jaja, sicher, bei ihr kann ich immer wohnen. Aber eigentlich würde ich lieber wegen dir nach Berlin kommen.«

»Also, machen wir's so. Wenn du wieder mal Sabine besuchst, dann können wir gerne miteinander auf Strecke gehen, okay?«

»Du weichst mir aus.« Ganz so blöd war der gar nicht.

»Kann schon sein.«

»Ich glaube, ich habe mich ein bißchen in dich verliebt.«

Da hatten wir den Salat!

»Tja, also, ich finde dich auch ganz nett«, stotterte ich.

»Ist es wegen Ed?« bohrte er nach. Das wäre eine bequeme Ausflucht gewesen, aber ich wollte vermeiden, daß Ed womöglich irgendwelches dummes Zeug zu hören kriegte, also blieb ich bei der Wahrheit.

»Nein, das mit Ed ist was rein Sexuelles, verstehst du?«

»Aha. Und das kannst du so einfach auseinanderhalten?«

»Was?« fragte ich scheinheilig.

»Sex und Liebe.«

»Ja, das kann ich, stell dir vor. Nicht nur Männer können das!«

»Aber du brauchst doch auch mal jemand, mit dem du reden kannst, der dich versteht!« Das mußte ja kommen.

»Wenn mir nach einer intelligenten Unterhaltung zumute ist, führe ich Selbstgespräche«, gab ich kühl zurück. »Außerdem, wer sagt dir, daß es da nicht jemanden gibt?«

»Gibt es jemanden?«

»Sei nicht so aufdringlich, das mag ich nicht!« Er seufzte.

»Du machst es einem nicht gerade einfach.«

»Warum sollte ich?«

»Na gut, lassen wir das.« Wir waren vor meiner Haustür angelangt.

»Darf ich dich wenigstens mal anrufen?«

»Ja«, lächelte ich, froh über diese Alternative, »mach das. Also dann, vielen Dank für die Einladung. Es war ein prima Essen.«

»Für mich auch. Wiedersehen.« Ich streckte ihm eilig die Hand hin, ehe er auf andere Gedanken kommen konnte.

Total geschafft, stöhnte ich erleichtert auf, als die Tür hinter mir zuknallte.

Es gab kein Entrinnen. Der Termin rückte näher und näher, unausweichlich. Kein Wunder geschah, nicht das kleinwinzigste, das mir den Posten als Trauzeugin meiner besten Freundin erspart hätte.

Also erstand ich dem feierlichen Anlaß gemäß statthafte

Kleidungsstücke: einen schwarzen Blazer im Smokingstil, eine Seidenbluse und einen flammendroten Rock. Als Clou ließ ich mir noch eine schwarze Fliege aus Seide andrehen. Das Ganze verschlang Unsummen. Doch dank meines Wirkens in der Computerbranche war für mich die Lektüre meiner Kontoauszüge zur Zeit erbaulicher als jede Lyrik, und ich konnte mir diese Entgleisung ohne nachhaltige Konsequenzen erlauben.

Ich gefiel mir nicht besonders in den neuen Sachen, zumal das ja eigentlich überhaupt nicht mein Stil war. Aber, dachte ich seufzend, immerhin handelt es sich um einen Ernstfall. Und den Blazer kann ich hinterher ohne weiteres auf Beerdigungen anziehen. Wer weiß, vielleicht hätte es mir Heike ernsthaft übelgenommen, wenn ich in irgendwelchen Freak-Klamotten in der Kirche aufgekreuzt wäre.

Heike hatte mich gebeten, schon einen Tag vor dem großen Ereignis zu kommen, damit wir noch etwas Zeit zum Erzählen hätten, und so fügte ich mich gehorsam in mein Schicksal und setzte mich eines schönen Freitagmorgens im Mai in den Zug. Das war um so härter, als mir dadurch ein ganzes langes Wochenende ohne Aufsicht flötenging. Tanja war schon gestern abgereist. Diesmal war es ein Selbsterfahrungs-Workshop, irgendwo in Italien. Ich hatte leichtsinnigerweise geglaubt, die Psycho-Phase wäre vom Müsli-Tick abgelöst worden, aber anscheinend schloß eins das andere nicht aus.

Sie hatten ein Haus in einer »besseren« Gegend gemietet. Die Vorgärten waren so ordentlich und gepflegt wie ein Grab vor Allerheiligen. Ich hätte nie vorher gedacht, daß Heike sich jemals in eine so bürgerliche Existenz einnisten würde. Nein, ein Häuschen im Grünen war nicht gerade *mein* Traumziel fürs Leben, aber um das ging's ja jetzt nicht.

Trotz meiner Voreingenommenheit fand ich ihren Rolf ganz in Ordnung. Heike zeigte mir ihr Brautkleid. Weiße Spitze, recht elegant. Wir verbrachten einen harmonischen Abend zu dritt. Einigermaßen schockiert war ich, daß sich die Gespräche der beiden bereits um Kinder, jawohl, Plural, »Kinder!«, drehten, die sie sich alsbald zulegen wollten. Der Gedanke an Geburt und Säuglingsaufzucht hatte für mich etwas Bedrohliches. Heike gestand mir verschämt, sie hätte schon die Pille abgesetzt. In ihrem alten Ikea-Regal, es war ins zukünftige Kinderzimmer verbannt worden, fand ich ein Buch mit Fotos von Embryos in allen Entwicklungsstadien. Schauderhaft.

Heike, der Inbegriff der Karrierefrau, die sie für mich immer gewesen war, sollte zum lebenden Brutkasten degradiert werden. Tragisches Opfer eines eitlen Vermehrungstriebes! Meine Welt geriet zusehends aus den Fugen.

»Ach übrigens«, lachte sie mich an, »neulich hätte ich geschworen, du bist in die Werbebranche eingestiegen.«

»Ich? Wieso?« Mir blieb ein riesiger Kartoffelchip im Hals stecken.

»Ach, ich hab so eine Anzeige in unserer Fernsehzeitung gesehen, da war eine Frau, die sah dir unheimlich ähnlich.«

»Na so was.«

»Ja«, sie kicherte, »aber das Beste ist, die Werbung war für ein Abführmittel!«

»Frechheit. Man sollte die Firma verklagen.«

»Ich hab's extra aufgehoben, Moment mal.« Sie verschwand und kam mit der Zeitung zurück. Ich tat, als hätte ich den Dreck noch nie zu Gesicht gekriegt.

»Ja, du hast recht. Eine gewisse Ähnlichkeit ist da. Das kommt davon, wenn man ein Dutzendgesicht hat«, seufzte ich und legte die Zeitung weit weg von mir. Ich fand, jetzt war's an der Zeit für einen Abgang.

»So, Leute, ich hau mich jetzt aufs Ohr, morgen haben wir ja alle einen stressigen Tag«, gähnte ich.

Diese Nacht sollte ich noch im zukünftigen Kinderzimmer zubringen, die nächste dann in einer nahegelegenen Pension. Na ja, Hochzeitsnacht und der ganze Quatsch, wer will da schon Gäste im Haus haben?

Ich schlief miserabel und träumte verworrenes Zeug. Ich sah mich als Braut in Heikes Spitzenkleid, aber sie hatten mir die Haare schwarz gefärbt, und es war unklar, wer der Bräutigam sein sollte. Meine Mutter fragte immerzu, wo er denn sei, ich suchte ihn panisch, wußte selbst nicht mehr, wer er war, fragte sämtliche verflossenen Liebschaften, ob sie nicht bereit wären, einzuspringen, aber keiner zeigte sich interessiert. In heller

Panik wachte ich auf und sank nach ein paar Sekunden der Orientierung aufatmend in die Kissen zurück.

Kurz vor der Trauung war ich mindestens genauso aufgeregt wie die Braut. Ein knochiger, rothaariger Typ war mein Partnertrauzeuge. Ein paar Studenten aus früheren Tagen waren angereist, darunter auch Daniel. Heike hatte ihren Sinn für Humor offenbar noch nicht ganz eingebüßt, denn sie hatte Daniel und mir ein Doppelzimmer in der Pension reserviert. Aus Kostengründen, wie sie mir augenzwinkernd versicherte.

Es erschienen natürlich jede Menge Verwandtschaft und einige Kollegen von Rolf. Sie waren alle älter als er, ihre Gattinnen, teils zu füllig, teils von zahlreichen Abmagerungskuren verhärmt, steckten in teuren Modellroben der Art, wie Tanja sie vorführte. Nur daß sie wesentlich besser drin aussah. Sogar der Big Boß war zur Trauung erschienen, respektvoll flüsterte man seinen Namen. Ich fand wider Erwarten kein besonderes Merkmal an dem glatzköpfigen Menschen. Außer vielleicht das Schiff von Mercedes, mit dem sein Chauffeur ihn zur Kirche gekarrt hatte.

Ich beschloß, die ganze Trauungszeremonie cool an mir vorüberziehen zu lassen, es hieß Haltung zeigen, schließlich saß ich ja als Trauzeugin da vorn auf dem Präsentierteller, gleich neben dem Brautpaar. Wenigstens kriegte ich da alles haarklein mit.

Der Pfarrer war noch jung. Er machte seinen Job nicht mal schlecht. Er erzählte was von Liebe, Respekt, Kummer und Freude, Verständnis und Geduld und füreinander dasein. Vom lieben Gott natürlich auch. Wie konnte so ein weiser Mensch nur Pfarrer werden? Gezwungenermaßen lauschte ich den Gottesworten aufmerksam. Ein Gedanke fing an mich zu quälen wie eine lästige Stechmücke, die einem ständig um die Ohren surrt: Und wer ist für mich da, wer versteht mich?

Kein Schwein, antwortete ich mir selber. Meine beste Freundin heiratet, bald wird man kein vernünftiges Wort mehr mit ihr wechseln können, ich bin ganz allein auf der Welt.

Was ist das überhaupt für ein Leben, das ich inzwischen

führe? Gelegentliche one-night stands mit Typen, die mir nichts bedeuten, dubiose Aushilfsjobs, obwohl ich doch ein Studium habe, und was die Schriftstellerei angeht, weit und breit kein Lichtstreif am Horizont. Ist das ein spannendes, sinnvolles Leben als Individualistin, wie ich es immer führen wollte? Was ist daran spannend? Und was individuell? Meine Wohngemeinschaft mit dieser Exzentrikerin vielleicht? Eine Strapaze für die Nerven ist es, sonst nichts.

So muß es eigentlich nicht unbedingt weitergehen. Aber wie soll ich es ändern? Alex, meine einzige große Liebe, wollte mich ja nicht. Wer ist denn sonst da, für den es sich lohnt, sich anzustrengen? Gibt es denn nur noch Verheiratete, Chaoten oder Langweiler für mich?

»Es ist nicht die sogenannte große, romantische Liebe, die den Grundstein bildet für das Haus des Lebens, das ihr beide euch aufbaut«, sagte der Pfarrer gerade.

»Haus des Lebens«! Verkauft der nebenbei Bausparverträge? Aber mit der Liebe, da hat der Typ womöglich recht. Die Predigt machte mich wider Willen ganz nachdenklich, aber vielleicht haben das Hochzeiten auch grundsätzlich so an sich.

»... es ist das Verständnis, das gemeinsame Lachen, das gemeinsam ertragene Leid, der gegenseitige Respekt, auf die ihr bauen sollt.«

Schon wieder bauen. Da stimmt doch was nicht. Was hat er noch gesagt? Verständnis und Respekt. Aha. Den Traumprinzen gibt es nicht, das meint der damit. Für mich gibt's den sicher nicht, da hat er recht. Wen dann? Diesen Rüdiger vielleicht? Der ist grenzenlos verständnisvoll, der würde mich auf Händen tragen, wie es so schön heißt.

Aber ich will nicht mit einem Bratpfannenvertreter liiert sein, sagte eine andere Stimme in mir trotzig.

Das ist Snobismus in Reinkultur, hielt ich dem sofort entgegen. Wo ist der Unterschied? Ich verhökere Computer an Ärzte, er verkauft Pfannen an Hausfrauen. Sind denn Pfannen etwa minderwertig, weil sie mit Hausarbeit zusammenhängen? Jetzt hatte ich mich selber am Wickel. Und das nach erfolgreich absolviertem Seminar über die Soziologie der

Hausarbeit, wo ich doch überall für deren gesellschaftliche Anerkennung eintrat. Glattes Eigentor.

Also, an den Pfannen liegt's nicht. Ich will nicht auf Händen getragen werden, das ist es. Ich geh lieber selber. Und Bratpfannen hin oder her, Rüdiger ist mir einfach zu... zu smart, zu soft, zu angepaßt, ach, ich weiß nicht. Jedenfalls muß ich immer an weichen Teig denken, wenn ich ihn sehe.

Mein Partner stupfte mich sanft an. Wir mußten uns hinknien. Geistesabwesend grübelte ich weiter. Was will ich denn dann? Einen herbmännlichen Chauvi vielleicht? So wie Alex einer war, ja Alex, ein eingebildeter Macho ist das, das erkenne ich inzwischen überdeutlich.

Überhaupt, warum bin ich denn plötzlich so wild hinter dem Mann fürs Leben her? Setzt mir diese Hochzeit so zu? Welcome to the establishment, Eva! Wenn du nicht aufpaßt, sitzt du binnen kürzester Zeit im Vorstadtreihenhäuschen und häkelst deinem Gatten ein Klorollenhütchen mit dem Autokennzeichen drauf. Heimlich kicherte ich über diese Vorstellung. Wir durften uns gnädigst wieder setzen.

Nein, heiraten kommt für mich nicht in Frage. Aber das heißt ja nicht, daß ich immer ganz alleine sein muß. So hin und wieder könnte ich doch eine gewisse Zeit mit jemandem verbringen, der amüsant ist, im Bett einigermaßen brauchbar und einem ansonsten nicht auf den Wecker fällt. Warum ist es nur so schwer, jemandem nahe zu sein, ohne gleich Besitz zu ergreifen?

»...nehmt den anderen an, wie er ist, und versucht nicht, ihn zu ändern«, mahnte der Pfarrer.

Aha. Aber wenn ich ihn schon nicht ändern darf, dann muß ich wenigstens nicht gleich den erstbesten nehmen. Rüdiger scheidet auf alle Fälle aus, punktum. Dann lieber jeden Abend Fernsehen, eine Familienpackung Kartoffelchips und Selbstbefriedigung. Apropos erstbester. Da fiel mir Carlo ein, meine erste Berliner Männerbekanntschaft. Das wäre schon eine Überlegung wert.

Ja, genau, Carlo. Warum bin ich nicht gleich auf den gekommen? Hatte ich mich nicht sogar schon heimlich gefragt, ob ich in ihn verliebt sei? Er hat Charme, er scheint nicht blöd zu sein, er ißt gerne, genau wie ich, trinkt gerne Wein, auch genau wie ich, und ich glaube, er mag mich. Und er ist kein so ehrgeiziger Spießer wie Rüdiger. Hätte er sonst jahrelang dem dolce far niente gefrönt, anstatt zielstrebig zu studieren?

Je länger ich drüber nachdachte, desto attraktiver erschien mir der Gedanke. Carlo als Retter aus der Wüste der Einsamkeit. Ich könnte mich ohrfeigen, daß ich diese Sache so habe schleifen lassen. Aber noch ist nichts verloren. Er hat ja in den vergangenen Wochen sowieso viel zu tun gehabt. Wenn ich wieder zu Hause bin, werde ich sofort zum Frontalangriff übergehen, beschloß ich energisch. Demnächst müßte er doch sein Examen hinter sich haben, dann hätte er auch wieder mehr Zeit…

Ich wurde aus der Planung meines Liebeslebens aufgeschreckt. Jetzt ging's ans Jasagen und Ringetauschen, das durfte ich keinesfalls verpassen.

Wie schüchtern die sonst so forsche Heike ihr »Ja« hauchte, geradezu rührend. Plötzlich merkte ich, wie mir, der Gelassenheit in Person, die Tränen runterliefen. Aus purer Überheblichkeit hatte ich nicht mal ein Taschentuch eingesteckt. Woher sollte ich auch wissen, daß einem so eine Zeremonie derart an die Nieren gehen kann? Die Tränen konnte ich verstohlen mit der Hand abwischen, aber wohin mit dem Rotz? Mein Nebenmann bemerkte meine Not, als ich demonstrativ in der Handtasche wühlte, und reichte mir eine Packung Tempos. Ich nickte ihm dankbar zu und versuchte, möglichst leise zu schneuzen.

Diese ganzen Aufregungen der letzten Wochen und jetzt noch die Hochzeit meiner besten Freundin, da ist es kein Wunder, wenn man auf einmal losheult, sagte ich mir entschuldigend.

Gott sei Dank, jetzt singen sie. Dabei konnte ich mich erholen. Singen war noch nie meine Stärke, also tat ich nur so als ob. Dann waren wir dran. Wir unterschrieben irgendwas, durch meine Tränenschleier konnte ich so gut wie nichts erkennen.

Wir wurden alle gesegnet und wandelten gemessenen Schrittes aus der Kirche raus. Draußen kriegten wir eine Ladung Reiskörner in den Kragen geworfen, standen noch eine

Weile blöd vor der Kirche herum, Fotoapparate klickten unentwegt, dann durften wir uns endlich in Richtung Kneipe in Bewegung setzen. Dort ging der Streß weiter. Zuerst der Brauttanz, dann die Torte, sie glich einem hinduistischen Monument. Dann wurde wieder getanzt. Davor drückte ich mich durch einen Spaziergang mit Daniel. Das war auch nötig, denn nach zwei Stück Torte war mir reichlich schlecht. Warum war er eigentlich nicht mit seiner Verlobten hier? Na, mir soll's recht sein. Abends stand uns noch ein kaltes Buffet bevor, bis dahin mußte mein Magen wieder aufnahmefähig sein.

Heike und Rolf bekam ich kaum noch aus der Nähe zu sehen. Unser Tisch bestand überwiegend aus jüngeren Leuten, die Stimmung war anfangs leicht verkrampft, später, als man wußte, wer wie hieß und wer wo arbeitete, sich sozusagen nähergekommen war, ziemlich ausgelassen. Daniel und ich hielten uns fleißig an den Rotwein. Das Brautpaar, oder wer immer die Feier bezahlen mußte, hatte sich nicht lumpen lassen. Die Gourmetabteilung des Buffets bestand unter anderem aus Fisch und Schalentieren, ganz obenauf ein orangefarbener Hummer. Mein Partnertrauzeuge hatte nach hartem Kampf eine Hummerschere abgerissen und kehrte mit seiner Trophäe und den Worten »Komisch, keiner ißt den Hummer, wo der doch das Beste ist«, an seinen Platz zurück, wo bereits alles Grimassen schneidend in seine Richtung sah. Doch das fiel ihm nicht auf. Als er sorgsam und penibel Zitronensaft über die Schere träufelte, konnte sich eine ältere Dame am Nachbartisch nicht mehr beherrschen und krähte:

»Mensch, guckt doch mal, da ißt einer die Plastikattrappe auf.«

Noch nie vorher und auch nie mehr danach habe ich Zeuge werden dürfen, wie ein Mensch in Sekundenschnelle die Farbe seiner vermeintlichen Mahlzeit annehmen kann.

Als das Buffet bis auf ein paar Käsesorten, die offenbar keiner mochte, und den verstümmelten Plastikhummer leergefegt war, ging die Tanzerei schon wieder los. Ich wurde kurz nacheinander von zwei Herren aus Rolfs Kollegenkreis aufgefordert. Der erste sah recht passabel aus, litt aber an einem hundsgemeinen Mundgeruch, genauer gesagt, diejenige, die wirklich darunter litt, war ich. Nummer zwei war dicklich und transpirierte. Seine linke Hand, feuchtkalt wie ein frischgefangener Fisch, drohte meiner Rechten jeden Moment zu entgleiten, während sich seine Rechte unangenehm gegen meinen Rücken preßte und wohl gerade dabei war, einen riesigen Schweißflecken auf meinem empfindlichen Blazer zu hinterlassen. Wie eine Marionette baumelte ich vor seinem Bauch und versuchte, meine Füße vor den seinen in Sicherheit zu bringen, während ich sehnsüchtig zu Daniel rüberschielte und an seinen schlaksigen Körper, seinen kräftigen Penis und seine glatte, unbehaarte Brust dachte.

Völlig geschafft kehrte ich an den Tisch zurück und brachte meine Kleidung wieder in Ordnung, die durch die auftretenden Fliehkräfte beim Tanz mit dem Dicken verrutscht war. Noch so eine Tortur wollte ich mir auf keinen Fall antun. Wer weiß, was der nächste für ein unangenehmes Handicap haben würde. Ich warf Daniel einen durstigen Blick zu, der las meine unzüchtigen Gedanken, und wir verließen den Saal, unauffällig, aber in höchster Eile. Endlich im Wagen, atmeten wir beide erleichtert auf.

»Wenn ich jemals heiraten sollte«, stöhnte Daniel und befreite sich von seiner seidenen Krawatte, »dann erledige ich das auf einer kleinen Südseeinsel. Oder in Las Vegas. Jedenfalls will ich nicht so was wie das eben.«

Ich konnte mir lebhaft vorstellen, was seine adelige Sippschaft dazu meinen würde, behielt diesen Einwand aber für mich.

»Wenn ich jemals heiraten sollte, dann auf einem Schiff«, verkündete ich.

»Wieso auf einem Schiff?«

»Damit ich mich gleich hinterher ins Meer stürzen kann.«

Es bedurfte eines Ereignisses, das die ganze Welt in Atem hielt, damit ich den vielbeschäftigten Carlo wiedersah: die Fußballweltmeisterschaft.

Philipp besaß die Bude mit den meisten Sitzgelegenheiten, und man traf sich dort immer, wenn die deutsche Mannschaft spielte, zum gemeisamen Fernsehabend. Ich brachte es fertig, auch eingeladen zu werden. Begleitet von Bier, Wein und Spaghetti wurden die Spiele mehr und mehr zum Vorwand für muntere Festivitäten. Auf diese Weise konnte sogar ich der Fußballglotzerei etwas abgewinnen. Aber das Entscheidende war, daß Carlo regelmäßig an diesen sportlichen Veranstaltungen teilnahm. So verzichtete ich zunächst einmal darauf, eine Verabredung mit ihm einzufädeln. Das hatte Zeit bis nach den Spielen, befand ich. Nur nicht zu aufdringlich sein, sonst riecht er den Braten womöglich. Es hatte sich in der Vergangenheit oft als unklug erwiesen, die Männer merken zu lassen, daß man ein gewisses Interesse an ihnen hat.

Elisabeth plante allen Ernstes, ihren ungeratenen Sprößling in den Sommerferien zu seinem Herrn Papa zu schicken. Sie hoffte, dort in der heilen Welt des Schwarzwaldes wäre Ingo weniger Versuchungen ausgesetzt und würde auf den Pfad der Vernunft zurückfinden. Außerdem sollte sich sein Vater ruhig auch mal um ihn kümmern. Vielleicht hätte sie ihm seine Ferienreise nicht schon lange vorher androhen sollen, denn Ingo fand wenig Geschmack an der Idee und führte sich auf wie nie zuvor. Bei einer Razzia ließ er sich mit zwei Gramm Heroin in der Jacke erwischen, der Idiot, und wurde von der Polizei nach Hause gebracht. Um das Maß vollzumachen, war Elisabeths Lover mal wieder abgängig, wie immer, wenn sie ihn zur seelischen oder sonst irgendeiner Unterstützung gebraucht hätte.

»Gib dem Typen doch 'nen Tritt in den Arsch«, gab ich ihr den praktischen Rat.

Ich weiß nicht mehr, wieso ich auf die blödsinnige Idee kam, Elisabeth mit zur nächsten Fußballsession zu nehmen. Wahrscheinlich hat mir mein weiches Herz diesen Streich gespielt. Sie tat mir leid mit ihrem ganzen Kummer um Sohn und Liebhaber, und so bearbeitete ich sie:

»Das Fußballspiel ist nicht so wichtig. Es ist eher wie auf 'ner Fete. Außerdem tut's dir gut, mal andere Gesichter zu sehen als die deiner frustrierten Altfreaks«, setzte ich boshaft hinzu.

»Na gut«, lächelte sie müde, »vielleicht hast du recht. Das nächste Mal komme ich mit.«

Es war das Spiel gegen Frankreich. Es endete damit, daß Deutschland das Elfmeterschießen gewann und Carlo Elisabeth zum Essen einlud. Einfach so. Obwohl er doch so beschäftigt war.

Dabei hatte ich Elisabeth schon von Carlo erzählt. Natürlich nicht meine neuesten Pläne, aber daß ich ein paarmal mit ihm aus war, wußte sie genau. Das schien sie auch ein klein wenig zu beschäftigen, denn sie rief mich zwei Tage nach dem bewußten Spiel an:

»Du, ich hab mich mit Carlo verabredet«, fing sie an, »und jetzt bin ich mir nicht sicher, ob dir das auch recht ist. Ich meine, du hattest doch keine ernsten Absichten, oder?«

Diese falsche Schlange! Das hätte sie mich auch früher fragen können.

»Nein, ist schon in Ordnung«, sagte ich knapp. Ein Abendessen bedeutet ja nicht die Welt. Mit mir war er schließlich auch essen gewesen, ohne Folgen. Und mit konservativem Besitzdenken durfte ich Elisabeth sowieso nicht kommen, da würde sie gleich auf stur schalten.

»Wirklich?« säuselte sie, »du, das wäre mir gar nicht recht, wenn ich dir da in die Quere käme.«

»Hast *du* denn ernste Absichten?« fragte ich zurück.

»Ach, ich weiß nicht recht. Er ist schon irgendwie mein Typ. Er hat so eine südländische Aura.« Ihr Ausländertick! Wie konnte ich das bloß vergessen. Und Carlo, dieser Don-Corleone-Verschnitt, klar, daß sie von ihm höchst angetan war. Ich blöde Kuh!

»Und dein Lover?«

»Ach, das kotzt mich an. Ich werde wohl deinen Rat befolgen. Immer wenn er gebraucht wird, verpißt er sich.«

Das kommt dabei heraus, wenn man gute Ratschläge erteilt.

»Wann geht ihr denn essen?«

»Heute, wenn nichts dazwischenkommt.«

Hoffentlich wird sie von 'nem Bus überfahren oder kriegt den Dünnschiß ihres Lebens. Alles Übel der Welt wünschte ich ihr an den Hals.

»Na dann, viel Vergnügen.«

»Danke. Aber du mußt mir ehrlich sagen, wenn es dir was ausmacht.«

»Ist schon in Ordnung«, sagte ich tonlos. Merkte sie wirklich nicht, was sie mir da antat? Sie war doch sonst nicht so unsensibel.

»Du, da bin ich jetzt richtig erleichtert. Ich hatte schon ein bißchen ein schlechtes Gewissen, weißt du.«

»Jaja, schon gut. Mach dir um mich bloß keine Gedanken.« Scheiß auf deine scheinheilige Frauensolidarität! Erst singt sie mit mir »Frauen kommt her«, dann spannt sie mir den Macker aus!

»Ich ruf dich wieder an.«

»Tu das. Viel Spaß!« Der Teufel soll euch holen, alle beide.

Ruhelos tigerte ich in der Wohnung herum. Es wurde Abend. Ich malte mir aus, wie Elisabeth jetzt ihre schwarzen Locken zurechtzupfte. Wahrscheinlich würde sie die türkise Bluse tragen, die ihr so ausgezeichnet stand. Dazu die Filigranohrringe mit den passenden Steinen. Und sicher überschüttet sie sich mit Patschouli und malt sich die Augen an wie eine indische Tempeltänzerin! Wenn sich Elisabeth anstrengte, konnte sie recht verführerisch aussehen. Daß sie für Carlo sämtliche Register ziehen würde, daran hatte ich nicht den geringsten Zweifel.

Zur Beruhigung kochte ich mir einen Tee, den ich dann völlig zu trinken vergaß.

Was fand er an ihr, warum ging er mit ihr aus und nicht mit mir? Immerhin war sie zehn Jahre älter als ich! Vielleicht hat er einen Hang zum Morbiden, dachte ich gehässig.

Die Sache mit Carlo war zu einer fixen Idee geworden. Ich glaubte, er wäre der einzige ideale Mann für eine Liebesbeziehung, wie ich sie mir vorstellte: Liebe und Freundschaft zugleich, Harmonie des Geistes, Sex natürlich auch, aber jedem seinen Freiraum. Liebe und Freiheit, das war's. Und kein Versteckspiel mehr wie mit Alex. Ja, er war genau der Typ, den ich brauchte, mit ihm hätte ich… wollte ich… und jetzt… alles Scheiße!

Die nächsten Tage brachte ich es einfach nicht fertig, Elisabeth anzurufen und mich nach dem Stand der Dinge zu erkundigen. Obwohl ich an nichts anderes dachte. Ich fieberte dem Endspiel entgegen. Aus diesem Anlaß kam sogar Tanja mit zum Fernsehen, was Philipp wie ein Glühwürmchen erstrahlen ließ. Die beiden waren noch nicht da. Ich war hypernervös. Böse Vorahnungen plagten mich.

Sie trafen ein, als das Spiel bereits lief. Zusammen. Klar, Elisabeth wurde nie rechtzeitig fertig. Carlo brachte eine Schale Tiramisu mit. Die Sache war eindeutig. Elisabeths Augen strahlten. Ihr süßes Parfüm schlug mir wie eine Ohrfeige ins Gesicht.

Carlo behandelte mich charmant und freundlich, wie immer. Elisabeth wich meinem Blick aus. Die ganze Zeit mußten sie auch noch händchenhaltend dasitzen, man stelle sich das vor. Erwachsene Menschen! Ich konnte kaum noch hinschauen. Von Carlos Tiramisu aß ich nicht einen Löffel, dabei gilt es zu bedenken, daß Tiramisu meine zweitliebste Nachspeise ist. Vom Spiel kriegte ich überhaupt nichts mit, obwohl ich krampfhaft auf den Bildschirm starrte.

Was war bloß los? Erst die Pleite mit Alex. Okay, der war verheiratet, so eine Niederlage ist keine Schande, Ehen erweisen sich im Ernstfall oft als überraschend stabil.

Aber Carlo? Ich kannte ihn seit Wochen. Nichts war passiert. Und Elisabeth betörte ihn an einem einzigen Abend! Zerstörte mein Lebensglück, meine letzte Chance auf eine erfüllte Liebesbeziehung. Daß eine solche für mich noch bis vor kurzem zum absolut Überflüssigsten gehört hatte, übersah ich großzügig.

Da an diesem Abend offenbar alles schiefging, verlor die deutsche Mannschaft auch. Aber darüber war ich beinahe froh. Das hätte noch gefehlt, jetzt ein allgemeiner Freudentaumel.

»Was machst du für ein Gesicht?« nörgelte Tanja, »ich wußte gar nicht, daß dir Fußball so zu Herzen geht.«

»Doch, doch. Man könnte mich fast als fanatisch bezeichnen«, gab ich zurück.

Irgendwie überstand ich diesen Abend, ohne jemandem an die Gurgel zu springen, die Tiramisu-Schale auf Elisabeths Schädel zu zertrümmern oder anderweitig aufzufallen. Bemerkenswert, fand ich, geradezu der Gipfel der Selbstbeherrschung. Nur, was nützte mir das?

Es war Sommer geworden, die Straßencafés und Gartenkneipen waren proppenvoll bis in die tiefe Nacht. Berlin zeigte sich von seiner besten Seite, und ich ließ den Kopf hängen. Nächtelang trieb ich mich herum, allein oder mit flüchtigen Bekanntschaften vom OSI, manchmal auch mit Tanja. Es war nicht schlecht, mit Tanja auszugehen. Sie hatte zahlreiche Bekannte, erregte überall Aufsehen, und ich kriegte auch so manches Häppchen davon ab. In der Öffentlichkeit benahm sie sich mir gegenüber äußerst zuvorkommend, manchmal fast schwesterlich-fürsorglich. Überhaupt, in letzter Zeit verstanden wir uns um Längen besser. Unsere Kabbeleien verloren an Schärfe, es waren keine Machtkämpfe mehr, sie glichen eher den Reibereien eines alten Ehepaares, das gewohnt ist, auf diese Weise zu kommunizieren. Hin und wieder kam Philipp mit. Dann buhlten wir beide um Tanjas Gunst. Ich glaube, Philipp war sogar ein wenig eifersüchtig auf mich.

Tanja bevorzugte Lokale, die in der Inneneinrichtung ihrem kahlen, weißen Zimmer ähnelten. Ich fühlte mich eher in Biergärten geborgen. Eigentlich fand ich den Sommer in Berlin recht aufregend, aber nichts drang so richtig zu mir durch. Meine spontane Begeisterungsfähigkeit war dahin.

Ich leistete mir eine Dreitagesaffäre mit einem irischen Bandleader auf Tournee. Er spielte Geige, hatte flammendrotes Haar und die dünnsten Beine, die ich je an einem Mann erlebt habe. Ich glaube, ich schlief nur mit ihm, weil ich diese Stelzen unbedingt nackt sehen wollte.

Nie mehr rief ich Carlo an. Elisabeth auch nicht. Ich ging beiden aus dem Weg. Sicher, ich hätte die erste Liebeseuphorie abwarten können, die ja erfahrungsgemäß nicht allzulange anhält, um dann zu einem Gegenangriff zu rüsten. Aber dazu fehlte mir jegliche Energie. Zu frisch waren die Blessuren, die ich mir bei meinem monatelangen vergeblichen Kampf um Alex zugezogen hatte.

Ich resignierte. Manchmal ertappte ich mich, wie ich intensiv die Kontaktanzeigen in der *zitty* und im *tip* studierte. Sogar die *WW*! Wenn ich an einem Fotoatelier vorbeikam, guckte ich mir die Bilder der Frischvermählten an. Alles höchst bedenkliche Alarmsignale, wie ich mir hinterher beschämt eingestand.

Ich haßte mein Spiegelbild. Ich muß meinen Typ verändern, dachte ich, der alte findet offenbar keinen Anklang. Wild entschlossen ging ich zum Friseur.

Als ich am nächsten Morgen noch schläfrig in den Spiegel sah, traf mich beinahe der Schlag. Mein langes Blondhaar maß nur noch wenige Zentimeter, pinkfarbene Strähnen durchzogen es.

Die Reaktionen auf meine Frisur waren unterschiedlich. Sabine konnte ihr Entsetzen kaum verbergen. Boris meinte, es sei gewöhnungsbedürftig. Aber Tanja gab zu meinem Erstaunen zu, ich sehe wesentlich interessanter aus als vorher, außerdem komme mein Profil besser zur Geltung. Das freute mich. Ein Kompliment von Tanja, das war schon was! Mich fror bei jedem Luftzug am Hals.

Rüdiger, die treue Seele, rief wie befürchtet pausenlos an. Zum Glück wurde er von den Bratpfannen zu sehr in Anspruch genommen, um nach Berlin kommen zu können. Er bedauerte das. Ich nicht. Manchmal ließ ich mich am Telefon verleugnen, aber das hatte wenig Sinn, er rief so lange an, bis Tanja keine Ausreden mehr einfielen. Dann quatschte er mir die Ohren voll, völlig taub gegenüber meinen einsilbigen Kommentaren.

Kurz nach dem Debakel mit Carlo lud er mich ein, nächsten Monat ein paar Tage mit ihm in Urlaub zu fahren. Wohin ich wollte. Ich feilte gerade an einer überzeugenden Absage, da durchzuckte mich der Gedanke: Warum eigentlich nicht? Ich habe doch nichts mehr zu verlieren. Und *so* übel ist er auch wieder nicht.

Also sagte ich zu. Rüdiger war völlig aus dem Häuschen. Er würde sofort ins nächste Reisebüro stürzen und Hotelprospekte beschaffen. Ich sollte nur sagen, wohin ich wollte.

»Ich überleg's mir noch«, gab ich zur Antwort.

»Ja, gut. Ist ja auch völlig egal, wohin. Such uns ein schönes Ziel aus, den Rest übernehme ich.«

Ganz so beflügelt wie er war ich nicht von der Idee, aber vielleicht würden mir ein paar Tage Abstand von Berlin und dem ganzen Chaos um mich herum ganz guttun. Das muß ich Sabine erzählen, war mein erster Gedanke, die lacht sich 'nen Ast.

In letzter Zeit traf ich sie seltener. Unser Emanzenkurs war zu Ende gegangen, ohne daß wir uns danach sonderlich fit für den Geschlechterkampf gefühlt hätten.

Sämtliche Kontakte habe ich wegen diesem verflixten Carlo vernachlässigt, dachte ich wütend. Typisch weibliches Anpassungsverhalten. Neigung zur Selbstaufgabe. Genau das, was mir nie wieder passieren sollte.

Ich wählte, es wurde sofort abgehoben, als hätte Mick neben dem Telefon gelauert.

»Ach, du bist es«, hauchte er grenzenlos enttäuscht.

»Ja, ich. Mäßige deine Begeisterung.«

»Tut mir leid.« Seine Stimme war brüchig.

»Was ist los?«

»Sabine ist weg.«

»Was heißt weg?« Ich ahnte es bereits.

»Weg eben. Mit so 'nem Kerl, in den sie sich verknallt hat. Erik heißt er.« Er heulte oder war zumindest nahe dran.

»Ach du Scheiße. Den kenne ich«, gab ich zu.

»Ah, es ist mal wieder die ganze Welt informiert, nur ich Trottel hatte keine Ahnung!«

»Nein, sie hat ihn mir bloß mal gezeigt. In 'ner Kneipe. Aber ich wußte nicht, daß...«

»Dieser Saukerl!«

»Du meinst, sie ist ausgezogen, mit Sack und Pack?« Jetzt übertrieb sie es wirklich ein bißchen.

»So ähnlich. Alles hat sie nicht mitgenommen.« Er schniefte.

»Seit wann?«

»Vorgestern.«

»Und sie hat sich nicht gemeldet seitdem?«

»Nein.«

»Bist du sicher, daß sie bei diesem Typen wohnt? Vielleicht ist sie woandershin.«

»Sie hat gesagt, sie ginge zu ihm. Bei dir ist sie doch nicht, oder?«

»Nein«, zerstörte ich seinen Hoffnungsschimmer, »habt ihr euch gestritten?«

»Ja, natürlich. Oder denkst du, ich bin ihr um den Hals gefallen? Aber wir streiten uns öfter mal, das ist es nicht. Sie war die ganze letzte Zeit schon so komisch. Wer weiß, wie lange das schon geht. Hat sie dir nichts erzählt?«

»Kein Wort«, log ich. »Es ist bestimmt nur so eine Art Krise. Ein Anfall von Freiheitsdrang. Sie kommt bestimmt zurück. Im Grunde hängt sie doch sehr an dir«, versuchte ich ihn zu trösten.

»So, meinst du?« fragte er zweifelnd.

»Sicher. Ich weiß, es ist hart. Aber wart's ab, sie hat sich bestimmt bald ausgetobt.« Abwarten in seiner Situation, das heißt Übermenschliches verlangen, das war mir schon klar.

»Du hast gut reden.« Schniefen.

Wie gerne hätte ich ihm was gesagt, was ihm wirklich helfen konnte. Aber mir fiel nichts ein. Es gab wohl auch nichts Hilfreiches im Moment. »Soll ich zu dir kommen?« bot ich an.

»Ach nein. Ich komm schon klar. Jetzt hören wir besser auf. Vielleicht ruft sie ja hier an.«

»Jetzt hock dich bloß nicht tagelang vor das Telefon hin. Das bringt gar nichts.« Ich sprach da aus reicher Erfahrung. »Und wenn sie anruft, bleib sachlich, ja? Keine Vorwürfe, kein Gejammer.«

»Du solltest Briefkastentante werden«, kam es sarkastisch von Mick.

»Sollte nur 'n Tip sein. Frauen, die Szenen machen, sind schon schlimm genug, aber Männer... unerträglich, glaub's mir.«

»Ich versuch's«, sagte er folgsam, »ciao. Und danke.« Mein »Mach's gut, Alter« hörte er bereits nicht mehr.

Seltsam, dachte ich, geht's um anderer Leute Liebesangelegenheiten, dann blicke ich immer glasklar durch. Nur bei mir selber, da läuft alles schief. Vielleicht sollte ich Therapeutin werden. »Eva Lorenzo – Softwareberatung und Beziehungstherapie«, das wäre doch mal was anderes.

Ich zog die Hochzeitsklamotten noch mal raus. Für ein klassisches Konzert waren die genau das richtige. Ich hatte mich breitschlagen lassen, Jean-Claude in die Philharmonie zu begleiten, weil Boris kurzfristig zu einer Geburtstagsparty eingeladen worden war und Jean-Claude bereits lange vorher Karten gekauft hatte.

Die pinkfarbenen Strähnen bissen sich mit dem roten Rock. Na, dann eben der schwarze Mini, sieht auch nicht schlecht aus. Jean-Claude pfiff und grinste, als ich drüben auftauchte.

»Bist du fertig?« fragte ich ihn. Auch er ganz in Schwarz. Ein komisches Gefühl, mit ihm auszugehen.

»Ja, sofort. Wir 'aben genug Zeit. Boris gibt uns sein Auto. Isch muß mir nur schnell einen Schuß setzen.«

Mir blieb der Mund offenstehen. Daß er irgendwelches Zeug nahm, wer konnte ihm das verübeln in seiner Situation? Aber daß er plötzlich so offen darüber sprach! Er verzog sich ins Bad.

»Er braucht drei Spritzen am Tag«, erklärte Boris fachmännisch.

»Drei!«

»So schlimm ist das nicht. Man gewöhnt sich wohl dran.«

»Soso.« Das mußte ja Unmengen Geld verschlingen. Boris war vielleicht ein Gemütsmensch!

»Heutzutage kann man mit Zucker ganz normal leben. Er ißt ja auch fast alles, was er nicht unbedingt sollte. Nur mit dem Trinken, da ist er ziemlich eisern.«

Ich klappte meinen Mund wieder zu. Schamröte überzog meinen sorgfältig geschminkten Teint. Was war ich für ein Rindvieh! So was Peinliches! »Zucker?« fragte ich entgeistert. »Und sonst fehlt ihm nichts?«

»Reicht das nicht?« knurrte Boris. »Ich dachte, das wüßtest du längst von Tanja.«

Ich konnte mich kaum noch beherrschen vor Lachen.

»Nein«, kicherte ich, »so was darf sie mir nicht sagen.«

»Was ist daran so witzig?« Jetzt war er fast sauer. Ich schuldete ihm eine Erklärung für die blöde Lacherei. Von meinem Aids-Verdacht wollte ich aber lieber nichts erwähnen.

»Na ja, weißt du, als er eben vom Spritzen sprach, da hielt ich ihn für rauschgiftsüchtig.«

Boris schüttelte den Kopf und zog es vor, nichts darauf zu antworten.

Wir gaben rein optisch ein hübsches Paar ab, Jean-Claude und ich. Wenn ich ihn ansah, spürte ich eine grenzenlose Erleichterung. Zwar hatte er die mystische Aura des Todgeweihten für mich verloren, doch als ordinärer Zuckerkranker war er mir erheblich lieber. Gleichzeitig ärgerte ich mich über Tanjas blödsinnige Heimlichtuerei. Das mit dem Zucker hätte sie mir doch sagen können, diese Kuh. Hätte mir einige Depressionen und wüste Träume erspart.

Wider Erwarten gefiel mir das Konzert, stellenweise zumindest. Es war Tschaikowski. Jean-Claude lauschte völlig hingerissen. Ich nutzte die Zeit der Muße, um über das Leben im allgemeinen und mein verkorkstes im besonderen nachzudenken.

Nachdem der Applaus verklungen war, drängelte sich das Kulturvolk in der Halle vor der Garderobe. Meine Fantasie spielte mir mal wieder einen Streich. Der Typ da vorne sah original wie Alex aus.

»Geht das denn schon wieder los«, murmelte ich vor mich hin.

»Was 'ast du gesagt?«

»Nichts. Ich dachte, ich hätte einen Bekannten gesehen. War er aber nicht.«

»Ah so. So was kann aber leischt passieren, auch in Berlin. Man trifft überall dieselbe Bagage, es ist wie ein großes Dorf.«

Jetzt drückte sich der Typ ganz nahe an uns vorbei.

»Alex«, sagte ich leise. Er horchte auf, sah mich an, mich streifte ein Blitz.

»Eva?«

»Alex. Was tust du hier?«

»Eva!« Er sah mich an wie ein Mondkalb. Ach ja, die Frisur. Schon lag ich in seinen Armen. Er fühlte sich vertraut an. Wie hatte ich bloß so lange ohne dieses Gefühl leben können? Am liebsten wäre ich bis an mein Lebensende so stehengeblieben. Aber wir befanden uns mitten im Gedrängel und wurden von allen Seiten angestoßen. Ich löste mich widerstrebend von ihm und winkte Jean-Claude zu uns her.

»Das ist Jean-Claude, ein Freund von mir.« Die zwei gaben sich höflich die Hand.

»Bon soir«, lächelte Jean-Claude.

»Was tust du hier?« wiederholte ich. Mit Kultur hatte er doch noch nie viel am Hut gehabt.

»Ich bin geschäftlich in Berlin. Heute angekommen. Meine Kollegen wollten unbedingt hierher, ins Konzert.« Er sah sich suchend nach ihnen um. Zwei seriöse Herren beobachteten die Szene aus einiger Entfernung interessiert.

»Hör zu«, sagte er hektisch. »Ich muß jetzt zu denen. Ich wollte dich morgen anrufen.«

»Ach ja?« Verlogenes Mannsbild! Der wußte weder Nummer noch Adresse.

»Du glaubst mir nicht, was? Hier...«, er zog einen Zettel aus der Brieftasche. Meine Telefonnummer und Adresse, eindeutig.

»Woher hast du die?«

»Von Max.« Dieser schwatzhafte Mensch. Aber ich freute mich, daß Alex dies eine Mal nicht gelogen hatte.

»Darf ich dich überhaupt anrufen?« fragte er ungewohnt schüchtern.

»Ja.« War mir klar, was ich da tat?

»Schön. Ich muß jetzt weiter, die haben's eilig, in die Kneipe zu kommen. Bis morgen.«

Ich blieb total verdattert stehen. Nein, das gab es nicht. Solche Zufälle gibt es nicht. Laut Elisabeth gibt es sie überhaupt nicht. Ach, zum Teufel mit Elisabeth. Träumte ich das alles nur?

»Kommst du?« Jean-Claude zog mich am Arm. Ich ließ mich willig abführen.

»Wer war das?«

»Ein Geist.«

»Ach so. Gehen wir was trinken?«

»Ja. Das brauche ich jetzt.«

»Wir können zu uns fahren, wir 'aben Beaujolais da, der muß weg, ehe der neue kommt.« Mir war alles egal, ich nickte nur.

Die ganze Fahrt blieb ich stumm, in meinem Kopf ging es zu wie in einem Wespennest.

»Wir sind da.«

Es war gerade Mitternacht, und Boris war natürlich noch nicht von seiner Fete zurück. Jean-Claude nippte die ganze Zeit an einem winzigen Glas herum, und so stürzte ich die Flasche Beaujolais fast alleine hinunter. Jean-Claude öffnete noch eine. Er bemerkte meine Abwesenheit.

»Was ist los? 'at es mit dem Geist von eben zu tun?«

Was soll's, dachte ich, eigentlich bin ich froh, wenn ich mit jemandem darüber sprechen kann.

»Er war fast zwei Jahre mein Freund. Er ist verheiratet.«

»Ah.«

Ich schilderte Jean-Claude den tragischen Fall.

»Er will sisch mit dir verabreden, nisscht wahr?«

»Ich denke schon.«

»Und, was machst du?«

»Ich weiß es nicht. Das klügste wäre, es seinzulassen.«

»Ja, das klügste.« Er lachte. »Aber wer macht schon immer das klügste?«

Ich goß mir noch mal ein. Langsam werde ich besoffen, dachte ich. Egal. Ein schöner Abend. Es entstand eine neue, ungezwungene Vertrautheit zwischen Jean-Claude und mir.

»Wie läuft's bei euch beiden, bei dir und Boris?« fragte ich, um das leidige Thema Alex zu beenden.

»Im Moment ganz gut. Wir 'aben uns aneinander gewöhnt. Ab und zu bemuttert er misch zu sehr, dann gibt es einen Streit, wir brüllen rum, einer verläßt das 'aus, dann versöhnen wir uns wieder. Boris ist eine, wie sagt man... eine treue 'aut?«

»Seele. Eine treue Seele, sagt man. Du bist nicht treu?«

»So ziemlisch. Früher war ich schlimmer.« Er grinste spitzbübisch.

Eigentlich ein klasse Typ, dachte ich. Zu dumm, daß er schwul ist.

Der Wein schmeckte mir mit jedem Glas besser und zeigte zusehends Wirkung. In meinem Suff wurde ich mitteilsam und erzählte ihm von der Aids-Sache. Sein bitteres Lächeln zeigte mir, daß das ein Fehler gewesen war.

»So, das 'ast du also die ganze Zeit geglaubt. Ist ja völlig

196

logisch. Wenn ein Schwuler im Kranken'aus ist, dann kann es ja nur Aids sein.«

Die beißende Ironie war nicht zu überhören.

»Nein, so ist das nicht. Nur weil Tanja..., sie hat so geheimnisvoll getan, da dachte ich...«

»Wo'er willst du so sischer wissen, daß es nischt stimmt?« unterbrach er scharf und sah mich fast feindselig an.

»Und wenn schon. Für mich würde es nichts ändern. Aber ich glaube kaum, daß Boris mich anlügen würde.«

»Vielleicht wollen wir es um jeden Preis ver'eimlischen?«

Was war das für ein seltsames Theater? Ich fühlte mich äußerst unwohl. Hätte ich bloß meinen Mund gehalten! Na warte, mein Lieber, ich werde die Komödie zu Ende spielen, aber nach meinen Regeln.

Ich hielt ihm mein Weinglas vor die Nase.

»Los, spuck da rein!«

In seinen dunklen Augen blitzte es überrascht auf. Er kapierte sofort. Unverhohlener Sadismus ließ ihn genüßlich boshaft grinsen. Er tat wie ihm geheißen. Nebenbei, jammerschade um den schönen Wein.

»Du 'ast ein Gottvertrauen«, sagte er spöttisch.

»Gott? Nein! Nur zu Boris«, sagte ich. Das »und zu dir« verschluckte ich ihm zum Trotz.

»Prost.« Ich zwang mich, nicht an die Spucke zu denken, während ich das Glas hinunterstürzte. Meine letzte Mutprobe dieser Art hatte im Kindergarten stattgefunden.

Jean-Claude beobachtete den Vorgang gespannt und amüsiert. Ich setzte das leere Glas ab, schüttelte mich und sah ihn triumphierend an.

»Das war mutig. Darf isch dir ein frisches Glas bringen?«

»Ich bitte darum.«

Als er es brachte, war das Lächeln aus seinen Augen verschwunden.

»Ich habe nur ein wenig mehr Glück gehabt als andere. Sehr viel Glück sogar, wenn man mein früheres Leben bedenkt.« Auf einmal vergaß er sogar seinen Akzent. Er ging in sein Zimmer und kam mit einem Foto zurück, das er vor mir auf den Tisch legte.

Es war auf einer Party aufgenommen worden. Viele Leute, Flaschen, Gläser, Zigarettenrauch war erkennbar, die ganze Bande wirkte reichlich angesoffen und ausgelassen.

»Mein Dreißigster. Vier Jahre her.« Er rückte seinen Stuhl näher an meinen, und wir sahen uns gemeinsam das Bild an.

»Der«, er deutete auf ein Gesicht hinter einem Glas, »ist ein Kollege von mir. Hat Aids. Der auch. Das ist Günter. Auch positiv. Und der«, er tippte auf einen Hübschen im Vordergrund, »ist vor einem halben Jahr gestorben. War der Exfreund von Boris. Und das ist erst der Anfang.«

Ich schwieg beschämt. Was sollte ich dazu sagen? Und da winselte ich ihm wegen Alex was vor. Die zwei haben wirklich ernstere Sorgen, dachte ich und bereute es wieder, überhaupt davon angefangen zu haben.

»Woher weißt du, ich meine... hast du dich testen lassen?« fragte ich.

»Ich bitte dich! Ich bin andauernd beim Arzt wegen dem Zucker. Die testen zum Teil, ohne zu fragen. Aber ich wollte es. Boris auch. Das war vielleicht ein komisches Gefühl, das Warten auf den Befund. Wie auf ein Urteil. Tod oder Leben. Möchte ich nie mehr durchmachen.«

Ich schüttelte mich. Eigentlich sollte ich mich auch mal testen lassen, überlegte ich. Bei meinem Lebenswandel in den letzten Jahren...

Jean-Claude brachte das Foto zurück und erschien gutgelaunt wieder.

»Laß den Kopf nicht hängen, Eva. Isch wollte dir nischt den Abend verderben.«

»Das hast du nicht. Ich muß jetzt gehen. Morgen brauche ich einen klaren Kopf.« Ich stand auf und ging zur Tür.

»Danke für alles«, sagte ich und küßte ihn auf die Backe. »War ein klasse Abend. Astreine Musik, für einen toten Russen...«

Statt einer Antwort preßte er mich ruckartig gegen die Tür und verpaßte mir einen Zungenkuß, daß mir ganz anders wurde. Er zog mich zurück in den Flur. Arg fest mußte er nicht ziehen.

»Bleib 'ier!« Heißer Atem zischte an meinem Ohr.

»Und Boris?«

»Der bleibt sischer auf der Party.« Seine Hände wurden unter meiner Seidenbluse fündig. Ich drückte mich eng an ihn.

»Ich denke, du bist schwul«, murmelte ich, als mein Mund mal eine Sekunde leer war.

»Du bist naiv, Eva.« Ein langer Kuß. Mir war jetzt alles egal. »Was ist im Leben schon schwarz oder weiß, gut oder böse, schwul oder nischt? Du darfst disch auf nischts verlassen...«

Mit dem Absatz versetzte ich der Wohnungstür einen Stoß, so daß sie wieder zurück ins Schloß fiel.

Es war schon hell. Vögel lärmten. Schleunigst schälte ich mich aus der nachtblauen Satinbettwächse. Jean-Claude schlief noch. Ich betete, daß Boris nicht doch noch zurückgekommen war, und schlich aus der Wohnung. In meinen zerknüllten Edelklamotten stöckelte ich so leise es ging über den Hinterhof. Kein Mensch war auf.

Zu Hause schlich ich mich genauso leise wieder in mein Bett. Alex würde heute anrufen, dachte ich glücklich. Bestimmt würde er es tun. Alex hier in Berlin. Ich würde mit ihm ungehindert überall hingehen können, wir brauchten uns nicht zu verstecken. Es lebe die Großstadt!

Mit dem sicheren Gefühl, einen schönen Tag vor mir zu haben, drehte ich mich um und schlief noch 'ne Runde.

Sollte ich erst duschen und dann frühstücken? Beim Duschen könnte ich das Telefon überhören. Tanja war einkaufen. Diese Woche war sie dran. Ich entschied mich für erst duschen. Das Telefon stellte ich einfach ins Bad. Alles schon mal dagewesen, nicht wahr, Eva?

Viermal unterbrach ich die Duscherei, weil ich glaubte, das Telefon gehört zu haben. Besonders das Haarewaschen, das waren echt kritische Momente. Mit den Ohren voll Wasser, da würde ich es sicher nicht hören... Jetzt reiß dich am Riemen, ermahnte ich mich ungeduldig. Und wenn schon! Dann muß er eben noch mal anrufen. Ich fönte mich voller Hingabe, bis auch das letzte Härchen so lag, wie ich es mir vorstellte. Die rosa Strähnen waren inzwischen ein bißchen verblaßt. Blau hätte mir besser gestanden, überlegte ich kritisch. Dezenter Lidschatten, mit dem Pinsel aufgetragen, so wie Tanja mir das gezeigt hatte. Lippenstift? Doch nicht schon morgens. Kajalstift, das ist gut. Bringt die Augen zum Leuchten. Etwas Rouge auf die Großstadtblässe. Jawohl! Ich sah prima aus, fand ich. Jetzt noch das knappe, weiße T-Shirt-Kleid. Und wenn sich ganz Kreuzberg in existenzialistisches Schwarz hüllt, Weiß steht mir nun mal besser.

Auch Tanja fiel meine glänzende Erscheinung auf.

»Was ist los? Hast du was vor?«

»Nichts Besonderes«, gab ich zwischen zwei Bissen zurück. »Vielleicht besucht mich nachher ein alter Freund.«

»Das goldige Kerlchen von neulich?« Sie meinte sicher Rüdiger.

»Um Gottes willen, nein!«

»Wer dann? Ein Verflossener von dir?« Sie brühte sich noch einen Kaffee auf. Ich bevorzugte schwarzen Tee zum Frühstück.

»Könnte man sagen«, gab ich zögernd Auskunft.

»Du bist früh heimgekommen.« Süffisant betonte sie das »früh«.

»War ein langes Konzert.«

»Hat es sich gelohnt, ja?« Ihr Sarkasmus war einfach nicht zu überhören.

»Ein absoluter Kunstgenuß in jeder Hinsicht«, gab ich zu. Das stimmte. Bei diesem Jean-Claude könnten so einige Herren mal geschlossen zum Lehrgang antreten.

»Ach ja, ich soll dir schöne Grüße von Carlo ausrichten. Warum du dich nicht mehr rührst.«

»Danke.« Was interessierte mich Carlo an so einem Tag, nach so einer Nacht, unmittelbar vor Alex' Besuch?

»Habt ihr Knatsch?« bohrte sie nach.

»Nein, wie kommst du drauf? Übrigens«, lenkte ich ab, »ich finde, wenn du schon Frischkornbrei, Müsli und all das gesunde Zeug ißt, dann solltest du diesen starken Kaffee weglassen. Versuch's doch mal mit Tee oder mit Caro.«

»Das weckt mich nicht. Außerdem fördert der Kaffee meine Verdauung, und das ist wichtig.«

»Ja, ich weiß«, knurrte ich. Nach dem Frühstück konnte man das Bad für Stunden nicht mehr benutzen.

Es war zehn Uhr. Warum ruft er nicht an? Aber eigentlich hat er nicht gesagt, wann er anruft. Das kann ja den ganzen Tag dauern. Ich hätte eine Zeit ausmachen sollen. Wenn ich die Stunden bezahlt kriegte, die ich in meinem jungen Leben schon auf diesen Kerl gewartet habe, dann wäre ich steinreich, dachte ich wütend auf mich selber. Da klingelte das Telefon.

»Dein Lover«, brummte Tanja mißgelaunt.

Es war Mick. Verdammt, ausgerechnet heute.

»Wie geht's dir?« fragte ich.

»So lala.«

»Was ist mit Sabine?«

»Nichts. Ich hab mal mit ihr telefoniert, wollte mich mit ihr treffen, aber sie wollte noch nicht. Sie würde demnächst vorbeikommen, hat sie gesagt.«

»Na also, immerhin«, sagte ich betont munter.

»Bei dir hat sie sich auch nicht gemeldet?«

»Nein.«

»Sag mal, hättest du nicht Lust vorbeizukommen? Es gibt was zu feiern. Trotz allem.« Ich sah ihn vor mir, wie er schief lächelte.

»Zu feiern? Was denn?«

»Ich habe bestanden. Die Aufnahmeprüfung, du weißt doch...«

»He, super!« Gott sei Dank! Wenn er die auch noch verpatzt hätte...

»Also kommst du? Ich besorg uns Sekt und einen Kuchen...«

»Mick, es tut mir schrecklich leid, aber heute geht es nicht. Ehrlich. Ich warte auf jemanden, es ist wichtig für mich.«

»Hm.«

»Hast du niemand anderen, mit dem du feiern kannst?« So was Saublödes! Aber jetzt ging es zur Abwechslung mal um *mein* Privatleben.

»Nein, aber ist schon okay. Ich verstehe schon.« Das klang sehr enttäuscht.

»Bitte, sei mir nicht böse. Ich würde wirklich gerne, das weißt du doch hoffentlich.«

»Ja, alles klar.«

»Sei nicht beleidigt. Ich freue mich sehr für dich. Kann ich dich morgen anrufen?«

»Von mir aus.«

»Tut mir echt leid, wir können morgen...« Aufgelegt. Ich kam mir schäbig vor. Aber verdammt, ich muß auch mal an mich selber denken, sagte ich mir mit schlechtem Gewissen.

»War er das?« fragte Tanja interessiert.

»Nein. Mick. Er hat seine Aufnahmeprüfung bestanden.«

»Oh, ein Künstler ist geboren ... «, höhnte Tanja.

»Spar dir die Witze!« gab ich scharf zurück.

»Oh, Madame haben wohl schlechte Laune. Solltest nicht in der Gegend rumvögeln, wenn dir das nicht bekommt.«

Ich war sprachlos ob ihres Angriffs und der ungewohnt derben Wortwahl.

»Also, ich fahr jetzt in die Klinik. Er wird schon noch anrufen, dein Verflossener«, spöttelte sie und verschwand alsbald.

Ich dachte an Sabine. Warum stellte sie sich so an? Ließ Mick zappeln wie einen Hering, das war wirklich nicht die feine Art. Sogar mir ging sie aus dem Weg, weiß der Teufel, warum. Bestimmt nahm sie mir übel, daß ich ihren Typen nicht so toll fand.

Klasse, dachte ich, meine Freundinnen! Heike weit weg und obendrein verheiratet, Elisabeth schnappt mir Carlo vor der Nase weg, und Sabine läßt sich wegen dieses Yuppieaffen nicht mehr blicken. Alles, was mir bleibt, sind die nörgelige Tanja und der jammernde Mick. Und sollte Boris Wind von der Sache heute nacht bekommen, bin ich die beiden auch noch los. Prächtige Aussichten waren das.

Es wurde fast Mittag, ehe Alex sich zu melden geruhte. Wir verabredeten uns für zwei Uhr. Er würde mich abholen, ich beschrieb ihm den Weg. Ich brachte die Bude auf Vordermann. Er sollte nicht denken, daß ich hier in Berlin verkomme.

Kurz nach zwei stand er schwer atmend vor der Tür. Er trug eine neue Leinenhose und ein T-Shirt, weiß, wie passend. Wir würden aussehen wie die Sommerfrischler.

»Hu, diese Treppen«, stöhnte er.

»Und das sagst du als Sportler«, witzelte ich. Wir waren

etwas verlegen. Er küßte mir die Wange. Ich zeigte ihm die Wohnung. Er betrachtete alles genau und schien erstaunt, keine Anzeichen des sozialen Abstiegs vorzufinden.

»Nett habt ihr es hier.« Er redete wie eine Patentante, die ihren Schützling besucht, dachte ich befremdet.

Er setzte sich auf einen Küchenstuhl und zog mich zu sich her.

»Gut siehst du aus. Die Stadtluft scheint dir zu bekommen.«

»Was hast du erwartet«, gab ich zurück, »daß ich aussehe wie ein Junkie vom Nollendorfplatz?«

»Die Frisur steht dir. Wenn man sich erst mal dran gewöhnt hat...«

»Ich denke, du stehst auf lange, blonde Mähnen«, stichelte ich. Er überhörte das.

»Hör mal«, sagte ich ernsthaft, »wir können ein bißchen rausfahren, wenn du willst. Bei dem Wetter. Aber vorher würde ich noch gerne bei 'nem Freund vorbeischauen. Besser gesagt, dem Mann meiner Freundin. Sie hat ihn verlassen. Momentan zumindest. Es geht ihm nicht besonders gut und... Ach, ich erklär dir das unterwegs.« Mick ließ mir keine Ruhe.

»Wie du willst. Besuchen wir also einen verlassenen Ehemann.«

Micks Auto stand vor der Tür, Alex grinste über die Malereien und die diversen Aufkleber.

Die Haustür war nicht abgeschlossen, wir gingen hinein, ich klopfte an der Wohnungstür. Nichts rührte sich. Keine Musik wie sonst immer. Lautes Klopfen. Nichts. Er konnte nicht weit sein, wo sollte er ohne Auto hin? In der Nachbarschaft kannten sie niemanden näher, soviel ich wußte. Eine komische Unruhe befiel mich.

»Scheint nicht dazusein, dein Freund.« Alex sah sich unbehaglich in dem muffigen Hausflur um.

»Hier riecht's.«

»Nach Hund. Brich die Tür auf.«

»Was soll ich? Bist du verrückt?« Alex starrte mich an.

»Bitte. Ich kenne Mick. Da ist was nicht in Ordnung.«

Alex rüttelte am Türknauf.

»Ziemlich lotterige Angelegenheit.«

»Also dann, bitte.«

»Auf deine Verantwortung.«

»Ja. Jetzt mach schon!«

Wie im Tatort-Krimi, dachte ich, als er Anlauf nahm und seine durchtrainierten achtzig Kilo gegen die Tür warf. Sie sprang sofort auf. Wahrscheinlich hätte ein Tritt genügt. Gegenüber kläffte der Hund, aber kein Mensch ließ sich blicken.

Es herrschte eine gewisse Unordnung. Leere Flaschen überall, überquellende Aschenbecher, Teller mit Speiseresten, das Übliche, nur noch eine Spur schlimmer.

»Mick? Mick, ich bin's!«

Keine Antwort. Ich ging zur Schlafzimmertür.

»Mick?« Er lag eingerollt wie ein Embryo auf dem Bett. Ich ahnte Fürchterliches.

»Mick!«

Ich wollte ihn soeben schütteln, da öffnete er die Augen, sah mich grantig an und fragte ungnädig:

»Was willst du denn hier?«

»Entschuldige, ich dachte… verdammt noch mal, warum machst du die Tür nicht auf!« fuhr ich ihn an.

»Weil ich meine Ruhe wollte.«

»Du Arschloch! Heute morgen noch wolltest du unbedingt, daß ich komme.«

»Ja, heute morgen…«

»Ich dachte, du… ach, weiß der Teufel, was!«

Er erhob sich seufzend.

»Und wer ist der da? Der Onkel Doktor?«

Alex stand im Türrahmen und schmunzelte vor sich hin. Am liebsten hätte ich Mick eine verpaßt. Mich vor Alex derart lächerlich zu machen!

»Das ist Alex. Ein Freund.«

»Hi.« Mick hob lässig die Hand, Alex ebenso.

»Servus, Mick. Tut mir leid wegen der Tür. Aber sie wollte es.« Er wies mit einer Kopfbewegung auf mich. Das war die Höhe. Mir so in den Rücken zu fallen.

»Macht nichts. War eh schon ziemlich im Arsch.«

»Also dann, wie ich sehe, geht's dir inzwischen blendend.

Gehn wir wieder.« Ich drehte mich wütend um. Doch Mick schien sich wieder zu fangen.

»He, wartet. Ist ja schon gut. Entschuldigt. Komm, wir trinken einen zusammen.«

Er fuhr sich durch die struppigen Haare, ging ins Wohnzimmer und brachte eine Flasche Southern Comfort zum Vorschein.

»Was anderes scheint nicht mehr dazusein. Da, trink was.« Er goß mir einen kräftigen Schluck in ein Senfglas. Ich roch seine alte Alkoholfahne und trank angewidert. Pur schmeckte das Zeug scheußlich.

»Du auch, Alex?«

»Na gut. Auf den Schreck.«

Mir war die Sache recht peinlich, und ich wäre viel lieber gegangen. Aber da saßen sie schon einträchtig auf dem Sofa und waren munter am Quatschen und am Saufen.

»Ich koch uns 'nen Kaffee, den kannst du brauchen«, sagte ich giftig zu Mick, »und danach gehen wir«, das galt Alex, der sich soeben das zweite Glas eingoß. Verdammt, das sollte doch *mein* Tag mit Alex werden.

Die Kaffeemaschine war hinüber, also brühte ich uns eine Kanne per Hand auf. Das dauerte ewig. Ich versuchte, den unbeschreiblichen Zustand der Küche zu ignorieren.

Als ich zurückkam, hatte die Flasche schon bedenklich an Inhalt verloren. Die zwei schienen sich prächtig zu verstehen. Kein Wunder, denn es ging darum, wie schlecht, egoistisch und unzuverlässig die Frauen doch wären. Ein Lamento löste das andere ab. Es war kaum auszuhalten. Überhaupt Alex! Gerade der mußte sich über die Frauen beschweren, ausgerechnet er. War er nicht bisher bestens mit ihnen zurechtgekommen? Jahrelang waren ihm Frau und Geliebte gleichermaßen treu ergeben, und jetzt das. Ich knallte die Kaffeetassen auf den Tisch, daß es nur so schepperte.

»Da hast du es«, lallte Mick, der es geschafft hatte, in Rekordzeit stockbesoffen zu werden, »unbe... herrsch und eiersüchtig, wenn ma sich ma nich ausch... ausschließch mit ihn' abgibt.«

»Sei du bloß ruhig«, zischte ich ihn an.

»Laß ihn. Er hat schon genug mitgemacht«, fiel mir Alex ins Wort.

»Ha! Du auch noch.«

Sie kippten beide einen Schuß Southern in den Kaffee.

»Schmeckt nich übel, was?« Mick grinste blöde, Alex nicht wesentlich anders.

»Sasssern Kaffee, eine neue Creation ...«, das war Alex.

»Können wir dann gehen?« fragte ich ihn gereizt.

»Wenn's unbedingt sein muß. Mick, bist du sicher, daß du mich nicht mehr brauchst?« Mick!

»Jaja, is in Onung«, kam es undeutlich. Mann, war der besoffen. Ein aufgewärmter Rausch, eindeutig. Alex hatte einen Geistesblitz:

»He, Mick, du könntest auch mitkommen. Oder, Eva, Mick kann doch mit uns kommen?« Das fehlte noch. Ich mochte Mick, wirklich. Aber nicht ausgerechnet heute, nicht in diesem Zustand.

»Also ehrlich gesagt ...«

»Klar, Mick, komm doch mit!« Was soll das? Will er nicht mit mir allein sein? Warum hat er dann überhaupt angerufen?

Alex legte den Arm um Mick.

»Du hast ganz prima Freunde«, meinte er zu mir. Jetzt erst bemerkte ich, daß er fast ebenso besäuselt war wie Mick. Er hatte diesen glasigen Blick, sein Gesicht war röter als sonst.

»Wißt ihr was«, kreischte ich außer mir vor Wut und Enttäuschung, »macht doch, was ihr wollt! Sauft euch die Birne zu, bemitleidet euch, aber ohne mich!« Wie sie mich verständnislos anstarrten, wie die kleinen Kinder.

»Was hat sie denn?« Mick glotzte mich aus alkoholverdämmerten Augen an. Alex versuchte aufzustehen, hatte aber damit ein paar Schwierigkeiten. Es war hoffnungslos. Total genervt rannte ich aus der Wohnung. Die Tür, die wir nur am Rahmen angelehnt hatten, fiel krachend hinter mir zu Boden, der Hund nebenan kläffte, ich rannte tränenüberströmt die Straße hinunter.

Der Abend und die Nacht nach diesem Ereignis bleiben besser unerwähnt. Jedenfalls hatte ich am nächsten Morgen alle

Mühe, die Spuren des Zorns wieder aus meinem Gesicht zu vertreiben.

Alex rief am Vormittag reumütig an, entschuldigte sich tausendmal für sein Benehmen, er wisse auch nicht, wieso es so ausgeartet sei, und so weiter. Ob er mich trotzdem heute abend zum Essen einladen dürfe? Tagsüber müsse er leider... die Geschäfte, ich wisse ja.

Dämlich, wie ich bin, sagte ich natürlich ja. Es war immer dasselbe. Was hatte ich mir in den letzten Stunden nicht alles an Vorwürfen überlegt, die ich ihm machen würde, wenn er anriefe. Aber jetzt war ich froh, seine Stimme zu hören, und sagte nur:

»Schon gut. Komm, wenn du fertig bist.«

Mit Armesündermiene stand er kurz vor acht auf der Matte. Wir gingen sofort, ich hatte Hunger. Auf der Treppe begegnete uns Tanja.

Ich stellte die beiden kurz vor. Tanja stierte Alex an, als sähe sie zum ersten Mal in ihrem Leben einen Mann. Er gefällt ihr wohl, notierte ich befriedigt. Ja, Eindruck machen, das konnte man mit Alex schon. Er trug sein Flair »jung, dynamisch, erfolgreich« wie eine Standarte vor sich her.

Alex seinerseits starrte Tanja ungläubig an. Dieser Provinzler, dachte ich und schämte mich für ihn, er tut, als sähe er zum ersten Mal jemanden mit brauner Haut, die nicht vom Solarium stammt! Nachdem sie sich genug beäugt hatten, konnten wir endlich weitergehen.

Alex schlug ein japanisches Restaurant in der Nähe vom Ku'damm vor. Sein Kollege hatte ihm davon vorgeschwärmt. Ich kannte es nur vom Hörensagen, aber warum nicht mal japanisch.

Schweigsam beobachteten wir die flinken Bewegungen unseres Tischkochs. Ich probierte sogar den rohen Fisch.

»Schmeckt seltsam. Aber nicht schlecht.«

»Da bin ich ja froh, daß ich dir als alter Berlinerin noch was Neues bieten kann«, meinte Alex mit unbeholfenem Humor.

»Soll gut für die Potenz sein.«

»So?« Er grinste. Vermutlich dachte er schon voraus. Als der Koch weg war, sah er mich durchdringend an und flüsterte:

207

»Sag mal, die Frau auf der Treppe, das war also deine Mitbewohnerin?«

»Aber ja. Was soll die Frage? Bist du schockiert, weil sie ein Mischling ist?«

»Quatsch. Wofür hältst du mich denn?«

Er zündete sich bedächtig eine Zigarette an. Ich lehnte ab.

»Du rauchst nicht mehr?«

»Nein. Tanja und ich haben seit Neujahr aufgehört. Bis jetzt haben wir durchgehalten. Also ich wenigstens. Ob Tanja heimlich raucht, weiß ich natürlich nicht.«

»Weißt du, wovon deine Freundin lebt?« fragte er.

»Sie ist nicht meine Freundin. Ich wohne nur bei ihr«, stellte ich erst mal richtig. Was sollte denn die Fragerei?

»Sie ist Fotomodell. Ein ziemlich begehrtes sogar, soweit ich das mitgekriegt habe. Wieso, stört dich was an ihr?«

»Ich kenne sie.«

»Seit wann liest du Modezeitschriften?«

»Nicht daher. Ich habe sie vor drei Tagen auf dem Empfang kennengelernt.«

»Moment mal, eins nach dem anderen. Du bist doch erst seit vorgestern hier, hast du gesagt.«

»Na ja, ich hab dich angeschwindelt. Ich habe einfach nicht gewagt, bei dir anzurufen.« Er blickte zerknirscht vor sich hin. »Aber ich hatte es vor. Sonst hätte ich mir die Nummer ja nicht geben lassen«, trumpfte er auf.

»Jaja, schon gut. Ist doch auch egal. Aber was hat das mit Tanja zu tun? Sie war auf einem Empfang, na und?«

»Sie war die Begleiterin eines unserer Kunden. Der Typ ist verheiratet.« Er guckte noch verlegener als vorhin. Tanja und ein verheirateter Mann, wie komisch. Hab ich doch immer schon geahnt, daß sie irgendwas verbirgt.

»Schau an, schau an«, lächelte ich ironisch, »so was soll ja hin und wieder vorkommen...« Dieser Mann hat vielleicht eine köstliche Moral.

»Nicht wie du denkst«, fuhr er fort und nahm noch eins von diesen Spießchen mit rohem Fisch drauf. Er kaute ewig dran rum. Ich wartete.

»Ach, vielleicht sollte ich es dir lieber gar nicht sagen...«

Solche Spielchen hasse ich, und Alex wußte das. Es genügte also ein scharfer Blick von mir, um ihn zur Fortsetzung seiner Rede zu bewegen.

»Also gut. Sie ist nicht seine Freundin. Weißt du, der Typ ist so einer, der schmückt sich gerne mit schönen Frauen.«

»So ein Schlimmer«, entfuhr es mir. Alex achtete nicht darauf.

»Er hat sie... wie soll ich sagen, er hat sie gemietet!«

»Was hat er?!«

»Sie gemietet. Ich weiß das so genau, weil wir ihn natürlich aufgezogen haben, wie *er* an so eine Frau kommt. Und gestern nacht in der Hotelbar, er war genauso besoffen wie ich, da hat er es mir erzählt. Er hat sie vermittelt bekommen, über eine ganz exklusive Callgirl-Agentur.«

»Du spinnst!« Ich verschluckte um ein Haar mein Sushi-Spießchen.

»Ehrlich. Wenn ich's dir sage. Er mußte zwölfhundert Mark hinblättern. Hat er gesagt.«

»Wie bitte?«

»Für die ganze Nacht«, fügte er hinzu.

»Du meinst, sie ist ein... ein Gallgirl? Eine Edelnutte? So was hätte ich doch gemerkt. Du mußt sie verwechseln!«

»Ich verwechsle sie nicht. Todsicher.« Er trank einen ordentlichen Schluck, ich ebenso, den hatte ich nötig.

»Ich weiß nicht... Bei uns war noch nie so ein Typ. Sie bringt überhaupt keine Männer mit. Mir kam das schon krankhaft vor!«

Ich starrte ratlos vor mich hin. Da mußte Alex hierherkommen, um das Geheimnis um Tanja zu lüften. Ich brauchte ein Weilchen, um die Neuigkeit zu verdauen.

»...muß ein irres Geld verdienen. Was tut sie bloß damit?« hörte ich ihn sagen. Ich überlegte.

»Sie hat teure Interessen«, antwortete ich vage. Sicher brauchte sie das Geld für Klamotten und Koks. »Aber so oft ist sie gar nicht über Nacht weg«, zweifelte ich noch immer. »Die paar Nachtwachen im Monat...«

»Na, bei dem Preis ist das ja auch nicht notwendig.«

»Hm.«

»Vielleicht solltest du lieber ausziehen.«

»Wieso?« fragte ich begriffsstutzig.

»Ich meine, du kannst doch nicht mit einer Nutte zusammenleben!«

»Was kann ich nicht? Und was heißt hier überhaupt Nutte?« Das Wort, so verächtlich wie er es aussprach, störte mich. Ich war sauer. Sauer, weil Tanja es mir nicht selbst gesagt hatte, sauer, weil gerade Alex es herausfinden mußte, und sauer, weil er sich nun als Richter über Tanja und mich aufspielte. Ausgerechnet er maßte sich ein Urteil an, das war der Gipfel. Ich verspürte auf einmal das Bedürfnis, Tanja zu verteidigen.

»Klar kann ich mit einer Nutte zusammenleben. Wo ist überhaupt der Unterschied zwischen einer Nutte und einer sogenannten braven Ehefrau, mit der beispielsweise *du* zusammenlebst?« hob ich an und fuhr, ohne eine Entgegnung abzuwarten, fort: »Ich kann's dir sagen: Da ist nicht viel. Meinetwegen, Tanja bumst für Geld, aber das tut Frau Meier-Müller-Huber auch. Nur daß Tanja es direkt kriegt, und bei Frau Meier-Müller-Huber läuft die Entlohnung in Form von Unterhalt, wie das so schön heißt. Vielleicht ein bißchen Taschengeld dazu, wenn der Herr Gemahl großzügig ist.«

»Eva, reg dich wieder ab!« Alex sah sich pikiert um. Am Nebentisch waren die Gespräche verstummt, sogar der Tischkoch spitzte die Ohren. Aber einmal in Fahrt, war mir das völlig schnurz. Mit klarer, deutlicher Stimme fuhr ich fort:

»Tanja geht immerhin mit Männern ins Bett, die am Abend schön mit ihr ausgehen, sie zum Essen einladen, ihr Komplimente machen, sich für sie zurechtmachen, meinetwegen auch mit ihr angeben. Aber sie duschen und parfümieren sich wenigstens vorher, zeigen sich von ihrer Schokoladenseite, sind charmant und witzig, soweit sie können, und bestimmt rülpsen, furzen und pissen sie nicht in ihrer Gegenwart.« Alex wollte etwas sagen, hatte aber keine Chance. »Da sieht's bei der ach so anständigen Frau Meier-Müller-Huber schon anders aus: Der Herr kommt irgendwann heim, redet fünf bis zehn Sätze mit ihr, ißt, zieht sich vor der Glotze ein paar Bierchen rein, raucht ein paar dazu und geht dann ins Bett. Ohne zu duschen, wohlgemerkt. Dann wird gevögelt, weil sie ja so praktisch nebenan liegt. Natürlich ohne ein Kompliment vorher und ohne einen Scheck hinterher.«

»Eva! Nicht so laut!« Alex wäre am liebsten unterm Tisch versunken, aber darauf konnte ich jetzt keine Rücksicht nehmen.

»Und während der Vögelei denkt sie wahrscheinlich darüber nach, was sie morgen kochen soll, daß die Schlafzimmerdecke mal wieder gestrichen werden müßte, und dazu stöhnt sie ihm künstlich was vor, damit er bald fertig wird und sie endlich schlafen kann. Und das Ganze findet regelmäßig samstags nach dem aktuellen Sportstudio statt und vielleicht auch noch dienstags, wenn Herr Meier-Müller-Huber angesoffen vom Kegeln kommt, denn rein statistisch ist die Ehe in Ordnung, wenn zweimal wöchentlich gebumst wird.«

»Du übertreibst maßlos!«

Ich wußte, daß ich die Dinge möglicherweise ein wenig drastisch ausmalte, aber das war pure Absicht. Alex' Gegenwart reizte mich förmlich dazu. Bestimmt deshalb, weil er zu meinem Leidwesen an der Institution Ehe und Familie so krampfhaft festhielt.

»...und wenn sie ihre Tage hat, dann bläst sie ihm einen und schluckt das Zeug runter, damit sie wenigstens diesmal die Laken nicht auswechseln muß. Über so was wie schmutzige Wäsche braucht sich Tanja keine Gedanken zu machen. Sie geht am nächsten Tag in die Stadt und kauft sich für das Geld, was sie will! Und jetzt erzähl du mir noch mal, ich könnte nicht mit einer Nutte zusammenleben!«

Ich schüttete den Rest des Glases in meine ausgetrocknete Kehle.

»Bist du jetzt fertig?« zischte Alex. »Wenn's so toll ist, warum tust du's dann nicht auch?«

»Ich hab nicht gesagt, daß es toll ist«, fauchte ich zurück, »es ist lediglich das kleinere Übel«, und zum Nebentisch gewandt: »Der Vortrag ist beendet.« Verlegen sah man dort zur Seite.

»Woher willst du denn so genau über die Ehe Bescheid wissen? Soviel mir bekannt ist, warst du doch noch nie verheiratet.«

»Das haben die Frauen in meinem Kurs am OSI erzählt. Als es ums Thema Sauberkeit und Körperhygiene ging«, triumphierte ich.

»So was erzählen die da?« fragte er mißtrauisch.

»Die erzählen noch ganz andere Sachen, ich könnte dir ...«

»Nein, bloß nicht!« Jetzt war es Alex, der schrie.

»Dann eben nicht«, grinste ich boshaft.

Eine Weile herrschte nachdenkliches Schweigen. Der Nebentisch ging, nicht ohne mich im Vorbeigehen noch mal genau zu mustern. Ich winkte freundlich. Dann schüttelte Alex den Kopf, lächelte versöhnlich, und ich drückte ihm, ebenfalls lächelnd, die Hand.

»Du hast dich ganz schön verändert hier. Wie's aussieht, glaube ich, du solltest besser nie heiraten!«

»Ja, ist wohl vorteilhafter für alle Beteiligten«, nickte ich. Dabei fiel mir ein, daß wir heute überhaupt noch nicht über uns gesprochen hatten. Andererseits, was gab es da schon zu sagen? Und ich mußte mir ja diese paar wenigen Stunden mit ihm nicht gewaltsam verderben. Doch ich konnte es nicht lassen, wenigstens nach Franziska mußte ich mich erkundigen:

»Jetzt, wo sie dich zurückhat, ist doch sicher wieder Friede, Freude, Eierkuchen, oder nicht?«

»Eva, dir ist wohl noch nicht aufgefallen, daß Männer keine Pfandflaschen sind, die man einfach so zurückgibt nach Gebrauch. So ein ... eine Beziehung mit einer anderen über Monate, das hinterläßt schon seine Spuren, glaub mir! So einfach ist das nicht, bei Null wieder anzufangen.«

Ich fühlte mich unbehaglich und stellte keine weiteren Fragen. Auch er zog es vor, sich auszuschweigen.

»Wie lange bist du noch in Berlin?«

»Bis morgen.«

Also blieb uns nur noch dieser Abend. Er lächelte mich an.

»Komm, laß uns nach Hause gehen.«

»Zu mir?« fragte ich gespannt.

»Wenn du nichts dagegen hast ...«

Auf der Heimfahrt dachte ich angestrengt über Tanja nach. Zwei Berufe hatten mich immer schon fasziniert, Nutten und Nonnen. Zu gerne hätte ich mal mit beiden über ihr Leben gesprochen, wie es dazu kam, wie man sich dabei fühlt, warum sie das taten, was sie taten. Und jetzt lebte ich schon fast ein Jahr mit einer dieser schillernden Persönlichkeiten zusammen und merkte es nicht mal! War ich denn wirklich so naiv oder war Tanjas Tarnung so perfekt gewesen?

Tausend Fragen gingen mir im Kopf herum. Wieso hatte sie es verschwiegen? Andererseits, warum sollte sie Vertrauen zu mir haben? Eine richtige Freundin war ich ihr auch nie gewesen, das mußte ich leider zugeben. Sicher, es war kein leichtes Stück, mit ihr auszukommen. Aber mit mir möglicherweise auch nicht.

Wer wußte wohl davon? Sie besaß keine engere Freundin, keinen Freund; niemanden, dem sie vertraute. Philipp war nur ein Anhängsel. Warum war sie so verschlossen? Wurde man so in diesem Job? Oder mußte man dafür so sein? Irgendwie bewunderte ich sie. Sie nahm die Männer bestimmt gehörig aus, ließ sie einen ganz schönen Haufen bezahlen für ihre Geltungssucht und Geilheit. Faszinierend! Was das wohl für Typen waren? Was, wenn einer ganz widerlich war? Konnte sie sich ihre Kunden aussuchen?

»Hallo, aufwachen, wir sind da!« Alex hielt an, wir gingen rauf.

Von Tanja war zum Glück nichts zu sehen und zu hören. In meinem Zimmer zündete ich zwei Kerzen an.

Alex bewunderte Max' Schreibtisch. Der Rest der Einrichtung verdient es nicht, erwähnt zu werden. Ikea-Schrott.

Es war eine seltsame Stimmung zwischen uns. Nicht ganz fremd und doch nicht so vertraut wie früher. Wir kuschelten uns aneinander, süffelten Sekt, hörten Platten und sprachen über alte Zeiten. Peinliche Themen mieden wir, jeder war bestrebt, die mühsam gezüchtete romantische Stimmung auf gar keinen Fall zu gefährden.

»Wir sollten ins Bett gehen, sonst verpasse ich morgen mein Flugzeug«, murmelte Alex dicht an meinem Ohr.

Wir gingen nacheinander ins Bad. Ich verzichtete darauf, mir meinen Schlafanzug anzuziehen. Wozu die Komödie? Nur die Unterhose ließ ich an.

Im Bett passierte es dann. Das heißt, es passierte nichts. Ich probierte sämtliche Tricks aus, sogar die, die ich erst seit vorgestern kannte.

Ich entwickelte ungeahnte Finger- und Zungenfertigkeiten, aber es tat sich nichts. Ich konnte wer weiß was anstellen, seinen Sportlerkörper rauf- und runterstreicheln, in der Mitte verweilen, so lange ich wollte, der gewöhnlich so fixe Junge kriegte keinen hoch. Wenigstens nicht hoch genug. Dabei war noch nicht mal das sonst so lästige Kondomproblem angesprochen worden. Ich hatte beschlossen, in seinem Fall darauf zu verzichten. Immerhin hatte ich es fast zwei Jahre lang ohne mit ihm getrieben, da erschien es mir überflüssig, jetzt damit anzufangen. So wild war ich auf die klebrigen Dinger dann auch wieder nicht.

Als sich klar abzeichnete, daß sämtliche Bemühungen und Verrenkungen vergeblich waren, kam unweigerlich der dezente Hinweis, so was wäre ihm noch nie passiert. Aber das nützte uns jetzt auch nichts. Ich tröstete ihn, wie es sich gehört:

»Nimm's nicht so tragisch! Kann jedem mal passieren.« Was eine verständnisvolle, aufgeschlossene Frau in solchen Situationen eben so sagt.

Aber der arme Kerl war völlig fertig mit den Nerven. Mich ärgerte diese Pleite auch. Mußte er seine angeblich erste Potenzkrise denn ausgerechnet bei mir, an unserem einzigen Abend haben?

Oder war es vielleicht meine Schuld? Obwohl, *mir* war so was auch noch nie passiert. Vielleicht hatte ihn mein Ausbruch von vorhin so verschreckt. Das einzige Tröstliche war, daß bei mir dank Jean-Claude wenigstens kein akuter sexueller Überdruck herrschte.

Resigniert gaben wir schließlich auf. Alex schlief sofort ein. Ich lag noch ein bißchen wach und hörte Tanja nach Hause kommen. Da war noch ein seltsames Geräusch, aber ich war zu müde, dem nachzuspüren und entschlummerte erschöpft.

Aus lauter Angst vor einem weiteren Fiasko unterließ ich einen erneuten Annäherungsversuch am Morgen und zog mich gleich nach dem Erwachen an. Tanja ließ sich nicht blicken.

Ich fuhr mit zum Flughafen. Ich liebe Flughäfen. Schon der Klang der fremden Orte, das ist wie ein Stück Abenteuer.

Zwischen Alex und mir wollte die Verlegenheit nicht weichen. Er war recht schweigsam. Anscheinend bricht für Männer eine Welt zusammen, wenn sie mal nicht können. Wir verabschiedeten uns steif. Ich war beinahe erleichtert, als er durch die Paßkontrolle verschwand.

Ich traf Tanja erst, als ich zurückkam, und da gab es schon eine neue Aufregung: Sie hatte sich über Nacht eine Katze zugelegt. Im Gang stolperte ich beinahe über das winzige Tier. Es war genauso grau wie der Teppichboden.

»Was ist das?« schrie ich fassungslos. Tanja kam herausgeschossen.

»Oh, ein kleiner Kater, sieht man das nicht?«

»Ich hätte ihn glatt für den Osterhasen gehalten«, gab ich zurück und sah ihn mir genauer an. Nichts zu entdecken.

»Ein Kater? Wo ist der Pimmel?«

»Na, wo schon!« antwortete Tanja gereizt.

Das Vieh strich mir die nackten Beine entlang und leckte mir die Zehen ab.

»Hör auf, das kitzelt!« befahl ich barsch.

»Motz Garibaldi nicht so an! Er ist noch schüchtern. Muß sich erst eingewöhnen.«

»Soll das heißen, das Vieh bleibt hier?«

»Na klar. Nicht wahr, Garibaldi? Außerdem ist er kein Vieh.« Sie hob das kleine Ding hoch und küßte es auf die Nase. Na, Mahlzeit! Ich zog es vor, nichts zu sagen und im Bad zu verschwinden. Eine Wolke des Gestanks ließ mich rückwärts wieder rausgehen.

»Scheiße! Im Bad stinkt's, als ob da einer verfault!«

»Stell dir vor, er geht schon ganz brav aufs Katzenklo!« rief Tanja begeistert. »Ich glaube, er ist intelligent.«

»Er stinkt wie die Pest. Das Bad kannst du vergessen für die nächsten paar Stunden«, giftete ich.

»Man könnte fast meinen, du hast was gegen Katzen.« Sie sah mich angriffslustig an, das Tier wie einen Ball auf der Hand balancierend.

»Ich liebe Katzen. Ich kann's nur nicht so zeigen. Aber ich kann mir bei dem Gestank unmöglich die Zähne putzen. Da kommt einem ja das Kotzen!«

»Dann warte eben ein Weilchen«, zischte Tanja.

»Ich will mir aber *jetzt* die Zähne putzen!« schrie ich hysterisch.

»Jetzt stell dich nicht so an! Das wird sich schon noch einspielen«, brüllte Tanja zurück. Garibaldi sprang erschrocken von ihrer Hand.

»In meinem Zimmer will ich ihn jedenfalls nicht sehen«, keifte ich wütend. »Ich hasse es, wenn überall Katzenhaare sind und die Polster in Fetzen runterhängen...« Sie floh in ihr Gemach, samt Kater, und knallte die Tür zu.

»Du hättest mich wenigstens vorher fragen können!« rief ich durch die geschlossene Tür.

»Noch ist das meine Wohnung!« kam es prompt zurück.

Ich atmete tief durch und setzte erst mal Tee auf.

Ausgerechnet eine Katze, nein, ein Kater! Katzen gehören auf einen Bauernhof. Überall wird man ab jetzt die Haare drin haben. Im Essen, im Bett, an den Klamotten, überall. Und wie das im Bad stinkt. Bestialisch!

Ich deckte den Tisch und maulte ununterbrochen leise vor mich hin.

Wegen der Callgirl-Affäre unternahm ich vorerst nichts.

Nichts bekommt dem Menschen bekanntlich so schlecht wie ein paar schöne Tage. Die Begegnung mit Alex tat mir überhaupt nicht gut. Ich hätte mich am liebsten in mein Zimmer eingeschlossen, abgekapselt von der Welt. Aber die Welt kam zu mir.

Rüdiger rief an, um zu fragen, wohin denn unsere Reise gehen sollte. Immerhin wären es nur noch wenige Tage bis dahin. Den hatte ich doch glatt vergessen.

»An die Nordsee.« Mir fiel gerade nichts Besseres ein.

»Oh, ich dachte immer, dich zieht's in den Süden. Aber egal, dann eben die Nordsee. Ich such schon mal ein paar Adressen raus...«

Eigentlich hatte ich absolut null Lust, mit Rüdiger zu verreisen. Jetzt, nachdem Alex hier gewesen war, schon gar nicht mehr. Was war Rüdiger für eine komische Figur, verglichen mit ihm. Aber wie sollte ich Rüdiger beibringen, daß ich nicht mitfahren wollte? Er freute sich doch schon so. Ich ließ die Dinge auf mich zukommen, zu lasch, irgendwas zu tun.

Tanja umsorgte ihren Garibaldi, der uns jeden Morgen und am Nachmittag noch mal das Badezimmer verpestete. Daß ein winziges Tier so stinken kann! Ansonsten änderte sich nichts. Mit keiner Silbe erwähnte sie Alex. Ich überlegte, ob ich sie direkt auf die Callgirl-Story ansprechen sollte. Aber erstens war das ihre Sache, zweitens hoffte ich, daß sie es mir eines Tages selbst sagen würde, und drittens war es die Geschichte nicht wert, daß ein Drama daraus gemacht wurde.

Sabine kehrte zwei Wochen später »unter Vorbehalt«, wie sie es nannte, zu Mick zurück. In Wirklichkeit war die Liaison mit ihrem Erik auch nicht das Gelbe vom Ei gewesen, aber das gestand sie natürlich niemandem ein.

Von Heike hatte ich seit ihrer Hochzeit nichts mehr gehört. Wahrscheinlich war sie mit der Zeugung ihres geplanten Nachwuchses zu beschäftigt. Da wollte ich sie nicht stören. Eines Abends rief sie dann doch bei mir an.

»Du lieber Himmel, geht das denn schon wieder los!« war ihr erster Kommentar, nachdem ich ihr von Alex' Besuch erzählt hatte.

»Gar nichts geht los«, beruhigte ich sie.

»Das kannst du mir nicht erzählen«, widersprach sie, »jetzt, wo er sozusagen solo ist.«

»Was ist er?« fragte ich und glaubte, mich verhört zu haben.

»Ja, hat er dir das nicht erzählt?«

»Was erzählt?« Was konnte Heike wissen, was ich nicht wußte?

»Daß ihn seine Frau verlassen hat. Mit den Kindern.«

Sie schwieg und kostete ihren Triumph aus, mir so brisante Neuigkeiten übermitteln zu dürfen.

»Davon hat er kein Wort gesagt«, gestand ich widerwillig.

»Seltsam. Na, vielleicht seit ihr gar nicht zum Reden gekommen«, meinte sie anzüglich. Sie ahnte ja nicht, wie sehr sie sich da auf dem Holzweg befand. Ich verzichtete auf eine Richtigstellung. Manche Dinge müssen nicht unbedingt an die große Glocke gehängt werden...

»Das Kind, das soll auch gar nicht von ihm sein, sondern von ihrem neuen Freund. Mit dem lebt sie jetzt zusammen«, berichtete sie eifrig und kicherte.

»Seit wann?« fragte ich fassungslos.

»Muß so kurz nach unserer Hochzeit gewesen sein.«

»Sag mal, woher weißt du das alles?« Ich war irritiert. Immerhin wohnte sie ja auch nicht mehr am Ort. Aber anscheinend funktionierten die Buschtrommeln noch immer wie am Schnürchen. Nur ich hatte mal wieder von nichts 'ne Ahnung.

»Tja, das ist das Pikante an der Sache...« Wieder Kichern.

»Nun laß es schon raus!« bohrte ich ungeduldig nach.

»Franziskas neuer Freund ist mein lieber Exfreund Volker. Daher weiß ich genauestens über alles Bescheid. Wir haben ja immer noch guten Kontakt, weißt du.«

»Der!?« Unvorstellbar. Ja, spinne ich denn?

»Genau der.«

»Was für ein Abstieg!«

»Für wen?«

»Na, für sie. Da wundert es mich nicht, daß mir Alex nichts erzählt hat«, entschuldigte ich ihn. »Mit dem Typ! Das ist ja nur noch peinlich.«

»So schlimm ist er auch wieder nicht. Du hast ihn halt noch nie leiden können.«

»Und sie wohnt jetzt bei ihm?« Das mußte ich schon genau wissen.

»Soviel ich weiß, ja.«

»Und das Kind, das neue, ist seins?«

»Angeblich. Ich war auch nicht dabei.«

»Was du nicht sagst! Du hättest Reporterin werden sollen... unsere Mitarbeiterin sprach mit dem Sperma...«

Wir geierten beide. Dann fragte ich einigermaßen ratlos: »Aber warum hat er mir kein Sterbenswörtchen davon erzählt?« Sie brummte nachdenklich vor sich hin.

»Falscher Stolz wahrscheinlich. Immerhin ist *er* verlassen worden. So was verkraftet die männliche Psyche ausgesprochen schlecht.«

»Schon möglich.« Daher wohl auch die Potenzschwäche, dachte ich grinsend.

»Außerdem«, fuhr Heike fort, »er kennt dich doch. Du hättest womöglich gesagt, jetzt, wo seine Frau ihn sitzengelassen hat, braucht er bei dir auch nicht mehr anzudackeln.«

»Das könnte sein«, sagte ich und überlegte, ob ich das wirklich gesagt hätte. Irgendwie erschien mir sein Besuch nun tatsächlich in einem anderen Licht. Eva, die Notlösung. Aber immerhin hatte er so viel Respekt gezeigt, mir nichts vorzujammern.

»Ja, liebe Eva, jetzt steht dir Tür und Tor offen«, frotzelte Heike und kicherte schon wieder. »Aber an deiner Stelle würde ich die Finger davonlassen. So ein Ehekrüppel, das ist nichts für dich.«

»Entschuldige mal, du hast doch selbst einen Geschiedenen geheiratet!«

»Ja, aber das ist schon länger her bei ihm. Ich konnte bisher noch keine bleibenden Schäden feststellen.«

»Abwarten, vielleicht hat er verdeckte Mängel. Aber keine Angst, ich fall nicht mehr auf Alex rein«, versicherte ich mit tiefster Überzeugung.

»Wollen wir's hoffen«, meinte Heike trocken.

Ich erwachte vom Geräusch des Regens, der ans Fenster peitschte. Ein Sommergewitter. Ich sollte aufstehen, dachte ich widerwillig. Rüdiger rast sicher schon in freudiger Erwartung gen Berlin. Ich sollte meine Reisetasche packen, den Paß suchen, meine Pflanzen gießen und mich irgendwie in Urlaubsstimmung versetzen. Sollte ich. Ich zog die Decke über den Kopf. Warum hatte ich mich bloß darauf eingelassen? Ich haderte noch ein Stündchen oder so mit meinem schweren Schicksal, dann überwand ich mich und stand auf. Nebenan rauschte die Dusche. Tanja war heute wohl auch spät dran. Garibaldi hockte verloren im Gang herum. Ich kraulte ihn zwischen den Ohren, das tat ich nur, wenn Tanja es nicht sah, und schlurfte gähnend in die Küche.

Ein Schaf saß am Tisch und las in der *zitty*. Graue Löckchen umrahmten eine Halbglatze, blaßblaue Schafsaugen blickten sanft hinter einer John-Lennon-Brille hervor, ein grauer See-hundsbart hing schlapp über die vollen Lippen. Ein Pullover aus naturbelassener Wolle rundete die Erscheinung ab.

»Ist Ihnen kalt?« fragte ich. Das Schaf war bestimmt schon über vierzig.

Es streckte mir eine blasse Hand hin und sagte:

»Ich bin Achim.«

Ich ergriff die hingestreckten Finger und musterte ihn neu-gierig. Er zupfte an seinem Pulli.

»Ist reine Schafwolle. Wärmt im Winter und kühlt im Som-mer. Fantastisch!« Hat der hier übernachtet oder hat er nicht? Am liebsten hätte ich ihn gefragt, traute mich aber doch nicht. Ich deckte den Tisch für drei. Er machte Anstalten mitzuhel-fen, aber ich winkte ab.

»Bleib sitzen, ich mach das schon! Tee oder Kaffee?«

»Habt ihr Früchtetee?«

»Ich denke schon.«

Madame erschien in der Tür.

»Ah, ihr habt euch schon bekannt gemacht. Achim ißt auch Müsli, Eva. Soll ich dir 'ne Portion mitmachen?«

»Nein, danke.« Demonstrativ holte ich das Nutellaglas raus, was Achim prompt zu einer Bemerkung veranlaßte:

»Du solltest besser Nußmus nehmen. Mit Honig. In Nutella ist viel zuviel Industriezucker drin.« Er tippte auf das Glas.

»Jaja, ich weiß. Ich eß das auch nur, wenn kein Fleischsalat mehr da ist.« Achim glotzte mich groß an. Offenbar ordnete er mich soeben in die Kategorie »hoffnungsloser Fall« ein.

»Laß sie«, mischte sich Tanja ein, »sie muß immer provozie-ren! Das ist nun mal ihr infantiles Verhaltensmuster, das sie ständig an den Tag legt.«

Garibaldi spazierte auf dem Tisch herum. Ich legte die *zitty* halb über die Tischkante und plazierte ein Stück Nutellabrot ans äußerste Ende. Wie immer klappte der Trick. Garibaldi wagte sich zu weit vor und krachte samt Zeitung auf den Fuß-boden. Dabei heißt es immer, Katzen wären kluge Tiere.

»Eva! Mußt du deine Aggressionen schon wieder an dem hilflosen Tier auslassen!« schrie Tanja außer sich.

»Er lebt ja noch. Und er ist nicht hilflos. Ich hasse es, wenn er über mein Frühstück trampelt, nachdem er kurz zuvor in seiner eigenen Scheiße gescharrt hat!« Ich grinste zufrieden. Heute war ich wirklich gut in Form. »Hast du gut geschlafen?« wandte ich mich freundlich an das Schaf.

»Was geht dich das an?« fuhr Tanja dazwischen.

»Verzeihung, ich wollte nur höfliche Konversation machen«, antwortete ich geziert.

»Danke, ich schlafe immer ausgezeichnet!« Achim schien belustigt.

»Bist du auch Mediziner?« erkundigte ich mich charmant lächelnd.

»Nein. Ich bin Psychotherapeut.«

»Interessant.« Eine Haferflocke hing in seinem Bart.

»Tanja und ich haben uns bei einem meiner Kurse kennengelernt: ›Persönlichkeitsfindung durch Meditation‹, solltest du auch mal versuchen. Du scheinst etwas aus dem seelischen Gleichgewicht zu sein.«

Na warte, Schaf, das laß ich nicht auf mir sitzen.

»Hast du Psychologie studiert?« ging ich zum Angriff über.

»Ich? Nein, äh, ich habe selbst zahlreiche Kurse besucht, unter anderem bei...«

»Also ein selbsternannter Therapeut. Kein Studium, kein Diplom?« Mann, was war ich heute aber biestig! Richtig gut tat das.

»Sag mal, kommt heute nicht dieser Goldjunge, mit dem du in Urlaub fährst?« unterbrach Tanja das Verhör.

»Ja«, knurrte ich.

»Warum bist du dann so schlecht aufgelegt?«

»Das weiß ich auch nicht.«

»Wenigstens gibt sie's zu. Das ist schon ein Fortschritt«, stöhnte Tanja. Heute hatte sie's wirklich nicht leicht mit mir.

Achim tätschelte Tanja über den Tisch hinweg die Hand. Ob er wohl weiß, wie sie ihre Persönlichkeitsfindung finanziert? überlegte ich hämisch.

»Nicht aufregen, mein Herz. Es ist ein so schöner Tag.« Mein Herz!

»Entschuldige, es schifft, was runterkommt«, belehrte ich ihn.

»Eben. Die Natur braucht den Regen. Wohin fährst du denn?«

»Nordsee.«

»Ah, wunderbar.« Er begann, von Meer, Wind und Wasservögeln zu schwärmen, während er sein Müsli schlabberte. Ich erinnerte ihn nüchtern an die Dünnsäureverklappung und die dioxinverseuchten Heringe. Jetzt hingen ihm schon drei Haferflocken im Bart. Ich schlang mein Brot hinunter, kippte den Tee hinterher und verzog mich ins Bad. Was hatte sie denn da für einen Guru angeschleppt, fragte ich mich halb entsetzt, halb amüsiert. Erst der Kater und nun der. Bei ihr ist man auch nie vor Überraschungen sicher.

Lustlos begann ich, meine Tasche zu packen. Ich legte Grönemeyer auf. Nicht mal das half. Garibaldi erschien verbotenermaßen in meinem Zimmer. Ich verzichtete darauf, ihm das Nächstbeste nachzuwerfen, sondern nahm ihn auf den Schoß und kraulte ihn versöhnlich. Offensichtlich mochte er das Schaf nicht sonderlich.

»Eifersüchtig, was? Kann's dir nachfühlen. Armer Hund.«

Er nahm mir den Trick mit der Zeitung nie lange übel. Vielleicht gefiel ihm das Spiel sogar, wer sieht schon in einen Kater hinein?

Tanja und das Schaf verkrümelten sich bald darauf. Sie wünschten mir viel Spaß, und ich bedankte mich artig. Um mich mit aller Macht in Urlaubslaune zu versetzen, trank ich eine halbe Flasche Rotwein zum zweiten Frühstück.

Um zwei Uhr klingelte es Sturm. Das wird er doch nicht schon sein, fuhr ich entsetzt hoch und stellte die leere Flasche weg. Er war's. Angetan mit einem weißen Blazer und hellen Wildlederschuhen hüpfte er voller Elan die Treppe rauf.

»Hallo. Warst du nicht erst bei Sabine?« begrüßte ich ihn brummig.

»Nein, das hat Zeit. Wir müssen doch erst noch besprechen, wohin wir genau wollen.« Er zog einen Haufen bunter Prospekte aus einer Tragetasche und breitete sie vor mir aus.

»Tolle Frisur. Steht dir!« Der würde sogar einen Nasenpopel von mir toll finden, dachte ich boshaft.

»Danke.«

Lustlos blätterte ich in den Prospekten herum, die die heile Urlaubswelt versprachen, während er quatschte und quatschte.

Ich betrachtete ihn verstohlen von der Seite. Nein, dachte ich, das halte ich nicht aus. Nicht jetzt, nachdem Alex... Was will ich denn mit diesem verliebten Gockel?

»...gibt es ein original friesisches Fischlokal, da könnten wir... Eva? Eva! Hörst du mir überhaupt zu? Was ist denn los?«

»Ich... ich kann nicht mitfahren!« Es brach einfach aus mir heraus. Seine Augen verschleierten sich.

»Wieso? Was heißt das?«

»Es geht nicht. Es würde eine Katastrophe geben. Es tut mir leid.«

Vielleicht bringt er mich jetzt vor Wut und Enttäuschung um, dachte ich. Aber das wäre immer noch besser, als mit ihm in Urlaub zu fahren. Mit einem Schlag wich die Sommerfrische aus seinem Gesicht.

»Was ist passiert?« Es blieb mir nichts anderes übrig, ich erzählte ihm die Story von Alex. Ich übertrieb ein bißchen, sagte, daß ich mich einfach nicht von Alex lösen könnte, er wäre meine große Liebe, daß es ihm, Rüdiger, gegenüber nicht fair wäre, wenn ich ihm was vormachen würde, und er möge mir verzeihen. Na ja, so vollkommen gelogen war das ja nicht.

Rüdiger schwieg tief enttäuscht. Er tat mir furchtbar leid, wie er so betreten dasaß. In dem Moment war er mir richtig sympathisch. Aber jetzt war es raus. Ich steigerte mich so in meine Geschichte von der wiederaufgewärmten alten Liebe hinein, daß mir selber die Tränen kamen. Vor Mitleid mit Rüdiger, mit mir selbst und wegen der ganzen Tragik überhaupt.

»Muß ja ein ganz toller Typ sein, dieser Alex«, bemerkte Rüdiger mit einer Spur Sarkasmus. Er stand auf und sammelte seine Prospekte ein.

»Ich komme mir ganz schön dämlich vor«, gestand er.

»Es ist meine Schuld. Ich hätte dich rechtzeitig anrufen sollen. Aber ich habe es nicht übers Herz gebracht. Aber jetzt...«, ich schluchzte kläglich. So ganz wußte ich selber nicht, was an dem Geheule echt und was Schauspielerei war.

»Ist schon gut.« Er nahm mich in den Arm und tröstete mich. »Fahr ich halt alleine.«

»Du bist nicht sauer?« fragte ich ungläubig.

»Ach, was soll's. Nein. Dir kann ich nicht böse sein. Es ist nur sehr schade.« Eigentlich bewundernswert, wie er reagiert. Warum kann ich mich bloß nicht in ihn verlieben?

»Tja, dann gehe ich jetzt lieber.« Er strebte zur Tür.

»Ich komm noch mit runter.« Soviel war ich ihm nun doch schuldig. Ich fühlte mich nicht wohl in meiner Haut. Der arme Kerl. Nur weil ich nie weiß, was ich will. Ich trample auf ihm rum, und er meint es so ehrlich, dachte ich reumütig. Aber trotz allem überwog die Erleichterung.

Unten angekommen, drückte er mir tapfer lächelnd die Hand.

»Wir sehen uns wieder«, sagte er mehr zu sich als zu mir.

»Ja. Ruf mich wieder an«, antwortete ich. Einen Hoffnungs-schimmer mußte ich ihm wenigstens lassen. Sein Oberkörper verschwand im Wageninnern, dann wuchtete er ein schweres, flaches Paket heraus.

»Hier.« Er drückte mir das Teil in die Arme. »Das schenke ich dir trotzdem. Damit du wenigstens ab und zu an mich denkst. Diese Pfannen halten ein Leben lang. Zehn Jahre Garantie. Der Schein liegt bei. Und nie mit Scheuerpulver dran-gehen.« Sprach's und entschwand.

Unschlüssig stand ich auf der Straße, mit Tränen in den Augen und einer zentnerschweren Bratpfanne in der Hand. Echt cool, dachte ich und sah seinem knallroten Porsche hinterher. Das letzte, was ich von ihm sah, war der Aufkleber hinten am Auto: »Mich kann man nicht beschreiben, mich muß man ERLEBEN!«

Tanja

Philipp hing wie ein nasses Handtuch überm Küchenstuhl und trommelte hypernervös auf seiner Ledertasche herum.

»Verdammt, sie hat gesagt, sie wäre ganz bestimmt zu Hause, ab fünf. Jetzt ist es schon...«, er sah auf seine Uhr, »dreiundzwanzig nach sechs.« Seine Miene war anklagend. Als wenn ich was dafür könnte.

Ich seufzte. Seit einer Stunde hörte ich mir nun schon seine Wehklagen an. Allmählich ging meine Geduld zur Neige. Hatte dieser Mensch denn keine anderen Sorgen, als Tanja hinterherzudackeln?

»Hör mal, Philipp. Ich weiß auch nicht, wo sie ist. Ich bin nicht ihr Butler, auch wenn hin und wieder dieser Eindruck entstehen könnte. Vielleicht wäre es überhaupt das gescheiteste, du würdest dich von Tanja etwas... distanzieren.«

»Wie meinst du das?« Panik flackerte in seinem Blick auf.

»Sie nutzt dich doch nur aus.« Auweia, wenn das Tanja zu Ohren kommen sollte!

»Hat sie einen anderen? Weißt du etwas?«

»Was heißt einen anderen?« gab ich zurück. »Tanja hat niemanden, sie hat nur sich, begreif das doch endlich.«

So, und was war das mit dem Schaf, wandte ich im stillen ein. Nein, eine richtige Beziehung, was immer das sein mochte, war das wohl nicht. Er tauchte zwar seit Tagen sporadisch auf, aber ich vermutete eher eine Art wissenschaftliches Interesse Tanjas an diesem Kontakt. Diese Psychospielchen faszinierten sie anscheinend nachhaltig. Aber das mußte Philipp ja nicht unbedingt von mir hören. Er schniefte trotzig.

»Das stimmt nicht. Ich bin immer für sie da. Immer!« Lieber Himmel, jetzt weint er gleich! Was mache ich bloß mit dem? Ich seufzte demonstrativ und sah ihn, wie ich glaubte, durchdringend an.

»Mann, kapier doch endlich. Sie will das aber nicht! Sie ist... frei, unabhängig. Sie braucht keinen Aufpasser. Sie will vermutlich überhaupt keine Bindung. Das hat bestimmt nichts mit dir zu tun. Sie ist so, glaub mir. Ich erlebe sie doch täglich.«

»Das heißt nicht, daß du sie auch verstehst. Sie tut nur so kühl. Nach außen, weißt du. Im Grunde ist sie sehr sensibel und verletzlich. Aber das erkennt ihr alle nicht.«

»Aber du!« spottete ich, nun ziemlich genervt. Jetzt reichte es mir langsam. »Hör mal, du kannst hier gerne warten, aber ich muß jetzt gehen. Hab ein wichtiges Date.« Das war glatt gelogen, aber notfalls würde ich mich lieber in der nächstbesten Eckkneipe herumdrücken, als hier noch länger den Mülleimer zu spielen.

»Nein, nein. Ich geh dann lieber. Kann sie ja anrufen.«

»Soll ich ihr was ausrichten?« fragte ich, triefend vor Hilfsbereitschaft. Er zögerte. Dann gab er mir das Buch, das er schon die ganze Zeit auf dem Schoß balanciert hatte.

»Das kannst du ihr geben. Oder besser, wenn du nichts dagegen hast, ich lege es auf ihren Schreibtisch.«

»Bitte, wenn's so empfindlich ist.« Wir standen auf, er ging in Tanjas Zimmer und bettete das Buch sorgsam auf die Glasplatte. Mir fiel auf, daß er es stets waagerecht hielt, als ob was rausfallen könnte.

»Also dann.« Ich hatte ihn bereits bis an der Tür, da fing er wieder an: »Ich danke dir, Eva. Tut mir leid, daß ich dich aufgehalten habe. Weißt du, ich bin ganz froh, daß du bei Tanja wohnst. Aber du tust ihr unrecht. Sie ist gar nicht so ...«

»Jaja, schon gut. Ich werd drüber nachdenken, wie Tanja ist«, erstickte ich eine erneute Charakteranalyse im Keim. »Ach übrigens, wie geht es denn Carlo?« Das klang absichtlich ganz beiläufig.

»Carlo? Och, der. Der hat zur Zeit Trouble mit seiner neuen Flamme. Scheint nicht so recht zu funktionieren.«

»Wieso?«

»Ich weiß auch nicht recht. Sie muß wohl ein bißchen launisch sein.« Ein bißchen? Elisabeth war die Launenhaftigkeit in Person. Aber das hätte ich dir gleich sagen können, mein guter Carlo. Geschieht dir ganz recht, dachte ich nicht ohne eine gewisse Häme.

»Soso. Sag ihm herzliche Grüße, wenn du ihn mal siehst.«

»Mach ich.« Das hörte sich exakt so an, als hätte er es schon im selben Moment vergessen.

Als er endlich fort war, schlich ich in Tanjas Allerheiligstes, wohl wissend, daß ich auf verbotenen Pfaden wandelte. Ich öffnete das Buch. Ein medizinisches Fachbuch. Na also. »Hab ich's mir doch gleich gedacht«, murmelte ich vor mich hin. In letzter Zeit neigte ich zu Selbstgesprächen. Drei kleine Plastikbriefchen mit weißem Pulver lagen darin. Ich kämpfte einen Moment mit mir, ob ich was davon kosten sollte, ließ es aber bleiben. Wenn Tanja dahinterkäme, nicht auszudenken, was das für ein Theater gäbe.

Philipp war wirklich ein Pechvogel. Kaum war eine Viertelstunde verflossen, kam Tanja des Weges.

»Philipp war da«, begrüßte ich sie, »er sagte, er wäre mit dir verabredet gewesen. Um fünf.«

»Hab ich total verschwitzt.«

»Eineinhalb Stunden mußte ich mir sein Gejammer anhören.«

»Gejammer? Wieso?«

»Wegen dir natürlich. Er meint, du vernachlässigst ihn.«

»Der spinnt.« Sie warf ihre Handtasche in die Ecke und setzte Wasser auf. »Da gibt es nichts zu vernachlässigen. Ist wohl größenwahnsinnig. Hat er sonst noch was gesagt?«

»Nein.«

»Hm.« Das klang unzufrieden. Ich erbarmte mich.

»Er hat ein Buch für dich dagelassen.«

»Ein Buch? Warum sagst du das nicht gleich? Wo ist es?«

»Auf deinem Schreibtisch. Er hat es höchstpersönlich dort plaziert. Muß ja irre wichtig sein.« Lauernd sah ich sie an.

»Nicht sehr. Ist schon in Ordnung.« Sie verschwand flugs in ihrem Zimmer und kam erst wieder heraus, als der Wasserkessel pfiff.

»Auch Kaffee?«

»Ja, danke. Ich finde es gemein, wie du Philipp behandelst«, platzte ich heraus.

»So? Dann geh doch und tröste ihn! Außerdem ist das nicht dein Bier.«

»Doch, wenn er mir stundenlang die Ohren volljault.«

»Dazu gehören immer zwei«, kam die trockene Antwort. Sie schüttete viel zuviel Kaffeepulver in den Filter.

»Er wollte wissen, ob du einen Liebhaber hast.« Herausfordernd guckte ich sie an. Sie grinste.

»So. Wollte er? Was hast du gesagt?«

»Soll dich selber fragen. Ich wüßte von nichts.«

»Brav.«

»Hast du einen?« Ich war auf eine Ausflucht gefaßt, aber nein, o Wunder, sie überlegte kurz und sagte dann:

»Du meinst Achim?« Ich schwieg. »Nein. Nicht so richtig. Er ist ein interessanter Typ. Fährt nicht nur auf mein Aussehen ab, wie die meisten. Es muß in Männerkreisen ziemlich in sein, zur Abwechslung mal 'ne Schwarze anzuschleppen. Bei Achim ist das nicht so. Aber...«, sie brach mit einer hilflosen Geste ab.

»Also nicht die große Liebe?« bohrte ich nach.

»Große Liebe? Das ist sowieso Illusion.« Geschickt wie immer lenkte sie von sich ab:

»Aber wo wir schon davon sprechen, wer ist deine große Liebe? Der Tennislehrer, der immer anruft?«

»Er ist Unternehmensberater.«

»Auch die muß es wohl geben. Also, was ist mit dem?«

»Er ist verheiratet. Seine Frau hat ihn sitzengelassen wegen einem anderen.«

»Ach, und da besinnt er sich wieder auf seine alte Flamme.« Sie schnaubte verächtlich.

»Ganz so ist es nicht.«

»Wie dann?«

»Er ist im Moment ziemlich fertig. Aber er will erst wieder herkommen, wenn zu Hause alles geklärt ist. Er möchte vorher mit sich ins reine kommen, sagt er.«

»So, das sagt er. Nett sieht er ja aus. Fast zu hübsch. Eben wie ein Tennislehrer. Ist dir nie der Gedanke gekommen, daß er dich hinhält? Als Notlösung, falls seine Frau wirklich nicht mehr zurückkommt?«

»Doch. Schon«, gab ich zu. So offen hatte ich mit Tanja noch nie gesprochen. Aber es tat gut.

»Und das ist dir egal?«

»Nein. Sicher nicht. Jetzt warte ich erst mal ab.«

»In den bist du wohl echt verschossen«, stellte sie sachlich fest.

»Ich glaube schon.«

»Das ist keine gute Ausgangsposition. Da bist du von vornherein die Unterlegene. Wenn's so ist, versuche wenigstens, ihn nichts davon merken zu lassen.«

»Ich geb mir Mühe.« Woher bezog sie ihre Weisheiten? Hatte sie das beim Schaf gelernt? Oder von ihrer betuchten Männerkundschaft? Das Telefon klingelte. Tanja ging ran und fing sofort an, boshaft zu grinsen.

»Ja, die ist da. Moment bitte.« Sie reichte mir den Hörer. »Der Herr Tennislehrer.«

Ich verzog mich samt Telefon in mein Zimmer.

»Da bist du ja. Ich hab heute schon zweimal angerufen.«

»Ich war unterwegs«, warf ich lässig hin.

»So?« Stille. Er atmete schwer. »Heute bin ich ausgezogen.«

»Aus dem Haus?« Sein geliebtes, trautes Eigenheim.

»Ja. Ich werde es ihr überlassen. Und den... Kindern. Ich hab eine Wohnung genommen. Penthouse, gleich beim Stadtpark. Würde dir sicher gefallen.«

»Ja, bestimmt.« Was sage ich ihm jetzt bloß? Sei nicht traurig, das wird schon wieder? Das wäre blöde. Und verlogen außerdem. Aber schon sprach er leise weiter:

»Ich wollte, du wärst hier. Könntest du mir nicht helfen, neue Möbel auszusuchen? Ich hab schöne Sachen gesehen, in dem neuen italienischen Laden, du weißt doch...«

»Das würde ich echt gerne. Aber ich kann hier nicht so ohne weiteres weg. Die nächsten zwei Wochen habe ich schon fünf Termine für Präsentationen zugesagt.« Zu komisch, fiel mir auf, ich rede haargenau den selben Stuß daher wie *er* früher.

»Ich kann den Boß und die Kunden nicht einfach sitzenlassen...«

»Muß ja auch nicht sofort sein«, unterbrach Alex, »aber ich vermisse dich sehr.«

Wie ungewohnt das aus seinem Mund klang. Es mußte ihm wirklich schlecht gehen.

»Ich vermiß dich auch.« Schweigen. Wartet er jetzt, daß ich ihn nach Berlin einlade? Und warum mach ich es nicht? Rache? Gekränkter Stolz? Oder noch immer wegen Carlo?

»Tja. Dann werde ich jetzt Peter anrufen und mich mit ihm

betrinken.« Peter war sein sogenannter bester Kumpel. Er mied mich, seit ich ihn hatte abblitzen lassen.

»Gute Idee. Bestell ihm schöne Grüße von mir.«

»Mach ich. Besser, ich jammere ihm was vor als dir.«

»Das ist doch Unsinn...«

»Ich ruf wieder an. Mach's gut! Ich liebe dich.« Aufgelegt.

Mein Gesicht glühte. Was ist denn los mit mir, fragte ich mich. Eine Ewigkeit hab ich auf solche Worte gewartet, nichts auf der Welt hab ich mir mehr gewünscht als diesen Mann, und jetzt? Jetzt kneife ich.

Alex rief in jüngster Zeit alle zwei, drei Tage an, und wenn er nicht anrief, dann zu allem Überfluß bestimmt der treue Rüdiger. Tanja kriegte bald die Motten. Auch jetzt, als ich wieder in die Küche kam, meinte sie kopfschüttelnd:

»In letzter Zeit laufen die Drähte heiß von deinen Lovern. Machst du es so gut übers Telefon?«

»Vermutlich«, grinste ich. »Rüdiger kannst du immer sofort abwimmeln«, gab ich ihr wiederholt meine präzisen Instruktionen, »Alex nur auf ausdrücklichen Wunsch.« Sie lachte.

»Du bist ein ausgekochtes Luder! Wie lange soll das Spielchen denn noch gehen?«

»Solange es mir Spaß macht. Alex hat mich fast zwei Jahre lang hingehalten und hintergangen. Da habe ich gar kein schlechtes Gewissen. Und Rüdiger, der ist wirklich indiskutabel.«

»Aha. Und mir wirfst du vor, wie ich Philipp behandle.« Da hatte sie nicht ganz unrecht. »Im übrigen bist du ein klassischer, pathologischer Fall von Bindungsangst«, dozierte sie gespreizt.

»Ich? Blödsinn! Ich überlege mir die Sache eben gründlich.«

»Du willst die Männer nur, solange sie unerreichbar sind. Sobald du sie hast, kriegst du's mit der Angst«, behauptete sie angriffslustig.

»Oh, unser Amateur-Freud läßt grüßen. So ein Schwachsinn kann bloß auf Achims Mist gewachsen sein.«

»Nein, das ist bei dir ganz offensichtlich, dazu braucht es nicht mal eine Analyse.«

»Was du nicht sagst.« Jetzt war ich sauer. Na warte, wenn du's nicht anders haben willst:

»Ach übrigens«, säuselte ich zuckersüß, »du machst ja in letzter Zeit gar keine Nachtdienste mehr im Krankenhaus?«

Sie sah mich feindselig an, ihre Augen verengten sich. Ich spielte das unbedarfte Lämmchen.

»Du weißt Bescheid, nicht wahr? Dein Tennislehrer hat geplaudert.«

Auf alles war ich gefaßt, jede dumme Ausrede hätte ich mit wissendem Lächeln quittiert und auf sich beruhen lassen, aber dieser Anfall von schonungsloser Aufrichtigkeit traf mich gänzlich unvorbereitet. Ihre Kirschaugen durchbohrten mich.

»Na ja, ich…«

»Wem hast du davon erzählt?«

»Niemandem, ich wußte ja selbst nicht genau…«

»Ist ja auch egal. Was die anderen denken, ist mir inzwischen gleich.« Sie blies sich eine Haarsträhne aus dem erhitzten Gesicht. Der Kaffee war aber auch wirklich zu stark. »Ich wußte es, irgendwann kommt's ja doch raus. Die Leute reden zuviel.«

Sie lachte, es klang ein wenig künstlich. »Aber daß du es gerade jetzt erfährst…«

»Wieso?«

»Ich werde demnächst aufhören damit! Mein Studium ist so gut wie fertig, ich brauch das Geld nicht mehr so dringend!«

»Es ist mir egal, ob du…«

»Und auf die Dauer zerstört der Job das Selbstwertgefühl«, unterbrach sie mich. Letzteres klang verdächtig nach Schaf. Wußte er es womöglich? Ich nippte verlegen an meiner Tasse.

»Du hättest es mir ruhig erzählen können«, schmollte ich, »oder hast du geglaubt, ich verachte dich deswegen? Hältst du mich für so eine borniert Provinzlerin oder was? Mir ist scheißegal, was du machst, ich werde nur nicht gerne angelogen.« Ich senkte beleidigt den Blick, doch das imponierte Tanja nicht im geringsten.

»Wozu sollte ich es dir sagen? Du hast mir auch nie erzählt, daß du Geschichten schreibst.« Darauf fiel mir keine plausible Antwort ein. Stimmt, ich war genauso eigenbrötlerisch gewesen, warum hätte sie ausgerechnet zu mir offen sein sollen?

231

Auch war jetzt nicht der geeignete Zeitpunkt herauszufinden, woher sie es wußte. Ich hörte auf, die gekränkte Unschuld zu spielen und nutzte lieber die Gunst der Stunde, um jene dummen Fragen zu stellen, die mich schon lange beschäftigten:

»Sag, wie hast du das angestellt, ich meine, hast du dich nie vor den Typen geekelt?«

Ich mußte an mein Autostopp-Erlebnis denken. Wenn das die einschlägige Klientel bei solchen Geschäften war...

»Eigentlich nicht. Nur am Anfang. Notfalls konnte ich ja auch ablehnen. Aber die Agentur hat schon eine gewisse Vorauswahl getroffen.«

»Deine Modellagentur?«

»Eine Art Zweigstelle davon.«

Sie lächelte über meine unverblümte Neugier.

So faszinierend ich die Geschichte einerseits fand, ich konnte nicht umhin, mir mit leisem Schaudern auszumalen, wie ein fetter, schwitzender, käsiger Wabbelkörper zwischen Tanjas langen Beinen alberne Bumsbewegungen ausführte und dabei diverse Körperflüssigkeiten ausschied. Tanja erriet meine Gedanken:

»Du stellst dir das viel zu schlimm vor. Ist auch nur Gewohnheitssache. Es gibt wesentlich schlechtere Jobs. Viele wollen gar nicht mit dir ins Bett. Die wollen nur mit einer Frau gesehen werden, die ihre Tochter sein könnte. Nur schöner. Oder mit einer Kaffeebraunen als exotischer Zierde...«

»Meinst du? Aber trotzdem...« Ich behielt die Details meiner Fantasien lieber für mich.

»Weißt du, oft dachte ich an den Haufen Geld, den so ein Mann für mich bezahlt. Das hat was... erotisch Anziehendes, ja wirklich. Außerdem waren es ja nicht irgendwelche hergelaufenen Typen von der Straße. Ich bin ja keine Professionelle. Manche fand ich sogar ganz nett.« Sie sah mich prüfend an.

»Jetzt bist du schockiert, hm?«

»Nein. Nicht besonders. Im Grunde bewundere ich dich sogar irgendwie.« Mein Sinn fürs Geschäftliche regte sich: »Wieviel hast du dafür gekriegt? Wieviel Prozent hat die Agentur eingesackt?«

»Dienstgeheimnis. Aber es ist genug für mich rausgesprungen.«

»Das kann ich mir denken.« Eigentlich ist frau blöde, es umsonst zu machen, dachte ich im geheimen.

Tanja schüttete den Kaffee in den Ausguß, ihren und meinen.

»Zu stark. Komm, laß uns 'ne Flasche Wein trinken.« Ihr Gesicht hatte jetzt einen seltsam weichen Ausdruck angenommen, den ich noch nie an ihr bemerkt hatte. Er irritierte mich mehr als ihre jüngsten Eröffnungen. Ich nickte, sprachlos, und ging nach nebenan, um meine letzte Chiantiflasche aus dem Weinlokal herauszurücken. Ein 75er Jahrgang. Der Anlaß war's wert, fand ich.

»Wir können uns in mein Zimmer setzen«, schlug Tanja vor und trug bereits die Gläser hinüber. Ihr Sofa war noch ausgezogen, das Bettzeug darauf, so wie sie es am Morgen verlassen hatte. Sie kuschelte sich in die eine Ecke. Ihre sündteure neue Lampe verströmte ein schwaches, bläuliches Licht. Das verräterische Buch war vom Schreibtisch verschwunden, wie ich mit einem Seitenblick registrierte. Stumm und etwas beklommen öffnete ich die Flasche, goß uns ein und ließ mich in der anderen Ecke nieder. Ich kam mir komisch vor, so auf Tanjas Bett rumzusitzen. Das war bisher noch nie vorgekommen. Meistens stritten wir uns in der Küche.

Wir nahmen jede einen gewaltigen Schluck, als müßten wir uns Mut antrinken. Dann fand ich meine Sprache wieder:

»Machen das viele Models nebenbei?«

»Kann ich dir nicht genau sagen. Es ist nicht gerade ein Thema, das beim Umziehen in der Garderobe ausdiskutiert wird. Die meisten sind wohl Studentinnen, so ungefähr dein Kaliber.

»Echt?« fragte ich mit regem Interesse. Sollte ich vom Computer- ins Callgirl-Business wechseln?

»Gut aussehen, tadellose Manieren, möglichst Fremdsprachen, das mußt du für den Preis schon bieten. Schließlich geht's nicht nur ums Bumsen, sondern in erster Linie ums Vorzeigen. Bist du interessiert?« Ihr Mund verzog sich zu einem zynischen Lächeln.

»Danke, im Moment nicht. Vielleicht komme ich mal darauf zurück.«

»Okay.« Sie prostete mir zu. Zum ersten Mal, seit wir uns kannten, umarmte sie mich. Wir tranken noch mal. Eigentlich hätte sie mich jetzt wieder loslassen können. Sie lächelte. Ich hustete verlegen. Tanja war auf einmal so ganz anders, als ich sie kannte. Ich fühlte mich unsicher in ihrer Nähe, und doch hatte ich den Wunsch, ewig hier neben ihr sitzenzubleiben.

»Du solltest die Kerle zum Teufel jagen«, sagte sie jetzt unvermittelt. »Diesen Rüdiger sowieso und vor allem den Tennislehrer. Du bist zu schade für sie. Auch für Carlo, diesen italophilen Snob.«

»Was weißt du von Carlo?«

»Du bist ihm nachgelaufen. Ich bin weder blind noch dämlich.«

»Ich bin ihm nicht nachgelaufen. Außerdem hat sich das mit Carlo sowieso von selbst erledigt.«

»Wer weiß.« Sie schenkte uns nach. Wenn wir in dem Tempo weitermachten, würde die Flasche nicht lange reichen.

»Carlo tut nur so locker. Seine italienische Masche, wie lächerlich. In Wirklichkeit ist er ein Bourgeois. Sein Papa hat jede Menge Kohle.«

»Dafür kann er doch nichts.«

»So was färbt früher oder später ab. Er wird fett und bürgerlich werden.« Was hatte das denn nun zu bedeuten? Weshalb hackte sie auf Carlo und Alex herum? Ich richtete mich energisch auf.

»Wie kannst du so voreingenommen sein? Du bist doch hier der Snob, der sich mit Designer-Tinnef umgibt und Kokain schnüffelt, nur weil es schick ist.« Kaum war es gesagt, tat es mir schon leid.

Doch das große Donnerwetter blieb aus. Tanja atmete tief durch.

»Das mit dem Koks stimmt nicht ganz. Ich nehme es nicht, weil es schick ist, sondern weil ich es ab und zu einfach brauche. Um wach zu bleiben, beim Lernen, während der Vorlesung oder bei Fototerminen. Was glaubst du, wie anstrengend so ein Tag sein kann, dauernd dastehen, sich umziehen, lächeln, sexy aussehen, auch wenn du am liebsten umfallen würdest vor Müdigkeit?«

Sie hatte sich ebenfalls aufgesetzt und sah mir herausfordernd in die Augen.

»Heißt das, daß du ohne das Zeug nicht arbeiten kannst?«

Sie seufzte ungeduldig. »Nein, heißt es nicht. Ich kann damit umgehen. Schließlich bin ich angehende Medizinerin, vergiß das nicht.«

»Na, dann ist ja alles bestens, aber ich…«

Weiter kam ich nicht. Tanja packte mich bei den Handgelenken, drückte mich kraftvoll gegen das Polster und küßte mich heftig. Ich riß zuerst nur erschrocken die Augen auf, verkrampfte mich, erstarrte. Tanja spürte das sofort. Sie gab meine Lippen frei, hielt mich aber weiter umklammert wie ein Schraubstock. Ihre Augen saugten meinen Blick auf. Einen Moment war mir, als ob alles nur Einbildung wäre. Dann löste sich meine Erstarrung. Ja, ich hatte es geahnt, nein, gewußt. Irgendwann würde das passieren, während des Gesprächs war es mir klargeworden. Was schon seit einigen Wochen zwischen Tanja und mir abgelaufen war, ganz langsam, nahezu unbemerkt, fand nun sein Ende. Oder seinen Anfang. Jetzt fragte ich mich, warum ich nicht früher darauf gekommen war.

»Du zitterst«, flüsterte Tanja und lockerte den Griff.

»Macht nichts«, sagte ich heiser.

»Keine Angst.«

Ich hatte keine Angst. Im Gegenteil. Ich hätte schreien können vor aufgestauter Lust, sie zu berühren. Meine Hände wühlten sich in ihr drahtiges Haar. Ich atmete ihren schweren, intensiven Duft, vertraut und doch ganz neu, vergrub meine Zähne irgendwo in ihrem samtweichen Hals und preßte meinen Körper gegen ihren, so fest ich konnte. Sie umklammerte mich, stärker, als es je ein Mann getan hatte, und so lagen wir eine halbe Stunde, vielleicht auch länger, bis wir unsere Verlegenheit überwunden hatten und uns lächelnd ansehen konnten.

»Ich will dich«, sagte sie mit heiserer Stimme.

Ich küßte sie. Sie streifte mir mein T-Shirt geschickt über den Kopf. Langsam fand ich zu mir selbst zurück, gewann wieder etwas Boden unter den Füßen.

»Hast du was dagegen, wenn ich noch aufs Klo gehe, die Dire Straits auflege und die Katze rauswerfe?« murmelte ich zwischen zwei Küssen. Sie lachte, ließ mich los und fiel zurück in die Kissen.

»Nein, aber dann kommst du sofort wieder her.«

Die Morgensonne weckte mich. Das war ungewohnt, denn in mein Zimmer schien sie sonst nicht. Ein paar Sekunden dauerte es, ehe ich begriff, wo ich mich befand. Ich fuhr erschrocken auf. Tanja war nicht da. Es war kurz nach acht Uhr. Sicher war sie schon in der Klinik. Garibaldi spazierte herein, schenkte mir einen arroganten Blick und sprang grazil aufs Bett. Das hier war sein Revier. Was hatte ich hier verloren?

Wie benommen blieb ich liegen. Ich fühlte mich gut. Wie eine zufriedene Katze. Eine Weile genoß ich diesen Zustand seliger Schwerelosigkeit. Doch das konnte nicht ewig dauern. Schon schwirrten mir tausend Gedanken durch den Kopf. Was war das nun eigentlich gewesen, letzte Nacht? Warum hatte mich Tanja nicht geweckt? War ihr die Sache im nüchternen Morgenlicht womöglich peinlich? Mir wurde flau bei dem Gedanken. Die Schwerelosigkeit fand ihr jähes Ende.

Ich stand auf und suchte nach einer Nachricht, einem Zeichen von ihr. Nichts.

Ich duschte und räumte Tanjas Bett tadellos auf. Vielleicht wollte sie die Spuren der Nacht lieber nicht mehr sehen, wenn sie nach Hause kam. Ich trank eine Kanne Tee zum Frühstück und verließ die Wohnung. Ziellos fuhr ich mit der U-Bahn kreuz und quer durch die Stadt, stieg an willkürlich gewählten Stationen aus, lief wie aufgescheucht herum, fuhr weiter.

Warum war ich bloß so durcheinander? Weil sie eine Frau war und ich auch? War es bloß ein Ausrutscher gewesen, für sie, für mich? Nein, entschied ich, das kann nicht sein. Jedenfalls nicht bei mir. Ich war verrückt danach gewesen, nein, ich war es noch, sie zu berühren, sie zu spüren. War ich schon jemals in meinem Leben glücklicher gewesen als in dieser Nacht? Wenn, dann höchstens vielleicht ganz am Anfang mit Alex.

Gleichzeitig war ich nicht zu verblendet, um mir einzugestehen, daß Tanja zeitweise ein ganz schönes Miststück sein konnte. Worauf hatte ich mich da bloß eingelassen? War ich verliebt in sie? So etwas Ähnliches mußte es wohl sein. Und sie? War es bei ihr ein aufrichtiges Gefühl für mich oder nur Neugier, Eroberungstrieb, eine ihrer Launen? Bei Tanja wußte man nie so recht, woran man war.

Ich landete schließlich bei Sabine und Mick. Das junge Genie malte. Sabine und ich palaverten über ich weiß nicht mehr was, die Unterhaltung plätscherte an mir vorbei. Ich brach mein Gebot, rauchte fünf Zigaretten und blieb bis zum Abend, weil ich vor unserer ersten Begegnung Angst hatte. Endlich, als uns der Gesprächsstoff ausging, raffte ich mich auf und ging nach Hause. Wie würde es jetzt mit Tanja und mir weitergehen?

Die Sorge hätte ich mir sparen können. Als ich aufschloß, sprang die Tür nach einer halben Drehung auf. Daran merkte ich, daß Tanja schon da sein mußte. Alles war still, nirgends brannte Licht. Ich zog mechanisch die Schuhe aus, schlich ins Bad, um mein Aussehen zu überprüfen, setzte mich in die Küche. Gebrauchtes Kaffeegeschirr stand herum. Warum kam sie nicht raus? Sie war doch alles andere als feige. Länger hielt ich das Theater nicht durch, ich klopfte bei ihr. Keine Antwort. Mir wurde es zu blöd, ich öffnete die Tür. Warum hatte sie kein Licht an? Sie konnte doch nicht schon schlafen, es war doch erst zehn. Ich drückte den Lichtschalter. Sie lag in unnatürlich verdrehter Haltung auf dem Sofa, die Augen weit auf, ein Faden Speichel hing ihr aus dem offenen Mund. Ich bewegte mich wie an Schnüren gezogen auf sie zu, berührte sie, packte sie. Ihr Körper war völlig schlaff, kühl und unendlich schwer. Mich ergriff ein solches Grauen, ich konnte nicht einmal schreien.

Die Leute vom Notdienst hatten mir ein starkes Beruhigungsmittel gegeben. Deshalb wurde ich nur sehr schwer wach, als es an der Tür Sturm klingelte. Die Polizei. Ein älterer und ein jüngerer Beamter, beide in Zivil. Sie nannten ihre Namen, die ich sofort wieder vergaß. Ich bat sie in die Küche, zog mir Tanjas Bademantel über, da ich selbst keinen hatte, und kochte Tee.

Sie sagten, Tanja wäre an einer Überdosis Heroin gestorben,

die sie geschnupft hätte. Sie stellten mir Fragen. Fragen über Fragen. Auf die meisten wußte ich keine Antwort.

»War sie süchtig?«

»Nein. Sie nahm ab und zu etwas Koks. Auf Feten und so.«

»Koks, soso. Es war aber Heroin, was sie zuletzt genommen hat.«

»Weiß ich nicht.«

»Von wem hatte sie es?«

»Weiß ich nicht.« Wozu Philipp da hineinziehen?

»Nehmen Sie auch Drogen?«

»Nein.« Er schien mir zu glauben, lächelte. »Tee?«

»Ja, danke.«

Jetzt der Junge:

»Wissen Sie, ob Fräulein Bloch einen Grund hatte, sich umzubringen?«

»Wer? Äh, Tanja... nein.«

»Was heißt nein?«

»Sie hatte, soviel ich weiß, keinen Grund.«

»Wie gut kannten Sie sie?«

»Sie war meine Freundin.«

Und so weiter, und so weiter. Was die alles wissen wollten. Wer ihre Freunde, ihre Studienkollegen waren, ob sie Probleme mit dem Studium hatte, wie sie ihr Geld verdiente, ob sie einen festen Freund hatte, ob sie Liebhaber hatte, ob sie Feinde hatte.

»Sie hatte so eine Art Bißwunde am Hals«, wandte sich der Ältere an mich. »Eigentlich keine Wunde, eher ein Zahnabdruck. Wissen Sie, woher der stammen könnte?«

»Der ist von mir.«

»Wie bitte?«

»Von mir.«

»Ah so.« Vielsagendes Grinsen. »Sie hatten also ein...«

»Ja.«

Das Ganze lief wie ein Film vor mir ab. Endlich waren sie draußen.

Auf der Treppe hörte ich den einen sagen:

»Ewig schade. So ein nettes Ding, aber leider ein bißchen andersrum.«

An die Tage unmittelbar nach Tanjas Tod erinnere ich mich nur undeutlich. Carlo kam irgendwann und ließ mir eine Pakkung Valium da. Tanjas Mutter ließ ihre Sachen durch eine Spedition abholen. Ich rettete Tanjas schwarzen Schal, der von ihrem Duft durchtränkt war. Die Beerdigung fand in Heidelberg statt, ich fuhr nicht hin. Die Polizei kam zu dem Schluß, daß es ein Unfall war, eine Überdosis eines überraschend »sauberen« Stoffs, das hieß, das Zeug war stärker als normal.

Ich ging tagelang nicht ans Telefon und betrat so gut wie nie Tanjas ausgeräumtes Zimmer.

Achim besuchte mich, völlig durcheinander. »Ich muß mit dir reden. Du bist die einzige, die Tanja besser gekannt hat.«

War ich das? Hatte ich sie wirklich gekannt?

»Es war kein Unfall«, sagte er mit tonloser Stimme, »es war Selbstmord! Durch meine Schuld!«

»Wieso deine? Die Polizei sagt…«

»Es war mein Fehler. Wir hatten eine sehr ernste Auseinandersetzung, zwei Abende bevor sie… starb.« Er schluckte. Ich schwieg.

»Ich habe ihr ziemlich üble Dinge gesagt. Weißt du, ich wollte, daß sie aufhört mit dem Koksen und vor allem mit diesem Job als…« Er hielt inne, überlegte wohl, ob er mir die schonungslose Wahrheit über Tanja zumuten sollte.

»Ich weiß Bescheid. Aber daß sie es dir erzählt hat?« Es kränkte mich im nachhinein, daß das Schaf vor mir eingeweiht worden war, daß sie ihm mehr vertraut hatte als mir.

»Entschuldige mal, es ist mein Beruf, die Leute zum Reden zu bringen«, brauste er auf.

»Schon gut.« Womöglich hatte er als Seelsorger wirklich was drauf. »Und weiter?«

»Jedenfalls habe ich geglaubt, ich könnte sie wachrütteln, wenn ich ihr schonungslos ins Gewissen rede. Ich konnte ja nicht ahnen, daß sie so sensibel ist und gleich…« Er vergrub das Gesicht in den Händen und versuchte seine Beine ineinander zu verknoten.

»Was hast du ihr denn gesagt?« wollte ich wissen.

»Die Wahrheit. Daß sie in einer Scheinwelt lebt, daß sie im Grunde nicht besser dran wäre als eine Süchtige vom Straßenstrich. Und daß sie ihr Leben verpfuscht, wenn sie so weitermacht.«

»Soso. Du wolltest sie also bekehren. Ein ›anständiges‹ Mädel aus ihr machen«, lächelte ich ein wenig zynisch.

»Das kann ich nicht witzig finden«, fuhr er mich an. »Mein Gott, siehst du nicht, daß ich sie auf dem Gewissen habe? Noch nie habe ich eine Person so falsch eingeschätzt. Ich dachte, sie ist eine so starke Persönlichkeit, sie vertrage einen… einen heilsamen Schock. Es ist mir bestimmt nur passiert, weil ich… nun ja, ein persönliches Interesse…«

»Weil du in sie verknallt warst«, unterbrach ich sachlich.

»So kann man es auch nennen.« Tiefes Seufzen. Er fuhr fort: »Sicher, sie war wütend, als sie ging, völlig klar. Das war eine natürliche erste Reaktion, damit habe ich gerechnet. Aber daß sie sich dann umbringt!« Hilflos starrte er vor sich hin. Armes Schaf! Er tat mir leid.

»Sie hat sich nicht umgebracht«, sagte ich bestimmt.

»So? Woher willst du das so genau wissen?«

»Weil ich am Abend vorher mit ihr gesprochen habe, ziemlich ausführlich.« Wie konnte ich ihn beruhigen, ohne die ganze Wahrheit zu sagen? Ich fand, es ging ihn nichts an, das von Tanja und mir. Ich versuchte es.

»Sie war ganz und gar nicht drauf wie eine, die sich umbringt, das kannst du mir glauben. Im Gegenteil. Deine Schocktherapie, wie du es nennst, hatte, glaube ich, Erfolg. Sie sagte, sie wolle den Callgirl-Job schmeißen. Sie war total optimistisch. Von Selbstmordgedanken keine Spur.«

Die Verzweiflung wich aus Achims Gesicht, als würde man eine Maske abziehen. Er zwirbelte seinen grauen Bart und sah mich groß an, als verkündete ich das Evangelium für ihn.

»Ist das wahr? Hat sie das wirklich gesagt? Bist du sicher?«

»Todsicher. Äh, ich meine…« Er lächelte aus feuchten Schafsaugen über meine verbale Entgleisung.

»Es war also doch ein Unfall? Weißt du, so schlimm es ist, aber das erleichtert mich jetzt schon. Ich hoffe, du verstehst das nicht falsch, ich dachte…«

»Du bist bestimmt nicht schuld dran«, versicherte ich ihm nochmals. Er glaubte es nur zu gern.

Wir sprachen noch eine ganze Weile über Tanja, dann zog er getröstet von dannen. Ich war wieder allein. Tanja und Selbstmord, das hatte ich von Anfang an nie geglaubt.

Wie aber konnte es dann zu ihrem Tod kommen, fragte ich mich immer wieder. Ich hatte noch ihre Worte im Ohr: »Ich bin Medizinerin, ich kann damit umgehen.« Wahrscheinlich würde ich nie eine Antwort darauf finden. Auch nicht auf die andere Frage, die mich wie ein immer wiederkehrender Stachel piesackte: Würde sie noch leben, wenn ich früher heimgekommen wäre, anstatt mich ängstlich bei Sabine zu verkriechen?

Tanja fand ihren Platz in der Statistik als Drogentote.

Wo mein Platz war, das mußte erst noch geklärt werden.

Ich ließ mich die nächsten Wochen über ziemlich hängen. Mein Leben floß ziellos dahin. Garibaldi war mir meistens die liebste Gesellschaft.

Carlo hatte mit Elisabeth Schluß gemacht oder umgekehrt, es kümmerte mich nicht besonders. Er war nun häufiger bei mir, seine Anwesenheit lenkte mich vom Grübeln ab. Ein paarmal schliefen wir miteinander. Nicht, daß ich sonderlich wild darauf gewesen wäre, aber ich fühlte mich auf unbestimmte Weise dazu verpflichtet, wo er sich doch so aufmerksam um mich kümmerte. Zudem vereinfachte das die Beziehung. Carlo erlag dem landläufigen Irrglauben, der unter Männern hartnäckig umgeht: wenn der Sex stimmt, dann ist alles andere automatisch in Ordnung. Immerhin war er kein schlechter Liebhaber.

Auch Alex rief eines Abends wieder mal an:

»Ich wollte dich fragen, ob...«, er stockte.

»Ob?«

»Ob du wieder zurückkommst. Meine neue Wohnung ist groß genug. Du mußt das nicht sofort entscheiden, aber ich wollte, daß du es weißt. Ich... ich brauche dich.«

Nie im Leben hätte ich gedacht, so was mal von ihm zu hören.

»Meinst du das wirklich?« fragte ich zurück, obwohl ich es wußte.

»Ja.«

»Und deine Frau?« Auf einmal konnte ich das mühelos aussprechen.

»Wir lassen uns scheiden.«

»*Sie* läßt sich von *dir* scheiden«, präzisierte ich schneidend, auch wenn mich das jetzt in Wahrheit kaum noch interessierte.

»Das ist doch egal. Ich liebe dich, und ich will dich bei mir haben. Verdammt, das wolltest du doch immer!«

»Ja, das wollte ich immer.«

»Was hält dich dann zurück, nach allem, was du in letzter Zeit mitgemacht hast? Berlin ist kein Platz für dich. Komm zurück.«

»Ich weiß nicht ...«, antwortete ich zögernd, wie so oft in letzter Zeit. Ich wußte wirklich nicht. Ich vertröstete ihn. Warum ich ihm nichts von Carlo erzählte und Carlo nichts von Alex, das war mir selbst nicht so recht klar. Vermutlich Feigheit. Oder auch Gleichgültigkeit. Es war unfair, besonders Carlo gegenüber, aber ich hatte noch nicht die Energie, weitreichende Entscheidungen über mein Leben zu treffen.

Ich dachte viel zu oft an Tanja. Warum hatten wir unsere Zeit mit kindischen Streitereien vergeudet, so daß uns nur eine einzige Nacht geblieben war? Dieser Gedanke quälte mich neben meinen Schuldgefühlen am meisten.

Auch Carlo wollte mich aus Berlin weghaben. Er würde im Herbst eine Assistentenstelle in München antreten und deutete an, daß ich mit ihm kommen sollte.

»Wenn ich weg bin, wird's in Berlin ätzend langweilig«, prophezeite er.

»Das muß sich erst noch rausstellen. Eingebildeter Affe.«

»Ich würde dich gern bei mir haben, wenn ich abgeschlafft von vierundzwanzig Stunden Dienst nach Hause komme. Da brauche ich jemand, der mir den Nacken massiert!« Er grinste provozierend und umarmte mich. Sah mir lange in die Augen, bis ich dem Blick auswich.

Erst ein Brief riß mich aus meiner Lethargie. Jemand interessierte sich tatsächlich für meine Geschichten und wollte noch mehr davon sehen. Es bestünden eventuell Aussichten, einen Band herauszubringen. Zum ersten Mal seit ewiger Zeit fand ich einen Grund zu aufrichtiger Freude. Ich nahm Garibaldi hoch, küßte ihn zwischen die Ohren und zeigte ihm den Brief:

»He, Garibaldi! Du bist der erste, der's erfährt.«

Ich legte die Talking Heads auf, die Lautstärke ließ die Möbel erzittern, und tanzte bis zur Erschöpfung. Das tat unendlich gut. Auf einmal verspürte ich den Drang, sofort Klarheit in mein Leben zu bringen. Am besten würde ich dazu in aller Ruhe einen Joint rauchen. Ich holte den Shit aus dem Versteck, rollte mit Sorgfalt eine kleine Tüte, kochte mir Tee und setzte mich in die Küche. Es mußte was geschehen, schon wegen Alex und Carlo. Ich hatte keine Lust mehr, diese fiese Hinhaltetaktik zu praktizieren. Das war schlechter Stil.

Wenn ich jetzt zu Alex ziehen würde, orakelte ich, während ich einen tiefen Zug nahm, wie sähe dann mein Leben aus?

Ich würde einen Job annehmen, wahrscheinlich unter meinem Ausbildungsniveau und mit schlechterer Bezahlung als hier. In der Provinz sind attraktive Jobs für studierte Frauen dünn gesät. Aber mich von ihm aushalten lassen, das käme nicht in Frage. Reicht, wenn er seine Frau finanzieren muß.

Ich würde also mit ihm in dieser aparten neuen Wohnung leben. In seiner knappen Freizeit würde er Golf spielen, Rennrad fahren, joggen und all die Dinge tun, für die ich wenig übrig hatte. Ich könnte ihm mit hängender Zunge durch den Wald hinterherhecheln und dürfte vielleicht sogar mal mit zum Golfplatz, als Caddy.

Samstags besuchte uns dann sein Sohn, der mir garantiert nicht sonderlich wohlgesonnen war. Außerdem würde mich das regelmäßig daran gemahnen, daß ich Frau Nummer zwei bin. Die Freundinnen seiner Exfrau besuchten uns mit ihren Ehemännern, Alex' Freunden, um ihr dann brühwarm zu berichten, daß meine Lasagne an ihre nicht heranreichen konnte. Die ehrbaren Gattinen, die sich vorher wie die Krähen gegen den Falken zusammengerottet hatten, wenn sie mir begegnet waren, würden mich freundlich-gönnerhaft zum Tennisspielen einladen. Dabei verabscheue ich Tennis.

Auf einmal schien mir der Gedanke, Franziskas Nachfolgerin zu werden, gar nicht mehr so rosig wie einst. Und was anderes würde ich nicht sein. Ihre Nachfolgerin.

Die Vorstellung, er würde mir mehr Zeit widmen als bisher für seine Lieben, war zu blauäugig. Am Anfang vielleicht. Aber bald wäre womöglich ich diejenige, die wartend und grollend daheim zwischen den teuren Möbeln sitzt. Und das Wichtigste: Liebte ich ihn wirklich? War es etwa nur der Reiz des Heimlichen, Verbotenen gewesen, was ihn für mich so unwiderstehlich gemacht hatte? Ein ganz normales Alltagsleben mit ihm, wollte ich das überhaupt?

Oder hatte es mit Tanja zu tun? Würde ich überhaupt jemals wieder jemanden lieben können, egal ob Mann oder Frau?

Gedankenverloren betrachtete ich Garibaldi, der mit dem zerknüllten Briefumschlag spielte.

Und was war mit Carlo? Sicher nicht die ganz große Leidenschaft. Aber war ich nicht todunglücklich gewesen, als sich Elisabeth ihn vorübergehend geschnappt hatte? Womöglich war es nur verletzte Eitelkeit gewesen?

Wie auch immer, dachte ich seufzend, das war vor Tanja. Auch Alex war vor Tanja. Doch Tanja war tot, und Alex und Carlo lebten, und ich mußte auch irgendwie weiterleben. Hatte ich Tanja denn geliebt? Schwer zu sagen. Liebe braucht Zeit, und die hatten wir nicht gehabt, genauer, wir hatten sie nicht genutzt.

Was Tanja über Carlo gesagt hatte, war sicher übertrieben boshaft. Nein, Carlo war schon okay, ohne Zweifel. Sehr kultiviert, keine lästigen, zeitraubenden Hobbys wie Alex, eher ein bißchen bequem. Aber nie langweilig. Er bringt mich zum Lachen, das ist doch schon sehr viel. Insgesamt paßt er viel besser zu mir. Carlo wäre eine kluge, vernünftige Entscheidung. Er würde seine Zeit als Assistenzarzt hinter sich bringen und dann eine Landpraxis aufmachen, das plante er fest. Sein Vater hatte angeblich Geld, das erleichterte die Sache.

Gesetzt den Fall, ich bliebe so lange bei ihm, was würde aus mir? Eine Arztgattin auf dem Land. Ja, Gattin, denn ein Arzt mit einem »schlampigen Verhältnis«, so was ist der Karriere sicher nicht zuträglich.

Ich könnte ihm seine Buchhaltung machen und in der Praxis

mithelfen. Müßte mir die zahllosen Wehklagen alter Leute geduldig und mitfühlend anhören. Nachts würde ich mit aus dem Schlaf gerissen, wenn Carlo zu Nierenkoliken, Schlaganfällen und Geburten gerufen würde. Am Wochenende gäbe es dafür ausgiebige Freßorgien mit den befreundeten Arztkollegen und dem Rest der oberen Zehntausend irgendeiner popeligen Kleinstadt. Womöglich dürfte ich mich an Dritte-Welt-Basaren beteiligen und Kuchen dafür backen. Und Urlaub machten wir zweimal jährlich in unserem Zweitwohnsitz in der Toskana. Ein geordnetes, ruhiges Leben in Wohlstand. Ähnlich wie mit Alex. Im Grunde waren sie austauschbar. Einer wie der andere. Carlo war lediglich die italienische Variante von Alex. Wollte ich überhaupt einen von ihnen, paßte ich denn in ihr Leben, paßten sie in meins?

Möglicherweise hatte Tanja doch recht gehabt. War ich wirklich bindungsunfähig? Es sah fast danach aus. Jetzt, wo ich sie beide haben konnte, sah ich sie auf einmal ganz nüchtern. Schon war's aus mit dem Liebeszauber.

Waren es diese Zukunftsaussichten wert, meine Selbständigkeit aufzugeben und ein Leben als dekadentes Luxusweibchen zu führen, abzudriften in das, was man als »Mittelmäßigkeit« bezeichnete? Umwehte die ganze Sache nicht ein Hauch von Spießbürgerlichkeit? Wollte ich so leben? Ich, die ich mich immer für etwas Besonderes gehalten hatte?

Ratlos seufzte ich auf. Neben dem Herd stand eine angebrochene Flasche Rotwein. Davon goß ich mir jetzt einen Schluck ein.

Was erschreckte mich bloß so an dieser Perspektive? Sieh Heike an, sagte ich mir, sie fühlt sich pudelwohl. Irgendwann wird sich eine bürgerliche Existenz auch für mich nicht vermeiden lassen. Garibaldi hatte die Kampfhandlungen mit dem Papier eingestellt, die Fetzen der Schlacht lagen herum.

Ich leerte die Flasche. Tanja hätte sicher gemotzt: »Jetzt säuft sie schon am hellichten Nachmittag«, dachte ich mit wehmütigem Lächeln.

Es klingelte. Sicher wieder Carlo, der »mal kurz vorbeischauen« will, dachte ich leicht grantig. Ausgerechnet jetzt, wo ich gerade so heftig am Nachdenken bin.

Es war Philipp. Das wunderte mich, denn seit Tanjas Tod hatte er sich nicht mehr bei mir blicken lassen.

Er sah fürchterlich aus, wie er da im Türrahmen stand. Man hätte meinen können, ein Sarg ginge auf. Noch nie in meinem Leben hatte ich solche Augenringe gesehen. Seine Bewegungen waren fahrig, die Stimme zittrig.

»Ich muß mit dir sprechen, ich halte es nicht mehr aus!« Mit diesen Worten ließ er sich auf dem Stuhl nieder und raufte sich die Haare.

»Was ist los«, seufzte ich.

»Ich war's. Ich bin schuld, daß Tanja tot ist.«

Noch einer, dachte ich mit einem Anflug unangebrachter Heiterkeit.

»Okay, ich weiß, du hast ihr den Stoff gebracht«, begann ich die nun sicher endlos ausufernde Diskussion, »aber schau, wenn du es nicht gemacht hättest, sie hätte sich das Zeug von wem anders beschafft, garantiert. Du kannst nichts dafür. Es war ein Unfall.«

»Nein, war es nicht«, preßte er hervor.

»Wieso?«

»Es war kein Koks.«

»Ja, ich weiß.«

»Ich konnte keins auftreiben. Aber weil ich versprochen hatte, an dem Tag zu kommen, da... da...«

»Was?«

»Da klaute ich drei Päckchen Heroin aus dem Medizinschrank im Krankenhaus.«

»Sauber! Und?«

»Ja, kapier doch! Das ist reinstes Heroin, viel stärker konzentriert als der Dreck, den sie auf der Straße anbieten.«

So langsam begriff ich. So was Ähnliches hatte ja die Polizei schon angedeutet.

»Natürlich hätte ich ihr das sagen müssen. Deshalb bin ich ja auch am nächsten Tag hierhergekommen, am Nachmittag.«

Das schmutzige Kaffeegeschirr. Er war das also gewesen. Ich starrte ihn an, nicht in der Lage zu antworten. Philipp schluchzte und schneuzte sich umständlich. Seine Augen waren rot wie die eines Albino-Kaninchens. Er fuhr fort:

246

»Sie war anders als sonst. Aufgekratzt. Nein, nicht nur das. Sie war so... so glücklich. Sie sah aus, als wäre sie verliebt. Ja, genau so. Ich wollte wissen, ob es so sei, ob sie einen anderen habe, aber sie ließ nichts raus. Sie lachte mich aus. Und dann sagte sie: ›Mein lieber Philipp, ich glaube, ich brauche dich in Zukunft nicht mehr. Und jetzt laß mich bitte zufrieden, ich muß heute noch zu 'ner anstrengenden Modenschau.‹ Ich war so wütend. Ich ging. Verstehst du? Ich ging, ohne ihr zu sagen, daß sie mit dem Stoff vorsichtig sein sollte.« Er ließ den Kopf auf seine Arme fallen und heulte hemmungslos.

Ich sagte nichts, eine ganze Weile. Die verschiedensten Gedanken wirbelten mir im Kopf herum. Sie hatte es ernst gemeint mit mir. Ich wußte nicht, ob ich darüber froh sein sollte oder nicht. Langsam wurden mir die Zusammenhänge klar. Unsere gemeinsame Nacht. Wir hatten kaum geschlafen. Immer wieder war eine von uns aufgewacht, hatte die andere umarmt, als würde sie ohne sie ertrinken. Anschließend der Tag in der Klinik und abends die Modenschau. Sie mußte todmüde gewesen sein, und vermutlich hatte sie sich gesagt: »Jetzt brauche ich eine gehörige Ladung von dem Zeug, sonst stehe ich den Abend nicht durch.«

Ich sah Philipp an. Das personifizierte Elend. Er ekelte mich an.

»Hast du vergessen, es ihr zu sagen, oder war es Absicht?« fragte ich messerscharf. Er zuckte die Schultern, blieb stumm. Ich sprang auf, packte ihn und schüttelte ihn. Außer mir vor Wut schrie ich:

»Los, sag es. Es war Absicht, ja? Du hast es ihr absichtlich nicht gesagt!«

Er nickte.

»Ich wollte sie am nächsten Tag anrufen, aber da...«

»War's zu spät«, sagte ich lakonisch.

»Ich weiß nicht, was ich machen soll«, stöhnte er, »soll ich zur Polizei gehen? Eva, bitte hilf mir, was soll ich bloß tun?«

Rasender Zorn kochte in mir hoch.

»Was willst du von mir?« zischte ich ihn an. »Absolution? Oder soll ich für dich zur Polizei gehen, weil du selbst zu feige bist?«

Ich lehnte mich gegen den Tisch, atmete tief durch, um mich zu beruhigen. »Nein, Philipp, das kannst du getrost vergessen. Das mach du nur mit dir selber aus. Und jetzt verschwinde auf der Stelle. Ich kann dich nicht mehr ertragen, los, raus. Raus hier.« Meine Stimme überschlug sich.

»Eva, bitte...«

»Raus hier!« Ich stürmte voran und riß die Wohnungstür auf. »Ich werde nichts unternehmen, keine Angst. Tanja wird nicht mehr lebendig, ob du im Knast sitzt oder nicht. Aber bitte, tu mir einen Gefallen, komm mir bloß nie mehr unter die Augen!«

Er ging. Wie ein getretener Hund kam er mir vor. Fast bekam ich Mitleid mit ihm. Aber immerhin war er Tanjas Mörder. Ohne seine dumme, jämmerliche Eifersucht würde sie noch leben, mit mir leben...

Mir war schwindlig. Eine Weile saß ich da und starrte auf einen unsichtbaren Punkt irgendwo im Raum.

Nein, dachte ich, jetzt ist es genug. Ich muß weg, weit weg von all dem hier. Ich halte es nicht mehr aus. Aber wohin?

Ich könnte mit Ed nach Amerika fahren, fiel mir plötzlich ein. Ein Jahr oder länger unterwegs, das wäre die Lösung. Ja genau, weg. Weg von dem ganzen Schlamassel, dem ganzen Dreck.

Ich holte das Telefon heran. Die Nummer mußte ich erst in meinem Adreßbuch nachschlagen. Ich wählte und legte beim ersten Klingelzeichen wieder auf.

Was soll das, dachte ich beschämt. Ich laufe schon wieder weg. Wie bei Alex. Und bei Tanja. Sobald etwas in meinem Leben schiefläuft, verschwinde ich. Ist nicht meine Feigheit vielleicht sogar schuld an Tanjas Tod? Soll ich ewig so weitermachen? Ich habe Freunde gefunden, es gefällt mir doch hier, warum alles aufgeben? Weil ich momentan verzweifelt bin? Ich muß endlich aufhören wegzulaufen, sonst werde ich mein Leben lang vor etwas weglaufen.

Aufgebracht durchmaß ich immer wieder die Wohnung.

Ich werde bleiben. Ich muß bleiben. Ich glaube, ich liebe Berlin, trotz allem. Kein Alex, kein Carlo, kein Philipp können mich von hier wegbringen. Daran ändert auch dieses schreckliche Geständnis nichts. Es ist Philipps Problem, ich werde nicht zulassen, daß er es zu meinem macht. Flucht nützt weder Tanja noch mir etwas. Ich werde damit fertigwerden, und zwar hier, an Ort und Stelle.

Zögernd öffnete ich die Tür zu Tanjas Zimmer. Die Helligkeit traf mich wie ein Dolch. Seit jenem Abend hatte ich es so gut wie nicht mehr betreten. Die absolute Stille darin flößte mir Angst ein. Seit es leer geräumt war, erinnerte es weniger an Tanja. Trotzdem ging ich schnell raus auf den winzigen Balkon. Schon lange nicht mehr hier rausgesehen, dachte ich nebenbei. Der Blick ins andere Berlin, den man von hier oben hatte, fesselte mich noch immer. Ich mußte daran denken, wie ich zum ersten Mal mit Tanja hier gestanden hatte.

Ich holte tief Luft. Sie roch würzig nach Thymian. In dem völlig vernachlässigten Kräuterbeet, das Tanja vor Urzeiten in einem alten Blumenkasten angelegt hatte, wuchs ein frischer Stock nach. Ich werde den Kräutergarten neu bepflanzen, beschloß ich. Und noch heute werde ich meinen Schreibtisch hier an dieses Fenster stellen. Das ist der ideale Platz zum Schreiben.

Garibaldi umschmeichelte warm meine Beine.

»Ich werde nicht gehen«, erklärte ich ihm feierlich. »Keine Sorge, Alter, du brauchst deinen gewohnten Platz nicht aufzugeben.« Er sah mich aus klugen, meergrünen Augen aufmerksam an, als erwarte er eine genauere Erklärung.

»Du hast's gut, weil du eine Katze bist«, belehrte ich die ahnungslose Kreatur, »du weißt immer, wo du hingehörst. Und die Menschen können dir ziemlich egal sein.«

Inhalt

Unterhaltung:
Bunt, frech und anders

SP 1712

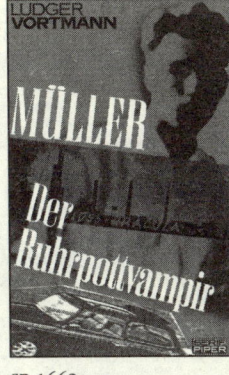

SP 1662

SP 1643

SP 1742

SP 1730

SP 1732

PIPER